Henry Green
Blindsein

HENRY GREEN

BLINDSEIN

Roman

Steidl

Aus dem Englischen von Walter Schürenberg

Titel der englischen Originalausgabe: »Blindness«,
London 1926,
Chatto & Windus Ltd./The Hogarth Press Ltd.

1. Auflage August 1991
 · Umschlaggestaltung und Buchausstattung: Gerhard Steidl · Gesetzt aus der Bembo der H. Berthold AG, Berlin · Gesamtherstellung: Druckerei und Verlag Steidl, Düstere Str. 4, 3400 Göttingen
ISBN 3-88243-188-1

ERSTER TEIL · *RAUPE*

Lachen

Diarium von John Haye, Sekretär der *Noat Art Society* und in J.W.P.s Haus der *Public School* von *Noat*.

6. Juli (ungefähr)

Erst jetzt komme ich darauf, daß eine Art formloses Tagebuch eigentlich Spaß machen müßte. Keinerlei Zwang, jeden Tag etwas aufzuschreiben, nur eine Art Abflußrohr für Spülwasser. Die ganze Woche hat es geregnet. Gestern sind wir nach Henley gefahren, und es war gräßlich: B. G. verdrückte sich nach Phyllis Court und ließ mich allein mit Jonson, einem unausstehlichen Langweiler, der es immer gut meint und dadurch alles nur schlimmer macht. Seymour ging mit Dore, der sich fein angezogen hatte, was in Monte und Henley als schlechter Stil gilt... Hatte eine Auseinandersetzung mit Seymour und lehnte es ab, mich mit Dore sehen zu lassen.

Wundervoll die Briefe von Carlyle und auch die von seiner Frau. Ihre erkennt man auf einen

Blick. Sie ist die beste Briefschreiberin, die es je gab. So jedenfalls belehrt mich ein Carlyle-Kenner von heute. Ich finde Carlyle prima, sein explosiver Stil eignet sich gut für Briefe.

9. Juli

Zwei andere haben in meinem Zimmer eine Wasserschlacht veranstaltet, worüber ich wütend war.

Meine übliche Frage »Warum ausgerechnet in meinem Zimmer?« blieb natürlich ohne Antwort, immerhin war mir besser, nachdem ich Brimston einen lebenden Kohlkopf genannt hatte, was er mit »Oh, prima!« erwiderte.

Seymour, B. G. und ich haben ernstlich überlegt, im nächsten Trimester eine Revue zu produzieren, wie auf den Universitäten, aber Seymour meinte, die Schwierigkeiten wären zu groß, zu viele alte Männer müßten überstimmt werden.

19. Juli

Heute Spaziergang mit Seymour, der sehr nett zu mir war. Hatte mich in ein Zigarettenetui aus transparentem Schildpatt verliebt, für drei Guineas, was ich billig fand. Seymour hält die ihm anvertraute Horde von Jungen gut in Schuß. Als er sie anwies, den Laden zu verlassen, taten sie es sofort. Sie verehren ihn. Er ist ein besonderer Mensch. Ich glaube, er könnte ohne die Jungen nicht leben; er hält sie wie manche Leute einen Hund, um Dampf abzulassen. Eine Verstimmung zwischen Harrington Brown und Seymour, sehr amüsant zu beobachten: H.B. ist Seymour sehr ähnlich, aber ohne dessen Charme. Seymour wütend, weil H.B. ein schlechtes Magazin mit dem Titel »Show Window« herausgebracht hat. Seymour sieht darin eine Konkurrenz zu seinen geliebten »Noat Lights«. Wenn es das sein wollte, wäre es ein Fehlschlag.

Dicky Maitland, der mir Nachhilfe in Naturwissenschaft gibt, hat an den Adjutanten geschrieben, daß meine Freiwilligenuniform immer dreckig ist; der sagt, er hätte schon mehrere Anzeigen bekommen: Hat man so etwas je gehört? Der Ärmste ist eben ein Militärfetischist.

Aber im Ernst, ich sollte morgen bei der Jahresinspektion um einen guten Eindruck bemüht sein, mit meinem Waffenrock, der nur aus Ölflecken besteht, und allem andern, das nicht hinhaut.

J.W.P. sagte mir gestern abend, ich sei einer, der auf dem College gern scheitern möchte und der sich (irrtümlich, wie J.W.P. meint) einbildet, es im späteren Leben zu schaffen. Typisch hausväterlich, so ein Ausspruch. Aber er war eben gerade schlechter Laune.

(später) – Habe soeben gemeldet, daß ich morgen zum Zahnarzt gehe und daher bei dem internen Match am Nachmittag nicht spielen kann. »Wahnsinn!« »Ich würde es eher eine Schande nennen« und so weiter. Ist es nicht komisch, wie man auf einmal zu einem guten Spieler werden kann?

Beim Zahnarzt morgen wird es das dritte Mal sein, daß er einen Nerv zu töten versucht, und der ist nicht annähernd tot, sondern ganz schön aktiv.

Gewaltige Aufregung über Hutchinsons nächsten Roman, jeder versucht, ein Vorausexemplar zu bekommen.

Donnerstag

Corps-Inspektion: alles gut abgelaufen.

Danach ging ich zum Zahnarzt, und im Zug traf ich Mayo, der vorzeitig abgehen wird. Hatte ein langes Gespräch mit ihm, hauptsächlich über Seymour & Co. Wie zu erwarten, mochte er ihn nicht, aber er kam der Sache schon näher, indem er einen höchst interessanten Grund anführte, gegen den man bei einem Mann mit solchen Grundsätzen nichts einwenden kann. Erstens kann er mit einem Menschen, der sich in keinem Fach besonders hervortut, nichts anfangen. Den ehrgeizigen Stipendiaten läßt er noch gelten, ebenso den halbgebildeten Leistungssportler, aber da keiner von uns auch nur annähernd zu dieser Kategorie gehört, kann er uns alle nicht ausstehen.

Öl auf sein Feuer ist einer, der sich mit seinem exzentrischen Gehabe großtut, was natürlich von uns allen gilt, indem wir uns für etwas Besonderes halten. Und dann kommt natürlich die Unmoral mit ins Spiel, die ja mit exzentrischem Wesen einhergeht.

Natürlich ist B. G. für ihn in jeder Hinsicht ein schlechter Mensch, und ich mache ihm das nicht einmal zum Vorwurf, weil er B. G. nicht kennt, dessen Auftreten genau darauf angelegt ist, in jedem rechtschaffenen Menschen den Keim zu Zweifel und Mißtrauen zu legen. Außerdem will er nicht sehen, wieviel Gutes jeder von uns im späteren Leben zu leisten vermag. Er sagte, er selbst würde zur Army gehen, und er brüstete sich damit, und dann, da wir allein waren, brachte er mich ganz aus der Fassung mit der Behauptung, ich würde einen guten Finanzmann abgeben.

Ich konnte darauf nicht antworten, es gab weiter nichts zu sagen, aber als wir dann das kleine Feuer am Glimmen hielten, um keine Mißstimmung zu zeigen, sagte er tatsächlich, daß Seymour in seiner Achtung gestiegen sei, weil er seinen Hundertmeterlauf gewonnen habe. Außerordentlich! Hoch interessant und natürlich ein Aspekt, der mir fast unglaublich schien. Mir gingen wirklich die Augen auf.

Mußte eilends zum Zahnarzt zurück, der es aufgegeben hatte, den Nerv in meinem Zahn zu töten. Er prophezeite mir für die Nacht ein leichtes »Stechen«, wie er es nannte, aber das hat er gewaltig unterschätzt. Es tut verdammt weh.

21. Juli

Lese ein sehr gutes Buch über das zweite Kaiserreich unter Napoleon III. Es ist im Stil von Lytton Strachey geschrieben, den ich nächst dem Carlyles für den amüsantesten halte.

Das Freiwilligenlager mit all seinen Schrecknissen steht kurz bevor; obwohl ich mit meinem schlimmen Zahn entschuldigt wäre, will ich mich doch mal blicken lassen.

22. Juli

Bells, auf der anderen Straßenseite, hat nicht weniger als sieben Jagdhörner eingekauft. Jeder der neuen Besitzer bläst unablässig darauf, besonders wenn man gerade etwas lesen will. Nicht alle zusammen, sondern abwechselnd, um die gleiche Tonhöhe einzuhalten. Wirklich, man könnte sich in Eton glauben. Sie bringen den ganzen Tag nur den einen Ton hervor.

Abgesehen von diesem kleinen Ärger, ist es jetzt »Masche«, mit kleinen Steinen nach mir zu werfen, wenn ich am Fenster sitze. Jedenfalls habe ich E. N. mit »Milchkuh« tituliert und werde D. J. B. bei nächster Gelegenheit »lahme Ziege« nennen, womit im allgemeinen die Sache erledigt ist. Diese Epitheta haben den echten *Noat Art Society*-Touch, nicht wahr?

24. Juli

Keine *Art Society* heute abend. Niemand kreuzte auf außer B. G., der ein Exposé vorlesen mußte, er war schwer enttäuscht. Doch ich finde das ganz in Ordnung, er ist ebensowenig in die »Kleinen« vernarrt wie ich.

Bin zu müde, um irgendwas anderes zu tun, als dies aufzuschreiben. Im Haus kleine Aufregung wegen dieses Tagebuchs, gemischt mit Verachtung; ich vermute, sie haben mich aufgegeben – hoffentlich. Etwas Komisches passierte mir heute nachmittag beim Cricket. Ich hatte mich niedergeworfen, um einen Ball zu stoppen, und sah danach für etwa zwei Minuten in meinen Augen Funken sprühen. Ich vermute, es war der Blutdruck.

»Für alle, die in Seenot sind«, wird im Moment bei der Hausandacht gesungen.

26. Juli

Gestern abend kam J.W.P. herein, um mir zu sagen, ich hätte schlechte Zensuren, und alle meinten, ich gäbe mir keine Mühe, was nicht überraschend ist und für beide Seiten gilt: Er sagt, daß ich im nächsten Trimester in seinem Studio zusammen mit den Sitzenbleibern arbeiten soll, ein altbekanntes Lied, wie ich meine, andererseits geradezu aufmunternd am Ende eines langweiligen Trimesters.

Das Feldlager bei Tidworth wird bei dem nassen Wetter ein Vergnügen sein.

27. Juli

Habe mir für nur Sixpence den prächtigsten Sonnenschutz für ein Pferd gekauft und ihn mit konzentrischen Ringen bemalt. Den werde ich im Lager tragen, und ich habe ihn so zurechtgebogen, daß er wie eine altmodische Nachthaube aussieht. Die Ohrlöcher werde ich mit Band in schreienden Farben ausstopfen, das ich, weil ich nett zu ihm war, von einem Ladenmädchen bei Bowlay umsonst bekommen habe. Unser kleiner John macht sich, nicht wahr?

Der Sonnenhut ist ein Meisterwerk und hat natürlich einen heftigen Meinungsstreit ausgelöst. Diejenigen, die ihn für eine bloße Geschmacklosigkeit halten, und die, die ihn lustig finden, diskutieren ganz ernsthaft miteinander und hören sofort damit auf, wenn ich in der Nähe bin, während die mir Wohlgesinnten unauffällig zu mir kommen und mir berichten, was die anderen gesagt haben.

Der herrlichste Brief, der je geschrieben wurde, ist zweifellos der von Charlotte Brontë über den Tod ihrer Schwester Emily.

28. Juli

Keine Arbeiten mehr bis zu den Sommerferien. Bin vom Auswahlkomitee im Camp in das Zelt der Versager gesteckt worden, was mich sehr amüsiert. Offenbar ziehen die für das Zelt Verantwortlichen

Bulwer und Matson mir vor, wodurch die Sache noch komischer wird. Ob ich wohl im nächsten Trimester in den Lesesaal gewählt werde? Wahrscheinlich nicht. Ich vermute, sie wollen einen Massenbetrieb und wissen, daß ich da nicht mitmache. Jedenfalls werde ich es, wie es jetzt ist, sehr viel angenehmer haben. So liest es sich schon besser und klingt auch so.

Offenbar muß ich mit Angriffen rechnen, wenn ich meinen komischen Sonnenschutz trage. Kaum zu glauben. Ich mußte mir die heftigsten Argumente gegen diesen Kopfputz anhören. Tatsache, daß die Leute dort engherziger und förmlicher sind als bei uns; sie sind sich, soweit ich sehe, nur darin einig, andere Schulen schlechtzumachen.

29. Juli

Heute in der Aula ein Abend mit Songs, wo außer mir jeder hingeht, ich nicht aus zweierlei Gründen: erstens weil das einleitende Filmprogramm hoffnungslos ist, und dann, weil mich Freyer mit seinen Songs anödet und nur Applaus bekommt, weil er auf dem Spielfeld der große Mann ist und es sich deshalb empfiehlt, ihm Beifall zu klatschen. Das macht mich verrückt.

Das Schlimme an dieser Schule ist, daß sie aus den wirklich Begabten Leute macht, die sich mit all ihren Fähigkeiten dem Mittelmaß anpassen, das als Idealbild des Erfolgsmannes gilt. Und dann kommen diese Ärmsten zum Erfolg und verlieren allen Grips, den sie vielleicht einmal hatten, besonders bedauerlich in meinem Fall, weil ich ein bißchen mehr zu bieten hätte.

Sonntag

Sing-song offenbar ein großer Erfolg. Zur Zeit findet eine Auktion statt. Alles, was seit ewigen Zeiten von Hand zu Hand gegangen ist, wird jetzt noch mal verkauft. Mir ist, als hätte ich manche der Bilder schon etwa vierzigmal auf Auktionen gesehen: Am bekanntesten sind Thorburns gleichsam versteinerte Rebhühner oder noch schlimmer, jene grauenhaften alten Schinken von Pferderennen, auf denen die Hälse so lang wie der ganze Pferdeleib sind.

Gesellschaftliche Arroganz, wie ich sie jetzt zum ersten Mal seit vielen Trimestern erlebe, ist wirklich unvorstellbar komisch. Es beginnt mit einem absichtlichen Nichtverstehen, wenn du irgendeinen ansprichst, zum Zeichen, daß es ihm unangenehm ist, im Gespräch mit dir gesehen zu werden; es geht weiter, proportional zur Menge dessen, was sie an dir auszusetzen haben, und steigert sich zu ausgesuchten Grobheiten, und je jünger und unwichtiger du bist, desto schlimmer haust die Horde in deinem Zimmer. Am Ende geht der ganze Spuk über dich hinweg und sucht sich ein anderes Opfer.

Vermutlich war ich in letzter Zeit ziemlich langweilig, aber alle, außer T. D. und vielleicht E. N., sind so unausstehliche Kraftmeier, die nur die Schule und ihr Gezänk im Kopf haben und gegen alles, was sonst noch in der Welt vorgeht, blind und ahnungslos sind.

31. Juli

Die letzte Atempause vor dem »Camp«.

Mein Zimmer ist ein Anblick für die Götter, Haufen von Kleidungsstücken, zum Verpacken gestapelt, ein prall gefüllter Reisesack mit Wäsche zum Wechseln während der zehn Schreckenstage, das Oberste zuunterst, und dazu das halb wahnsinnige Mädchen, dessen Aufgabe es ist, nach verlorenen Sachen zu suchen, und als sie mich über ein Paar Tennisschuhe mit tiefstem Mißtrauen ansieht, bin auch ich dem Wahnsinn nahe. Der Sturm im Wasserglas ist inzwischen verebbt, und ich habe wieder meinen Ankerplatz vor dem Hafen der halbwegs Geduldeten.

Wie ich höre, ist das einzige Hotel, wo man im Lager ein Bad nehmen kann, für uns »out of bounds«. Einfach köstlich! Mama wird wütend sein: Denn der Grund ist, daß dort Alkohol ausgeschenkt wird.

Im Lager, 2. August

Nur eben hingekritzelt: Es hat sintflutartig geregnet wie aus böser Absicht. Im Moment liege ich auf etwas, das liebevoll »Strohsack« genannt wird, mit Holzbohlen als Unterlage. Und darunter rauscht ein wahrer Gießbach, weil wir nämlich auf einem Hügel sind und die Regenmassen von zwei Tagen dort abfließen. Über uns eine Art von Rundzelt, das seit langem von der Army als ungesund abgelehnt wird, so daß der Wolkenbruch vom Himmel freien Zugang hat. Da gibt es eine undichte Stelle, unter der ausgerechnet Brown, der größte Nörgler aller Zeiten, liegt. Er war so töricht, den Spalt mit Seife zu verkleistern, weil wir ihm gesagt hatten, dadurch würde die Stelle wasserdicht, und nun tröpfelte ihm die Seifenschmiere aufs Gesicht. Wir haben ihm auch gesagt, seine Nörgelei wäre unerträglich und würde geahndet werden, wenn er damit nicht aufhöre, und nun liegt er todunglücklich da und ist das einzige, was uns noch bei Laune hält.

Natürlich gibt es Gerüchte, daß wir wegen des nassen Wetters heimgeschickt würden, aber ein solcher Glücksfall wäre zu unwahrscheinlich.

In dem Speisezelt riecht es widerlich nach Essen und Fett. Ein alter Campteilnehmer hatte mich schon gewarnt. Zum Glück war ich noch nicht an der Reihe mit Geschirrspülen, aber morgen muß ich ran. Die im Nachbarzelt mit einer Flasche Rotwein halten sich für die ausgekochtesten Teufel; vielleicht würde ich mich genauso fühlen, wenn ich auch eine Flasche Port hätte.

Ferien: 11. August

Gestern Dorf-Fête hier in Tidworth, nach Wecken um dreiviertel vier in der Früh, »Réveille« oder so ähnlich nennen sie das. Gleich nach meiner Ankunft hier mußte ich herumrennen und mich allem und jedem diensteifrig zeigen. Eine gräßliche Sache gegen Ende, als ich so müde war, daß ich kaum noch aus den Augen sehen konnte. Mama wies mich an, die junge Dame zu suchen, die den Rasengolf-Wettbewerb leitet, um ihr zu sagen, sie möchte die Namen der Sieger einschicken. Die jungen Damen, die alles mögliche leiteten, sahen alle gleich aus, schlimm genug, und es gab sehr viele von der Sorte. Ich ging auf ein Mädchen zu in der sicheren Meinung, es hätte das Golfturnier geleitet, und ich fragte sie, ob das stimme. Keine Antwort. Ich fragte noch mal und wieder keine Antwort. Irgendwie nahm ich ihr Schweigen als Bestätigung und fragte sie noch mal, diesmal dringlicher. Statt einer Antwort lief sie so rot an wie ein Notsignal, das denn auch alle ihre Freunde alarmierte, sie vor den Zudringlichkeiten dieses jungen Mannes zu schützen. Daraufhin flüchtete ich ins Haus. Ich weiß schon, wie man in der ganzen Gegend jetzt über mich herziehen wird. Mama lachte nur; ich habe sie noch nie so lachen hören.

Ich habe mich bös erkältet und mir den gräßlichsten »Laufschnupfen« geholt – wieder Carlyle. Hatte ein oder zwei geistreiche Gespräche mit Seymour in einer kleinen Kantine, wo man kaum Luft bekam. Es war wundervoll.

29. August

War heute angeln und »schaffte« zwei winzige Fische, einer 'ne Elritze und so unendlich klein, daß man ihn nicht mal der Stallkatze zumuten konnte. Damit hatte ich einen Rekord gebrochen, wenn auch in der falschen Richtung.

Mama heute abend über Religion. Welche Wirkung sie habe und wie sie es im College damit hielten. Sie bestärken mich nur in meiner eigenen Religion.

Während des Abendessens sah ich unten einen Mann durch den Garten rennen. Also holte ich nach dem Essen die Hunde und band den großen Boxer, damit es gefährlicher aussah, an einen langen Koppelriemen und ließ ihn ringsum schnauben, zerren, keuchen und heulen. Er machte annähernd soviel Lärm, wie man es von einem Drachen erwartet. William hatte Vaters Revolver mit Platzpatronen geladen und wartete auf meinen Aufschrei, falls ich angegriffen würde. Er sah zu komisch aus mit seiner lächelnden Beschützermiene.

2. September

Mama regt sich gewaltig über einen Mann im Stadtrat von Norbury auf. Unter dem Siegel der

Verschwiegenheit erzählte sie mir alles über ihn, doch ich habe vergessen, worum es dabei ging. Jedenfalls hatte sie nur einen Verdacht und keinen Beweis, aber das machte sie nur um so sicherer. Sie hielt in der Versammlung eine glänzende Rede über Unehrenhaftigkeit in Stadtparlamenten. Da war sie wirklich in Form. Aber ich wünschte, sie nähme diese Dinge nicht so ernst. Doch sie erwartet es auch von mir, und wenn ich ihr nicht beipflichte, sagt sie: »Ach, du bist eben zu jung, mein lieber John.«

9. September

Mama konnte nicht schlafen, also verbrachte Ruffles, der Chow-Chow, die Nacht in meinem Zimmer, wogegen er sich heftig sträubte, so daß er, widerwillig etwas eingeduselt, einen Alptraum hatte, was bei ihm sehr selten vorkommt, und der höchst alarmierend und mit viel Geräusch verbunden war. Ich hoffe nur, daß es nicht diese Sache in Norbury war, die Mama nicht schlafen ließ. Kann sein, daß dieser Schurke ganz unschuldig ist. Es wäre echt Mama, gegen ihn aufzustehen und Klage zu erheben. Aber das konnte sie wohl nicht.

Gestern sieben Fische gefangen, nicht schlecht. Sie bissen fabelhaft an.

Noat, Freitag, 29. September

Wieder am alten Ort und entsprechend deprimiert. Doch immerhin bin ich jetzt als Spezialist für Geschichte voll anerkannt, und ich darf mich von den Kleinen bedienen lassen, da ich jetzt zu den berühmten ersten Hundert der Schule gehöre. Aber Fußball ist immer noch eine Angstpartie für mich.

Ich kam am Mittwoch zurück. Wie immer hat sich so gut wie nichts verändert: Bells gegenüber haben ihre Jagdhörner schlimmen Angedenkens aussortiert und bieten statt dessen ein Akkordeon und ein Banjo an, was ebenso schlimm ist.

Mit dem Akkordeon und der Kälte und dem Lärm und allem anderen ist das kein Leben mehr, sondern nur eine Existenzform. Aber zu Beginn eines Trimesters sind die Aussichten immer schlecht.

Später – ein hervorragender Abend in der *Art Society:* sehr amüsant. Es gab ein großartiges Streitgespräch zwischen Seymour und Harrington Brown, und B. G. s unerreichte Kunst der Schmährede kam voll zur Geltung. Sein Gesicht, seine Stimme – alles zusammen macht ihn zu einem der wortgewaltigsten Opponenten im Streitgespräch.

1. Oktober

Da alle meine Altersgenossen ihre Zeit in dem Seniorenlesezimmer mit dem kürzlich angeschafften Grammophon verbringen, bin ich ungestört und ganz für mich, was sehr angenehm ist. Ich fühle mich sehr viel besser, wie ich meine, dank einer heißen Tasse Tee.

Ich halte die alten Bräuche in Ehren, indem ich der einzige in der Schule bin, der einen Paletot trägt. Wie kommt es, daß selbst bei härtestem Frost keiner hier einen Paletot hat? Ich finde es absurd, und der einzige Dank für meine Mühe sind tadelnde Blicke der Neuankömmlinge, die sich natürlich peinlichst hüten, mir zu sagen: »Du machst dich zum Narren mit so einem Paletot.«

Seymour und B. G. wollen eine höchst aufwendige und glanzvolle Abschiedsparty geben, das wird ein großer Spaß.

3. Oktober

Heute morgen ein großer Ärger: Ich esse gerade mein Morgenbrötchen, das ich vom Hausvater J. W. P. bekomme, als mein Zahn auf einen Stein beißt und zur Hälfte glatt abbricht. Ergebnis: eine gewaltige ausgefranste Zahnlücke, für die ich, auf Kosten von J. W. P., eine mit Brillanten besetzte Platinfüllung brauche. Ich bin wütend.

Brown, einer meiner Freunde, hat Billing, den mit dem kleinen Laden, wo man auch Rattengift bekommt, in den Magen geboxt, so daß er hinter dem Tresen zusammensank: das Beste, was seit Jahren passiert ist.

Billing war offenbar schon früher mit Brown zusammengeraten und hatte ihn beim Headmaster wegen Rohheit angeschwärzt, aber der, statt Billing die Stange zu halten, hatte Brown gefragt, warum er nicht zurückgeschlagen habe: Das heißt, wenn Billing heute gegen Rockfeller boxen würde und Rockfeller wäre zufällig mit Brown, dann wäre Brown grob zu Billing gewesen, der ihn doch als erster attackiert und den dieser selbe Brown daraufhin zu Boden gestreckt hatte. Inzwischen ist Brown zum Vorsteher gegangen mit dem Antrag, Billings Laden für »out of bounds« zu erklären, und Billing wird dann vermutlich zum Headmaster gehen. Das kann einen schönen Skandal geben.

6. Oktober

Große Freude, Land in Sicht! Mein Direktor hat meinen ersten Essay zu Gesicht bekommen, der gar nicht mal gut war, und sagt mir, ich könnte mit dem Schreiben Erfolg haben. Diese Freude, weiter schreiben zu können! Ich sehe mich schon als der englische Anatole France, eine ruhmvolle Aussicht ... einfach klasse!

Bin hoffnungslos verliebt in die Krawatten in Bartletts Schaufenster. Ich werde sie mir alle kaufen müssen, obwohl sie sehr ausgefallen sind: die raffiniertesten, gewagtesten und frechsten Karos, die man sich vorstellen kann.

Sonntag, 8. Oktober

An diesem Morgen hatten wir einen heulenden Derwisch von Missionar, der einmal im Jahr kommt. Wieder all seine haarsträubenden Geschichten, seine greulichen Metaphern und seine unglaublichen Zumutungen. Heute morgen verlangte er in seiner Predigt von uns eine Vision für seine Arbeit; letztes Mal hieß es, wir sollten dafür beten, und davor, wir sollten auf unsere Ferien verzichten und statt dessen in der Mission arbeiten. Heute wurden wir darüber belehrt, daß selbst Kohlköpfe Visionen haben könnten und Gottweißwas noch. Er war wütend, daß wir ihn auslachten, und unterbrach sich mehrmals. Chris setzte allem die Krone auf, indem er mitten in der Rede des Mannes aufstand und, ein rosarotes Taschentuch an die angeblich blutende Nase gepreßt, hinausging. Das Rednerpult ist wirklich kein Platz für Selbstenthüllungen, aber ich fürchte, der Mann hat das immer noch nicht begriffen.

9. Oktober

Zwei von den Jungen im Musikunterricht sind frech zu mir gewesen. Gelte ich etwa als der Schulidiot? Das sollte mich nicht wundern; immerhin war ich sehr höflich zu ihnen – beim nächsten Mal werden andere Maßnahmen getroffen. Die beste Art, mit diesen Burschen fertigzuwerden, ist, sie nach ihrem Namen zu fragen; damit stopft man ihnen den Mund. Ich glaube, meine Erscheinung ist nicht männlich genug; ich muß mir wohl einen Schnurrbart wachsen lassen. Ich bin immer der Typ, der von einem verirrten Inder nach dem Weg gefragt wird, und für Franzosen bin ich der reinste Fliegenfänger, ebenso für das berühmte alte Mütterchen. Da kann man nichts machen.

12. Oktober

Guy Denver erzählt mir folgendes: Es ist furchtbar kalt, und er und Conway gehen auf der Straße. Sagt Conway: »Gott, ist mir kalt!« Darauf Guy: »Warum ziehst du denn keinen Mantel an?« »Oh! Dann würde ich als typischer Engländer abgetan.« Da sieht man, was die Angst vor der öffentlichen Meinung schon auf der Public School anrichtet. Das ist wie die Pest: kommt immer wieder.

15. Oktober

Heute nachmittag einen weiten köstlichen Spaziergang mit B. G. gemacht. Das Wetter war tadellos, warme Sonne und alles im Dunst, so daß »alles Ferne sehr entfernt« war, wie Kipling es ausdrückt. Und wenn wir auch mit unseren Sprüchen die Welt nicht aus den Angeln hoben, so war es doch sehr genußreich.

20. Oktober

Greene hat mehrere Hühnerköpfe, Mägen und so weiter bestellt und sie White nach oben schicken lassen, was für ihn hoffentlich eine hübsche Überraschung sein wird. Eigentlich eine gute Idee.

Habe an einem Porträt von Napoleon herumgemalt, kubistisch und etwa drei Fuß im Quadrat, zusammen mit B. G., der es als Strafe von einem der neuen Lehrer bekommen hat.

21. Oktober

Heute morgen, so erzählt man mir, haben Seymour und B. G. ein Spielzeugauto an einer langen Schnur über den Gehsteig gezogen. Da hätte ich dabei sein müssen: ein ganz neuer Affront gegen die Würde der ganzen Schule, fabelhaft.

Seymour schaffte eine weitere Sensation, indem er heute in der Vortragsstunde eine eigene Dichtung rezitierte, was ein Mordsspaß war. Jeder, der im Sport etwas gilt, hält es jetzt für besonders schick, Seymour zu kennen, was sehr komisch ist, und obendrein merke ich, daß ein kleiner Abglanz von diesem Ruhm auch auf mich fällt, wenn ich mit Seymour über die Straße gehe. Der Kapitän der Rugger-Mannschaft hat mir gestern zugelächelt. Ich hätte ihm fast ins Gesicht gespuckt (aber natürlich setzte ich mein reizendstes Lächeln auf).

Habe an verschiedene Künstler geschrieben mit der Bitte um einen Vortrag in der *Art Society.* Bei der Gründung nahmen wir in die Statuten auf, Prominente dafür zu gewinnen; es ist die einzige Art, die Sache am Leben zu erhalten. Ich meine, wenn wir jemanden gewinnen könnten, käme die *Art Society* wieder auf die Beine.

25. Oktober

Bekomme eben von dem höchst Prominenten, an den ich geschrieben hatte, einen Brief, in dem er schreibt, er werde am 14. November zur *Art Society* kommen. Das ist wirklich ganz toll: Er ist der glänzendste Topstar; es gibt an die tausend Bücher von ihm und außerdem seine berühmten Zeichnungen. Alle diese Leute sind so nett und so ermutigend für die *Art Society.* Das ist fabelhaft.

31. Oktober

Jetzt bin ich siebzehn. Ganz schön alt.

Gestern war der Galaabend auf Einladung der *Society,* und es war ein Riesenerfolg, während ich im stillen einen Reinfall befürchtet hatte.

Alle Geladenen waren erschienen – alle Jungen, alle Lehrer, und den ganzen Tag höre ich nichts anderes als, wie gut es ihnen gefallen und wie sehr es sie interessiert hätte. Es ging um den Nach-

Impressionismus, ein Thema, das den Vorzug hatte, daß wir in der *Society* mehr darüber wußten als irgendeiner der Anwesenden. B. G.s glänzender Vortrag war eine einzige Schmährede, die jedermann entzückte. Die *Society* erlebt entschieden einen Aufschwung, sogar der T. R. C. taute auf und war begeistert. Ich hoffe, das bleibt jetzt so.

Jeden zweiten Abend finden jetzt Lagerfeuer statt, was nicht gar so schlecht ist, und das Wetter wird auch allmählich besser. Sonderbar, wie das Wetter meine Stimmung beeinflußt. Bekam ein Telegramm von Mama, die sich an meinen Geburtstag erinnert hatte, was mich freute, denn irgendwie mag ich nicht, daß er vergessen wird. Im allgemeinen denkt sie nie daran, bis Nan sie erinnert. Aber das Fußballturnier kann einen schon umbringen.

Kaum zu glauben – aber J.W. P. hielt mir eine Standpauke wegen meiner schlechten Durchblutung, weil ich nämlich einen Sweater unter einer Weste trug: Ich weiß, eine dumme Angewohnheit, aber er zwingt einen dazu, indem er diese Lagerfeuer zuläßt, und dann will er einem noch einen Vorwurf daraus machen, einfach schändlich.

1. November

Es friert wieder, neues Pech.

B. G. und ich gingen am Morgen hinauf nach Windsor und bekamen etliche Wahlaufrufe aus den Parteibüros, die wir über ganz Noat verteilt haben, auch auf dem Anschlagbrett des Freiwilligencorps und im Schulbüro und in der Bibliothek. Später habe ich sie auf allen Anschlagtafeln für Hausmitteilungen angebracht, wo sie mächtig auffielen. Alle hier sind eben so schrecklich langweilig und haben keinen Sinn für Humor, obwohl das Pamphlet an der Tür zum Mädchenwaschraum mit der Behauptung, der Sozialismus wäre für die Abschaffung der Ehe, einiges Schmunzeln hervorrief.

Heute nachmittag mußte ich fünfzig Seiten Geschichte des Mittelalters durcharbeiten, wovon mir noch der Kopf schwirrt. Es ist zu absurd, daß man alles über diese verrückten Goten und Vandalen lernen soll. Sie haben längst aufgehört, in der Politik eine Rolle zu spielen, wozu sie also wiedererwecken?

11. November

Kam heute auf die Idee, eine Galerie all der Leute zu machen, die ich am wenigsten ausstehen kann hier in Noat, und sie alle an die Tür meines Zimmers zu kleben, wo jetzt nicht mehr die Statuten der *Art Society* hängen, seit ich das Zimmer an einem verrückten Nachmittag umgeräumt habe.

Smith, der Lehrer, benutzt zum Ausfüllen seiner Schecks ein Lineal. Hier stößt man jeden Tag auf irgendeine Verrücktheit.

Heute der kälteste Tag, den ich je in Noat erlebt habe, und obendrein ganz dicker Nebel, der Trübsal hervorruft, doch seltsamerweise bin ich guter Laune, nachdem ich eine Erzählung mit dem Titel »Sonny« geschrieben habe – bei weitem das Beste von mir bis jetzt.

15. November

Entschieden der schönste Tag meines Lebens. Es war Wahltag, und so machten nach zwei Uhr B. G., Seymour und ich uns auf nach Strand, über und über mit dem Blau der Konservativen angetan und mit riesigen Plakaten.

Als wir bei Strand ankamen, fanden wir die ganze gottgesegnete Sozialistische Arbeiterschaft zu beiden Seiten der Straße aufmarschiert, so daß wir an den Reihen entlanggehen und auf sie einreden konnten. Jeder von uns geriet in die Mitte einer Gruppe und mußte jeden Augenblick damit rechnen, niedergeschlagen zu werden, denn ich habe so etwas an mir, das diese Typen rotsehen läßt. Indessen bewahrten sie Zurückhaltung, während wir mit unserem Quatsch auf sie einredeten.

Dann gingen wir zur Bahnstation und nahmen eine offene Droschke, und mit B.G. auf dem Kutschbock und Seymour und mir im Fond fuhren wir los. B.G. hatte Plakate auf seinen Schirm gespießt und war leichenblaß vor Erregung. Wir fuhren mit Gebrüll und Gekreisch auf den Seitenstreifen, bis wir an den Anfang der High Street kamen. Die fuhren wir hinab; mittlerweile waren wir ganz aufgeregt und wie von Sinnen, und irgendwie gelangten wir wieder auf die Kreuzung und fuhren an den Sozialisten vorbei, die sich zu einem Meeting zusammengeschart hatten. Sie brüllten uns an und pfiffen uns aus, und wir drehten um und fuhren diesmal dichter an ihnen vorbei, die High Street hinab und weiter in Richtung Noat, wo wir alsbald sechs oder mehr Noatianer aufpickten. Dann mit denen wieder zurück, wobei einige mitrannten und mit einer Rassel einen ohrenbetäubenden Lärm machten. Wir fuhren an den Meetings von Labour und Sozialisten auf dem Bahngelände vorbei und weiter zur Bahnbrücke, wo wir unsere Drosche verließen und den Kutscher entlohnten. Dann zogen wir in geschlossener Formation an den Meetings vorbei, die sich gerade auflösten und uns über die Querstraßen folgten, wobei sie uns mit gebündelten Stoffetzen bombardierten und so weiter. Dann an der Ecke der Straße nach Noat hielten wir selbst ein Meeting ab. Anfangs war mir angst und bange, doch am Ende war ich wild begeistert. Das Meeting dauerte zwanzig Minuten, und die ganze Zeit wurden Fragen gestellt. B. G. führte meistens das Wort, Seymour und ich auch ein bißchen. Woodville nahm sich besonders die Frauen vor, darin war er sehr gut. Ihr Sprecher war ein alter Arbeiter, ein Hitzkopf, und dieser Teil der Veranstaltung war nur noch Blabla. Mittendrin zurückblickend, sah ich, daß alle Konservativen, Männer und Frauen, sich hinter uns formiert hatten, was ich sehr rührend fand. Während dieser ganzen Zeit kamen Nachrichten von den Randgruppen, daß die Menge dort drauf und dran war, uns umbringen zu wollen, und es sah im Augenblick sehr böse aus, aber das gab sich dann. Schließlich kam die Polizei mit einem Inspektor und drängte uns ab. Ich händeschüttelnd mit jedem, der mir zu Gesicht kam. So kamen wir unter wildem Gebrüll heim. Es war zu wunderbar, unvergeßlich.

16. November

Ich weiß jetzt, warum Männer im Krieg tapfer waren; weil sie nämlich Angst davor hatten, als Feiglinge zu gelten, und diese Angst war größer als die Todesfurcht. Die Menschenmenge auf der Straße, in die man sich aufs neue hineinstürzen und sich mit allem möglichen bewerfen lassen mußte – das war anfangs eine richtige Angstpartie für so einen ausgemachten Feigling wie mich, aber ein reines Vergnügen, wenn man erst mal aufgeheizt war. Die Frauen waren bei weitem am schlimmsten. Eine ältliche Schöne kreischte immerzu: »Ihr dreckigen Lümmel, ihr dreckigen Lümmel!«

Später – wieder eine wunderbare Sache. Ich ging mit Seymour zum Marktplatz von Noat hinauf, abseits vom Rathaus, und dort kam es wieder zu einem stürmischen Treffen. Ich habe diesmal eine ganze Menge geredet. Bronsill und ich hatten es die ganze Zeit mit einer aufgeregten Masse zu tun. Er und ich wurden abgedrängt auf einen kleinen Balkon, wo die Presse uns fotografierte, und er hielt eine Ansprache an die Menge, und ich unterstützte ihn mit »Hört, hört!« und so weiter. Wenn Zeit gewesen wäre, hätte ich auch noch geredet, aber es wurde Mittag, und wir hauten ab. Es war zu wundervoll, dieses Gefühl, über einer Menge zu stehen, etwa 150 diesmal, und ich war kein bißchen nervös. Auch bekam ich keine Angst, als die Menge wieder ausfällig wurde wie am Vortag. Das möbelt einen gewaltig auf – viel mehr als die Jagd. Immerhin, einer der Lehrer hat mich gesehen, und J. W. P. hat davon erfahren. Was wird daraus werden?

17. November

Nichts passiert mit J. W. P.; er hat's nicht übelgenommen und sich nur amüsiert.

Habe eine neue Geschichte geschrieben, sehr blutig; nicht ausgesprochen schlecht, aber elendes Mittelmaß. Wenn ich nur schreiben könnte! Aber ich gedenke, besser zu werden. Diese schrecklichen Schachtelsätze sind mein Unglück.

Fox hat sich über meine Bewunderung für Carlyle gefreut.

18. November

Harrington Brown hat mich um ein Manuskript für das Magazin, das er herausgibt. Ich gab ihm *Sonny,* glaube aber nicht, daß es paßt, obwohl ich einiges gut daran finde. Es ist nur 1400 Worte lang, und wenn er es ablehnt, schicke ich's an irgendein Londoner Magazin, das solche kurzen Sachen nimmt, aber vorläufig kenne ich keins.

Ich hoffe eher, daß H. B. die Geschichte nicht nimmt. Solche kurzlebigen Sachen sind immer mißlich, und kein halbwegs Gebildeter liest sie. Bis jetzt sind erst drei Hefte erschienen, in jedem Trimester eins.

19. November, nachmittags

Bin von H. B. angenommen worden, allerdings mit gemischten Gefühlen auf meiner Seite. Indessen liegt sein Blättchen ein paar Striche über der gedruckten Alltagsware, aber das Erscheinen im Druck ist doch irgendwie erniedrigend. Wenigstens darf ich es als einen Beweis nehmen, daß ich schreiben kann; ist ja auch keine schlechte Leistung von einem gerade Siebzehnjährigen. Vielleicht ist es auch zu gut, und ich werde gar nichts mehr schreiben.

Carlyles »Flucht nach Varennes« in seinem Revolutionsbericht ist eine zu deprimierende Lektüre, so aufregend sie auch für mich ist. Natürlich stimmt alles nicht, es spielte sich nicht halb so langsam ab, wie er glauben macht, trotzdem ist es herrlich.

Gott sei Dank nur ein paar Wochen mit diesem Fußball-Wahnsinn.

Noat, 26. Januar

Was für eine lange Pause, und wie wenig ist passiert! Die Ferien wurden belebt durch zwei Todesfälle im Dorf, die Mama sehr aufgeregt haben, und durch ein oder zwei Skandalgeschichten in der Nachbarschaft, die sie aufmerksam verfolgt hat, ohne Partei zu nehmen.

Unser Hund ist gestorben, was sehr traurig war; er war so ein guter alter Kerl. Auch darüber war Mama sehr entsetzt, allerdings auf ihre komische Art. Anscheinend verbringt sie jetzt mehr und mehr Zeit im Dorf und sieht weniger Leute bei sich. Nun kommt man hierher zurück, in Erwartung des großen Andrangs im College.

Wir kamen gestern an, und ich fühlte mich ganz verloren ohne B. G. und Seymour, die beide abgegangen sind. Sie hinterlassen eine große Lücke, denn wir drei verstanden einander und halfen uns gegenseitig über schlimme Strecken hinweg. Und jetzt bin ich ganz allein in einem Wespennest von fanatischen Fußballern.

Im Augenblick lese ich Gogols »Tote Seelen«. Seine Wortbilder sind grandios: Besser als die von Ruskin oder Carlyle, und sein Stil ist so einfach und klar, so geschliffen, wenigstens in der Übersetzung, aber er scheint durch sie hindurch. Ich bin ihm ganz verfallen. Ich werde dieses Buch immer bei mir haben, wenn ich genug Geld habe, es mir zu kaufen. Er ist wundervoll.

Am besten ist er, glaube ich, in der Beschreibung; ich wüßte nichts Vergleichbares. Er übertrifft fast Carlyle, wenn auch nicht ganz. Er ist ein Dichter durch und durch.

30. Januar

Lese Winston Churchills Biographie seines Vaters, die ganz hervorragend ist.

Ich denke kaum noch an B. G., daß es ihn einmal gab. Was aber nicht heißt, daß ich seine Briefe nicht beantworte, aber das Leben geht eben auch so weiter.

Habe ich schon gesagt, daß ich zu Hause als angehender Schriftsteller gelte? Nein, ich glaube nicht. Ich habe erst drei Sachen geschrieben, und schon werde ich als ein Napoleon der Literatur gefeiert. So ist das mit dem Ruhm. Ich möchte diese Lobreden wenigstens verdienen und muß ernstlich an die Arbeit gehen. Mrs. Condor scheint am stärksten beeindruckt zu sein. Spricht von nichts anderem als, wohin sie mich mitnehmen kann wegen der Publicity – also natürlich Brighton. Ich verspreche mir davon keine gewaltigen Dinge. Aber sie ist wirklich der Gipfel. Seit Condor starb, ist sie aufgeblüht. Als er noch lebte, hätte man das verstehen können, weil er so träge war, aber jetzt? Sie ist so ausgelassen, so verdammt lustig! Aber das stimmt alles nicht, klingt unfreundlich und undankbar. Schließlich hat sie mir fünf Pfund geschenkt und ein Kochbuch für Pfadfinder.

17. Februar

In einem Anfall von Übermut habe ich mir eine etwa 20 Zentimeter lange Zigarettenspitze gekauft. Habe sie den ganzen Nachmittag geraucht. Machte ganz schön Aufsehen in der spießigen Atmosphäre der Teestube bei Beryl.

Werde in der *Art Society* einen Vortrag über japanische Kunst halten. Ich werde frei sprechen und nicht ablesen, um die Tollkühnheit auf die Spitze zu treiben. Aber es ist gut, sich ein bißchen in freier Rede zu üben.

22. Februar

Komme eben vom Dinner mit dem Headmaster. Man hatte mich neben ihn gesetzt, und ich hatte zwanzig Minuten lang sein Ohr. In dieser Zeitspanne brachte ich es fertig, um ein Theater für die Schule zu bitten und um ein Schulrestaurant, wo man ein anständiges britisches Steak mit Zwiebeln bekäme und vielleicht auch ein Bier. Ich brachte auch Argumente in diesem Sinne vor. Aber das einzige, worin wir übereinstimmten, war das Vergehen, ein Fenster offenzulassen. Er hörte sich alles an, und das war sehr nett von ihm.

Am Montag lieferte ich meine Rede über Japanische Kunst ordentlich ab. Nur am Anfang war ich zittrig und dem Zusammenbruch nahe. Morgen gehe ich mit Harrington Brown zum Tee. Inzwischen haben wir auf einem Tee bei Dore beschlossen, daß die *Art Society* eine Marionettenvorstellung geben sollte. Die Obrigkeit stimmte zu und gab uns ein Studio dafür. Einer schreibt schon eifrig am Szenario, über eigensinnige Liebespaare, deren Namen alle auf -io enden. Dann werden wir die Kulissen malen. Ein Hauptspaß. Die Figuren sind allerdings nicht beweglich.

Von der Moderne die einzigen Deutschen, die malen konnten, sind Lenbach und Böcklin.

24. Februar

Trank Tee mit Harrington Brown. Ich sandte ihm eine Geschichte für die nächste Nummer seiner *Noat Days.* Ich vermute, er wird sie nicht nehmen. Es ist ein Versuch in Kurzprosa. H. B. las den Text zu dem Puppenspiel vor, so weit er damit ist. Wirklich gut. Er wird ihn in seinem Blättchen drucken.

10. März

Heute morgen gab es einen jener Vorfälle, die Leuten wie mir das Schulleben einfach unerträglich machen. Ich hob gerade einen Löffel mit dem wässrigen Porridge, mit dem sie uns hier glauben vollstopfen zu müssen, als irgend jemand meinen Arm anstieß – so kindisch das auch war, immerhin ein Scherz, zu dem ich meinen Jahren entsprechend gute Miene hätte machen sollen. Natürlich fielen alle über mich her, als wenn ich mich übergeben hätte. Immerhin brauchte ich fast eine Stunde, um meinen Gleichmut wiederzugewinnen.

Später – was für ein hassenswerter Bursche ich doch bin! Das ist meine Stimmung heute abend. Manchmal denke ich, es ist besser, so zu sein wie man ist, und sich nicht andauernd mit vielen Worten zu entschuldigen. Grob zu sein, wenn man grob sein will – und um wieviel freundlicher würde man dann wirken, wenn man freundlich gestimmt war. Ich bin sicher, es ist alles relativ, je nachdem wie man es ansieht. Du meinst, du arbeitest für deine Begriffe hart, und einem anderen kommt es so vor, als arbeitetest du überhaupt nicht. Arbeitest du nun wirklich ebenso hart wie der andere? Alles ist eben nur so, wie man es ansieht. Ich werde dies mit J. P. W. erörtern, wie ich es auch schon erfolgreich mit Ale getan habe. Das ist ein sehr guter Erziehungsgrundsatz hier in Noat.

11. März

Ich wünschte, die Welt wäre nicht so häßlich und trostlos. Dabei gibt es soviel Zynismus. Und warum muß die Naturwissenschaft alles mit Etikett und

Preisschild versehen, so daß die Welt wie ein Kaufladen wirkt, wo jeder Artikel seinen Preis hat? Immerhin gibt es noch ein paar Nebenräume mit Versteigerungen, wo die Menschen auf das bieten können, was ihnen am begehrenswertesten erscheint, aber das kommt immer seltener vor. Und die Menschen lieben ja das Geld so sehr und das werde auch ich, wenn ich erst hinter mir habe, was die Erwachsenen mit jugendlicher Innenschau abtun. Aber warum sollte man nicht etwas durchmachen, das so lebendig und wundervoll ist? Doch sie sagen nur lächelnd: »Ja, das habe ich auch alles durchgemacht, du wirst bald darüber hinwegkommen.« Ich werde also um des Geldes willen kämpfen und andere dadurch ruinieren. Nieder mit der Wissenschaft. Mit Romantik und aller geistigen Größe ist es aus. Demnächst wird Musik nach wissenschaftlichen Formeln komponiert; Malerei in Frankreich war einmal, und man sehe nur, wie die Fotografie die Kunst verdrängt hat. Wir brauchten jetzt einen Carlyle! Einen Propheten, dem man folgen könnte.

15. März

Verbrachte einen ganzen Nachmittag bei der Arbeit an der Marionettenbühne. Ich sägte und sägte, während E.V.C die Kulissen zusammenbaute, die er gemalt hat. Wir schafften überraschend wenig in so langer Zeit.

Meine Geschichte in den *Noat Days* wird in Kürze erscheinen. Ich las in höchster Eile Korrektur und hatte das Gefühl, nie etwas Schlechteres und Schwächeres gelesen zu haben. Der armselige Humor machte mich krank, obwohl der Schluß etwas Pep zu haben schien.

19. März

Die Marionettenschau wird immer hektischer. Man kann kaum noch Luft holen. Eine Vorstellung ist am Samstag, also einen Tag nach übermorgen. Natürlich, nichts ist fertig und das Studio ein Tummelplatz von angehenden Künstlern, die schon im privaten Leben verrückt genug sind, aber unter dem Druck eines so lebhaften öffentlichen Interesses sich im Nichtstun mit möglichst viel Lärm selbst übertreffen.

1. April

Das Marionettenspiel ist weiterhin eine große Attraktion. Morgen um drei geben wir eine Kindervorstellung. Es regnet Anfragen von Müttern: ob es nicht zu voll sein wird, ob die Kleinen auch gut genug sehen können, weil sie im Sitzen da unten doch so klein sind. Ich denke, das Leben eines Bühnenleiters muß eins der anstrengendsten sein, die es gibt.

Karfreitag

Über eine hübsche Frau: »Und diese kindliche Frische an ihr« (von Browning).

»Wenn ihr eine Fotografie von einem Mann beim Umgraben nehmt, so sieht er meiner Meinung nach immer aus, als wenn er gar nicht gräbt« (Van Gogh). Habe in Van Goghs Briefen gelesen. Sie sind die härtesten Brocken, die ich mir je vorgenommen habe. Er ist so ungeheuer ernsthaft und so schwer zu verstehen. Doch ich glaube, ich habe von dem, was er meint, eine ganze Menge begriffen.

Eine wundervolle Postkarte von B. G. aus Venedig:

Wir sind hier bis Donnerstag, fragen uns, wer das Wettrudern gewonnen hat, den Nationalpreis, die Schul-Viertelmeile der Junioren und den Hammersmith-Tanzrekord.

Habe einigen wenigen vom Haus etwas Carlyle vorgelesen. Was konnte es anderes für sie sein als unverständliches Zeug? »Verrückt«, meinten sie. Alles Geniale gilt als »verrückt« in einer Public School. Und das mit Recht, wie ich finde.

4. April

Wieder einen Tag näher dem Ende des Trimesters. Wie schön, einmal fort zu sein und für ein oder zwei Tage ein neues Leben anzufangen. Zwar sind die Ferien unangenehm kurz, nur drei Wochen und etwas.

Wir haben gerade die dritte und letzte Vorstellung des Puppenspiels gegeben. Es war ein toller Erfolg und sollte, wenn möglich, wiederholt werden. Aber das Licht im Sommer ist zu grell, und im nächsten Sommer gehen schon viele ab, so daß wir vermutlich im Winter nicht genug Leute dafür haben werden.

Oh, wenn es doch schon morgen wäre!

Ferien: 10. April

Wieder einmal im heimischen Frieden, wenn es auch nur Täuschung und Stillstand ist, aber dennoch angenehm. Lese gerade George Moores »Ave« mit beträchtlichem Vergnügen. Er ist so ungeheuer witzig.

Meine Zensuren sind gekommen und völlig uninteressant: kein einziges begeistertes Lob, was ja auch nicht verwunderlich ist.

20. April

»Polygamie ist Ansichtssache und hat nichts mit Moral zu tun.« Montague Glass ist ohne Zweifel der größte Komödiant als Wissenschaftler. »Pottasche und Perlmutter« ist grandios.

Heute beim Abendessen gab Mama in einem ihrer seltenen Urteilssprüche über mich zu verstehen, ich hielte die Menschen immer auf Armeslänge von mir fern. So hingeschrieben klingt das ungeheuerlich, aber ich begegne selten einem Menschen, der mich mehr interessiert als ich selbst: ein Fehler von mir, nehme ich an.

Wir haben ein Grammophon angeschafft, und Strauss' »Letzter Walzer« hat mich bezaubert. Ganz entzückend!

Noat, 4. Mai

Wieder an Ort und Stelle, im guten alten Noat. Verdammtes Nest! Sah eben ein Buch mit dem Titel »Los und drauf in der Wüste«. Er beschreibt hinreichend klar meine augenblickliche Stimmung.

Es ist so heiß, daß Schreiben unmöglich ist, wie meine Feder und mein Stil bezeugen können. Ich werde in diesem Trimester kein Cricket spielen, sondern nur lesen. Ich kann vom Cricket freikommen wegen meiner Gesundheit, die zunehmend schlechter wird. In den letzten Ferien sind wir von einem Doktor zum anderen gegangen. Sie gucken einen an, als wäre man ein Tier einer besonderen Spezies, diese Leute, nichts kann einen so empören.

5. Mai

Das Wetter ist weiterhin überaus lieblich. Ich verbringe den Nachmittag mit Zusehen beim Cricket und mit einem Buch. Gegen Abend ging ich zum Fluß. Was ist nur so anziehend in dem Geräusch von unruhigem Wasser? Vielleicht die Diskrepanz zwischen Hören und Sehen. Wasser sieht wie eine glasierte Oberfläche aus, und sie aufbrechen und tönend in Bewegung geraten zu sehen, ist unendlich wohltuend.

Ich muß mich fleißig in der Literatur umsehen. Es gibt so viele Arten von Schriftstellern, die ich noch nie gelesen habe, zum Beispiel Poe, der Meister des Unbewußten. Ich glaube, meine Lektüre ist im allgemeinen in Ordnung, aber ich habe so ein schlechtes Gedächtnis.

2. Juni

Zwei Porträts von mir in der Sommerausstellung der *Art Society.* Nicht besonders gut, aber beide sehr treffend.

29. September

Allerlei hat sich zugetragen, seit ich zuletzt hier schrieb. Ein vornehmer Literaturmäzen war so freundlich, mir für meine literarischen Bemühungen einen kleinen Preis zuzusprechen. Auch gehöre ich jetzt zu den Senioren und bin beim Schreiben eines Theaterstückes, was ich gar nicht kann. Eine jämmerliche Sache. Schließlich noch etwas. Sie haben mir ein anderes Zimmer gegeben und in das Zimmer einen neuen Teppich gelegt, der mir Glück bringen soll. Und nun riecht es wie in einer Lohgerberei. Infolgedessen werde ich allmählich vergiftet.

12. Oktober

Wirklich, Noat ist immer wieder überraschend. Gestern schrieb mir der Präsident der *Essay Society*, einer der Lehrer, und forderte mich auf, Mitglied zu werden. Ich habe abgelehnt, ich habe diese *Societies* satt. Und jetzt schickt J. W. P. nach mir und teilt mir mit, er habe davon gehört, und ich müsse eintreten. Glatte Nötigung. Man stelle sich vor – zum Eintritt gezwungen werden! Natürlich kann ich jetzt nicht hingehen. Ich werde pro forma eintreten und mich nie dort blicken lassen.

Lese »Schuld und Sühne« von Dostojewski. Was für ein Buch! Ich verstehe es noch nicht ganz. Es ist so eigenartig und so dicht, geradezu erschreckend. Was für ein erstaunlicher Mann, mit seinen epileptischen Anfällen, die im Grunde echte Visionen waren.

20. Oktober

Habe vor einer Woche »Schuld und Sühne« beendet. Ein schreckliches Buch, aber es hinterließ einen tiefen Eindruck. Technisch gesehen ist es schlecht komponiert, aber es haut einen um, eine Tragödie nach der anderen, wie ein antiker Streitwagen mit Messern an den Radspeichen. Das Ganze ist so gräßlich, daß man mit D. böse wird, weil er einen so quält. Und dann endet es auf zwei Seiten. Aber was für ein Finale! Und Sonja, was sie alles leiden mußte. Und dann die Szene, wo sie in der Bibel liest.

Ich habe auch versucht, den »Idioten« zu lesen, und habe »Väter und Söhne« von Turgenjew beendet, aber das war dagegen nur wie ein Traum. Ein furchtbares, entsetzliches, ein ganz großes Buch, dies »Schuld und Sühne«. Und dann die Todesszene, sie mit dem flammend roten Strohhut und dem Sonnenschirm, der zu dieser nächtlichen Stunde sinnlos ist. Und die Gesichter, die sich an der Tür drängen, und das Gelächter im Hintergrund. Was für eine Szene! Und die Schlußepisode in Sibirien, am Ufer des Flusses, der zum Meer fließt, wo es Freiheit, Versöhnung und Liebe gab.

Wieviel Kraft doch in Büchern steckt! Dieses Buch ist wie Dynamit.

Samstag, 7. April

»Lieber Seymour,

Etwas Fürchterliches ist passiert. John ist blind. Mrs. Haye, du weißt, seine Stiefmutter, schrieb einen Brief aus Barwood, der mich heute morgen erreichte. Die Ärzte sagen, er hat keine Hoffnung, wieder sehen zu können. Sie bittet mich, allen seinen Schulfreunden zu schreiben, also auch an dich. Es ist eine schreckliche Geschichte. Offenbar war er auf der Heimfahrt, nachdem Noat ›erledigt‹ war, also am Donnerstag. Der Zug war irgendwo zwischen Stroud und Glocester, gerade vor der Einfahrt in einen Tunnel. Ein kleiner Junge saß auf dem Zaun an der Strecke und warf einen dicken Stein auf den Zug. John muß gerade aus dem Fenster geblickt haben, denn die Glassplitter trafen ihn voll und schnitten große Wunden in sein Gesicht, und seine beiden Augen wurden blind für immer. Ist es nicht gräßlich? Mrs. Haye sagt, er leidet entsetzlich. Es ist eine Tragödie. Blindsein, das schlimmste …« und so weiter.

ZWEITER TEIL · *PUPPE*

1. Nachrichten

Draußen regnete es, und durch die bleiverglasten Fenster fiel ein graues Licht und verlor sich im Raum. Der Nachmittag schleppte sich dahin, und das leise Rauschen des Regens, das weder zu- noch abnahm, wirkte ermüdend. In einer Ecke des Zimmers stand ein großes Bett, ihm gegenüber eine Kommode und auf ihr ein paar Bücher und eine Vase mit künstlichen Blumen. Im Kamin brannte ein müdes Feuer, das böse aufzischte, wenn ein einzelner Regentropfen seinen Weg durch den Kamin fand. Beim Bett ein gelber Kleiderschrank mit einem mannshohen Spiegel. Auf der anderen Seite die Tür, ganz in Grün, ebenso wie die Einfassungen der beiden Fensternischen, der Teppich und die Vorhänge.

Die Wände waren in einem neutralen Gelb gehalten, und an ihnen hingen billige italienische Bleistiftporträts von verblichenen Heiligen im Kindesalter. Nach ihnen wurde der Raum »Zimmer der Heiligen« genannt. Hinter jedem Bilderglas waren Hunderte toter Fliegen und Mücken, denn der Raum wirkte im Sommer sonderbar anziehend auf diese Tierchen, und die Decke war bei Sonnenuntergang schwarz davon. Mit dem nahenden Winter krochen sie unter das Glas, um an den dargebotenen Engelslippen zu saugen. Vielleicht wurden sie auch durch den Heißwasserspeicher angezogen, der dem jungfräulichen Weiß der Zimmerdecke einen Hauch von Sünde verlieh.

Er lag im Bett und stellte sich den Raum vor. Links vom Bett auf dem Nachttischchen stünde der kleine Toilettenspiegel, der nie den richtigen Winkel einhielt. Vielleicht hatte man ihm ein Buch untergeschoben, so daß er freundlich zur Zimmerdecke aufblickte, das kalkige Weiß zurückwarf und vielleicht auf etwas anderes für seine Mimikry wartete. Auf dem Stuhl zwischen Tisch und Bett saß die junge Krankenschwester leise schnarchend über einem Buch.

Es kamen rasche Schritte auf den Teppichstufen der Treppe, dann noch zwei rasche Schritte auf dem Linoleum, und die Tür ging auf. Emily Haye kam herein. Sie war rot, rot von vierzig Jahren ununterbrochenem Sich-der-Sonne-Aussetzen. Wo der Hals in den Körper überging und noch ehe der flotte V-Ausschnitt den Blick auf den staubfarbenen, selbstgestrickten Jumper lenkte, glühte eine Hautpartie, die von der Sonne noch tiefer gerötet war. Sie trug grobe Tweedhosen, und sie duftete nach Seife, weil die Teestunde nahe war.

Er wendet den Kopf auf dem Kissen, die Schwester steht auf, und Mrs. Haye durchmißt festen Schritts das Zimmer.

»Nun, wie geht's dir?«

»Soweit gut, vielen Dank.«

»Ich werde ein Weilchen bei ihm sitzen, Schwester, und Sie nehmen inzwischen Ihren Tee. Draußen regnet's wie sonstwas. Ich machte einen Spaziergang, bis zu Wylemans Schuppen, wo ich umkehrte und schnell zurückkam. Ging nur kurz hinein und sah Mrs. Greens Baby. Ihr erstes, weshalb sie eine große Sache daraus macht; immerhin ein hübsches Kind. Hast du es gut gehabt?«

»Ja, danke.«

»Ein bißchen geschlafen?«

»Nein.«

»Schmerzt es wieder sehr?«

»Fast immer gleich.«

»Zu dumm, diese Sache, ausgerechnet jetzt am Anfang der Ferien. Ich sollte sehr böse sein, aber du nimmst es anscheinend gelassen; immer auf deine Art, John, immer alles nicht sehen wollen. Ich habe mit dem Arzt gesprochen, ehe er ging – und er sagt, daß du wahrscheinlich zum nächsten Semester nicht wieder hin kannst nach Noat. Damit fehlt dir dein letztes Trimester, und das wäre so wichtig, wie man mir sagt. Es bedeutet so viel für's spätere Leben oder so. Ich weiß noch, wie Ralph immer sagte, daß es für ihn sehr wichtig gewesen wäre, Verantwortung zu haben und so weiter. Doch ich glaube, du bist eher froh darüber.«

»Natürlich. Vater mag allerlei Verantwortung gehabt haben, aber mir hätte man nie welche übertragen, wie lange auch immer ich da war. Ich hatte nicht die nötige Kompetenz. Kannst du dir von mir vorstellen, daß ich mir Respekt verschaffe?«

»Du hättest fabelhaft ein Amt ausüben können. Das glaube ich wirklich. Aber wie Mabel Palmer gestern beim Tee sagte, du schienst nichts von dem Ehrgeiz eines richtigen Jungen zu haben – Mannschaftskapitän beim Fußball oder Cricket und so weiter. Wie sehr habe ich mir als Mädchen gewünscht, ein Junge zu sein, mich im Cricket hervorzutun, aber damals gab es noch kein Cricket für uns.«

»Du wärst beim Cricket bestimmt gut gewesen, Mama. Aber vom Schulleben hättest du wohl nicht viel gehalten, wenn du auf einer Schule gewesen wärst. Vielleicht wärst du nicht so unglücklich gewesen wie ich, aber du hättest die Sache bald durchschaut, glaube ich. Du beurteilst doch Menschen jetzt nicht mehr nach ihren sportlichen Leistungen, oder?«

»Du weißt sehr wohl, daß du kein Versager warst und – ach, wir dürfen uns über dieses Thema nicht ereifern mit diesem Ding vor deinen Augen, daß du überhaupt nichts sehen kannst. Wie ist denn das Gefühl damit?«

»Weiß ich nicht, alles ist schwarz, weiter nichts. Was war das im Radio? Warum haben die so gewichtig geredet, in langen Sätzen?«

»Ich würde verrückt werden in dem Zustand, keinen Schritt weit sehen zu können. John, Lieber, du bist so geduldig. Ich brächte das nicht halb so gut fertig wie du.«

»Kann ich mir nicht vorstellen. Aber es wird doch nicht für sehr lange sein?«

Warum mußte er nur mit einer Frage enden?

»Nun, wir müssen das nüchtern sehen. Und der Augendoktor hat mir gesagt, es würde eine lange Zeit dauern, bis – bis du wieder auf dem Damm wärst. Aber du weißt ja, wie Ärzte immer übertreiben. Und erst muß dein armes Gesicht wieder richtig werden.«

»Aber wie lange wird es dauern, bis ich diesen verdammten Kopfputz bei Tage abnehmen kann? Es war doch alles gut, als der alte Narr ihn im stockdunklen Zimmer abnahm, wo weder er noch ich überhaupt was sehen konnten. Und obendrein roch sein Atem widerlich.«

»Ach lieber Junge, der Atem von Menschen kümmert mich überhaupt nicht.«

»Doch, er kann anzeigen, daß tief innen etwas nicht in Ordnung ist. Nicht mal der beste Freund spricht mit einem darüber. ›Halitosis ist eine heimtückische Krankheit.‹ Und so weiter. Eine amerikanische Firma hat das einzige Mittel auf Gottes Erde herausgebracht, das Heilung verspricht. Das sollte dieser Doktor einnehmen, wirklich.«

»John, du darfst nicht so gotteslästerlich reden. Das Personal wäre entsetzt, dich zu hören, und obendrein ist es ein schlechtes Beispiel für die Dorfjugend.«

»Aber Himmel noch mal, die hören mich doch nicht!«

»Nein, aber sie erfahren davon, weißt du.«

(Nur weiter reden) »Es hat was Komisches gegeben. Du kennst doch Doris, das dritte Hausmädchen. Sie ist ein bißchen über das Kindesalter hinaus, aber sie steckt ihr Haar nicht auf. Als sie eintrat, habe ich natürlich darauf bestanden, daß sie es aufgesteckt tragen sollte, worüber sie entsetzt war. Und jetzt an ihrem freien Nachmittag trägt sie wieder ihren Zopf. So ein albernes junges Ding.«

»Wie klingt denn deine Stimme? Du bist doch nicht etwa böse mit mir? Ich finde es nämlich eher hübsch. Ich mag Zöpfe, du nicht? Kennst du die Stelle bei Browning, in »Porphyrias' Liebhaber«? Aber wann werde ich mit meinen Augen wieder einen Zopf sehen können, darum geht's doch!«

»John, was ist das bei Browning, ein Gedicht oder was?«

»Er läßt ihren Liebhaber sie mit ihrem eigenen Haar, ihrem Zopf, erdrosseln. Ich weiß nicht, was das soll, kein Mensch weiß das, aber ich weiß ganz sicher, daß ich das gern täte. Denk nur – dieser weiche seidige Strick und der weiße, warme Hals, und ... «

»Nun werde nicht albern. Ich verstehe nichts.«

»Aber wann wird man mir erlauben, dieses Ding abzunehmen? Es muß komisch sein, wieder sehen zu können. Hat er nicht irgendein Datum genannt?«

»Ja, aber nicht definitiv, er hat sich nur ganz vage geäußert. Weißt du, es ist eine langwierige Sache. Augen sind etwas so Empfindliches.«

(Angst)

»Wie lange also? – Drei Monate? Ich dachte, es würde nur einen dauern, aber was will man machen.«

»Länger als das, fürchte ich. Viel länger, so hat er gesagt.«

»Sechs Monate?«

»Lieber Junge, wir müssen es nüchtern sehen. Es kann sehr – sehr lange dauern, wirklich.«

»Also, ich werde mein Leben lang blind sein. Warum hast du mir das nicht gleich gesagt? Aber nein, ich verstehe schon.«

Er war also blind.

Sie blickt zum Fenster hinaus in den grauen Dunstschleier draußen. Tropfen bilden kleine Rinnsale auf den Scheiben. Ein dumpfes, träges Murmeln erfüllt den Raum. Dann und wann fällt ein Tropfen von der Regenrinne aufs Fensterbrett, und manchmal prasselt eine kleine Kaskade hernieder.

Sein Herz schlägt mächtig, und seine Kehle ist wie zugeschnürt, sonst nichts. Sie hatte nicht ausdrücklich gesagt, daß er blind sei. Er war's nicht. Sie hatte es nicht ausdrücklich gesagt – aber er war blind. Blind. Würde immer alles schwarz sein? Nein, das nicht. Die arme Mama, wie mußte sie das alles aufregen. Was konnte man machen? Wie entsetzlich, wenn sie eine Szene machen würde, während er hier im Bett lag, hilflos. Aber natürlich, er war nicht blind. Sie hatte das nicht ausdrücklich gesagt. Was hatte sie denn gesagt? Sie hatte auch nicht ausdrücklich gesagt, er sei es nicht. Was also? Ihm war heiß im Bett, er fühlte sich verloren. Er streckte seine Hand aus, begegnete ihrer und zog seine schnell zurück. Er mußte etwas sagen. Was? (Blind? Ja, blind.) Aber ...

»Wir müssen es nüchtern sehen, John, Darling, wir müssen es gemeinsam bestehen.« – Darling? Den Ausdruck benutzte sie nie. Was sagte sie weiter? »... Fahrräder für zwei, Tandem nennt man das ja. Gemeinsam sich anstrengen, überlaß mir die halbe Anstrengung wie auf einem Tandem. Dein Vater und ich machten in unseren Flitterwochen einen Ausflug auf einem Tandem, vor Jahren, als Fahrräder der letzte Schrei waren. Ich wollte, er wäre jetzt hier, er war ein wundervoller Mann, und er hätte uns beigestanden, und – und er hätte gewußt, was zu tun wäre.«

»Wie war er denn?« (Also war er blind, sonderbar.)

»Lieber Junge, er war der Beste bei Parforcejagden in drei Counties und ein glänzender Schütze. Ich weiß noch, wie er fünfzig Vögel mit nur sechzig Patronen abschoß bei einer Jagd auf Schneehühner oben in Schottland bei deinem Großvater, ein fabelhafter Schütze. Er wäre uns eine Hilfe gewesen.«

»Schon recht. Hab' ich immer gewußt, siehst du. Ich habe es buchstäblich gespürt, als jener Mann mich im Stockdunkeln, wie er behauptete, untersucht hat. Das hätte ihm gefallen. Herrgott! Wie meine Augen jetzt wehtun!«

»Lieber Junge, fluche nicht so. Nein, es können nicht deine Augen sein, die wehtun; wenn das stimmte, wäre es ein gutes Zeichen. Es ist vielmehr dein Gesicht, das – das böse verletzt ist. Nicht, daß keine Hoffnung wäre, natürlich nicht, es gibt noch eine Chance, die gibt es immer, hat der Arzt gesagt. Wunder hat es seit jeher gegeben. Aber ich mag's nicht, wenn du so fluchst.«

»Tut mir leid.«

Warum war sie gestorben, die ihm jetzt so hätte beistehen können? All die Jahre hatte er so wenig an sie gedacht, und nun war sie in seinem Denken zurück; sie hätte an seinem Bett sitzen und ihm beistehen sollen, es gäbe nichts zu verheimlichen, und alles wäre soviel einfacher mit Mummy hier. Ihre sanften Hände würden die Schmerzen vertreiben. Alles wäre so ganz anders.

»Und ja, ich werde dir vorlesen, aus all deinen hübschen Büchern. Und du wirst wieder zu schreiben anfangen, du könntest mir diktieren, ich werde immer für dich da sein, wir werden es zusammen schaffen.«

Um Himmels willen. Sie würde niemals imstande sein, Dostojewski zu lesen, sie würde das überhaupt nicht verstehen. Und es würde die Ärmste nach den ersten paar Wochen so langweilen, es wäre ein Martyrium für sie alle, alles andere als ermutigend. Und wie gern würde er auf ihre Hilfe, »es zu schaffen«, verzichten, als wenn es je ein Ende haben könnte, und doch so selbstlos von ihr. Warum gab es denn sonst niemanden?

»Dank dir, meine Liebe.«

Was hatte er gesagt? Das hätte er niemals sagen sollen, das verdarb alles. Warum hatte man keine Gewalt über seine Stimme? Aber was war da schon zu sagen? Er war blind, und damit basta, ausrangiert. Und doch mußte er sie darüber hinwegbringen. Es mußte fürchterlich für sie sein. Aber was gab's da zu sagen?

Sie quälte sich.

»Ist schon recht, nicht so schlimm, wie es aussieht, nicht als wenn wir sehr arm wären, es könnte – viel schlimmer sein, viel schlimmer.«

Wie wundervoll von ihm, es so zu nehmen, ganz wie Ralph. So vieles hätte sie sagen wollen, das ihr auf der Zunge lag, aber nichts war ihm so verhaßt wie Überschwenglichkeit. Sie mußte versuchen, das Richtige zu sagen, sie durfte sich nicht gehen lassen. Und sie mußte reden, um ihn abzulenken.

»Du bist sehr tapfer, Lieber. Mich würde es wohl total niederschmettern, Ralph auch. Ich wüßte gar nicht, woher du das hast. Manchmal verstehe ich dich nur halb, du bist so gar nicht nach der Familie geschlagen, obwohl Mabel mir gestern sagte, du bekämst mit zunehmendem Alter Ralphs Profil, aber ich sehe das nicht. Du weißt, Gott gab dir dein Augenlicht, und Er hat es genommen, aber Er hat uns einander gelassen, weißt du, und...«

»Ja, ja.«

So, jetzt hatte sie's getan. Aber es war alles wahr, es mußte so sein. Sie durfte diesen Fehler nicht noch mal machen.

Natürlich war es nicht fair, wo er doch so hilflos war. Aber was hatte sie damit zu tun? – Er war nicht ihr Sohn. Warum mußte so etwas passieren? Warum mußte sie hier sitzen? Es war so hart. Und dann die Schmerzen.

»Ja, Mummy, natürlich.«

Mummy, so lange hatte er dieses Wort nicht gebraucht.

Es würde nicht wieder vorkommen. Ihr Gefühl hatte sie überwältigt. Es kam darauf an, einen klaren Kopf zu behalten. Und nicht darauf herumreiten, wenn's auch schwerfiel. Ein Schweigen war so schrecklich. Immer war sie zwischen ihnen beiden. Und das war nicht recht, nicht als wenn diese Frau je etwas für ihn getan hätte außer, natürlich, ihn zur Welt zu bringen. Aber es war doch sie, die ihn aufgezogen hatte. Er gehörte zu ihr.

»Ich fürchte, ich werde dir nie eine gute Mutter sein, John. Ich verstehe davon nichts, außer von Spielen im Freien und von Kleinkindern. Du warst so ein reizendes Baby, als du ganz klein warst, da konnte ich alles für dich tun aus lauter Liebe. Aber jetzt bist du mir sozusagen entwachsen und hast mich hinter dir zurückgelassen. Wie ich schon gestern zu Mabel sagte: Ich verstehe die junge Generation nicht, ihr habt über alles so freie Ansichten, obwohl gerade du in manchem eine Ausnahme bist mit deiner Verschlossenheit. Ich weiß nicht wieso, aber die Jugend scheint sich weniger für das Land zu interessieren als früher. Nehmen wir dich, John, wenn du ausgingst – auf eine Wanderung, meine ich, dann bist du nur so gelatscht, wie der gute Pinch sagen würde. Und wenn du zurück warst, hast du nie etwas Ordentliches gegessen, sondern nur im Essen herumgestochert.«

Sie lachte etwas zittrig. Er lächelte über den alten Pinch, fürchtete aber, den Mund zu verziehen. Sie beeilte sich fortzufahren.

»Ich glaube, das kommt nur von diesem Zigarettenrauchen, wie Ralph immer sagte, und ich glaube, er hatte recht. So gräßlich seine Pfeife auch war, sie war wenigstens nicht ungesund. Ihr alle seid entweder zu schwierig und unnahbar oder aber zu mitteilsam. Vor ein paar Tagen bei Mrs. Pender hat mir diese kleine Bendon eine Stunde lang die intimsten Dinge aus ihrem Privatleben erzählt, obwohl sie mich gerade erst kennengelernt hatte. Früher hätte das bei einem Mädchen als unschicklich gegolten. Sie gehört zu der Sorte von Mädchen, über die dein Großvater nur gelächelt hätte. Er...«

»Mama!« Das paßte schon besser.

»Ja?«

»Nichts.«

»Etwas, das über seine Begriffe ging, belächelte er nur, und wenn er etwas nicht verstand, dann hatte sich's damit, und an dem, was über seinen Verstand ging, mußte etwas faul sein. In der guten alten Zeit...«

Sie war wieder in ihrem Element, und wie vernarrt war ihre Generation in die gute alte Zeit, so blind waren sie, daß sie die Herrlichkeiten der Gegenwart und Zukunft überhaupt nicht wahrnahmen! Blind. Vielleicht würde er sich in späteren Jahren nur an die Zeit erinnern, als er noch die Farben und alles Leben mit eigenen Augen hatte sehen können. Er wurde wieder sentimental, obwohl er diese Phase seines Lebens im Internat hinter sich gelassen hatte. Was sagt sie? (Blind? Ja, blind.) Was?

»... verstehe das nicht.« – So anstrengend, zu ihm von etwas anderem zu reden!

»Warum sollte man auch? Eltern werden ihre Kinder nie verstehen. Hast du Turgenjew gelesen, ›Väter und Söhne‹? Da gibt es eine wunderbare Stelle.«

Er war mit seinen Gedanken anderswo, und sie hatte nicht verstanden, worum es bei Turgenjew ging. Er immer mit seinen Büchern, als wenn es im Leben auf Bücher ankäme. Trotzdem mußte man Interesse zeigen, damit er glauben konnte, da wäre eine verwandte Seele, die ihn verstand. Schließlich hatte man als junges Mädchen all diese russischen Sachen gelesen, sie sogar geliebt, aber jetzt sah man, was für albernes Zeug das gewesen war.

»Ja, ich hab's vor Jahren gelesen, als ich heiratete. Ich weiß nicht mehr viel davon, aber ich halte es nicht für ein so ungeheuer wichtiges Buch, du etwa, Lieber?«

So sind sie eben alle. »Ja, ich hab's vor Jahren gelesen.« Nichts existiert für sie, als nur das Neue, alles andere haben sie vergessen, auch das Leben selbst! Immer hat sie ein Buch gelesen, jedes Buch, das man etwa erwähnt, und immer hat sie alles davon vergessen, außer daß sie es gelesen hat. Zum Verzweifeln! Sie war wie tot, verwelkt durch Interesselosigkeit, und er war lebendig, und wie lebendig! Lebendig! Lebendig? Und blind, ein Grab, dessen Finsternis alle Karbunkel des Lebens zudeckt! Blind? Ja, blind für immer, immer und ewig blind! Nein. Was sagt sie gerade? Nichts. Totale Stille, bis auf das seidige Rauschen des Regens draußen. Ihr mußte unbehaglich sein.

»Ja«, sagt er, wie man einem Ertrinkenden einen Rettungsring zuwirft.

»Lieber, ich meinte zu helfen und tue doch weiter nichts, als mit dem Schicksal zu hadern. Ich bin dir wohl keine rechte Mutter...« Konnte man ihm denn auf keine Weise helfen? Wenn man versuchte, liebevoll auf ihn einzugehen, zog er sich sogleich in sich zurück. Sie würde in Tränen ausbrechen, wenn sie noch länger hier bliebe. Warum mußten diese Tragödien so verlaufen? Und daß sie füreinander wie Fremde waren.

»... nein, natürlich nicht. Natürlich hilfst du mir, indem ich weiß, daß jemand für mich da ist, jemand, der mir wirklich helfen kann, wenn ich es brauche. Das bist du für mich, eine wirkliche Freundin.«

Das Wetter hatte sie fühllos gemacht. Sie war so verhärtet, so schroff. Es ließ sich viel gegen einen Spaziergang im Regen sagen. Treibhausblumen waren besser als Freiluftgewächse, aber er kannte sich ohnehin in Blumennamen nicht aus. ›Mrs. Fane‹ war das Ideal, so entsetzlich feminin. Mummy hätte so sein können. Und jetzt würde er nie wieder gemalte Farben sehen, er würde nur noch zu einem Grünzeug werden wie Mama, ein junger Kohlkopf. Und was für schöne Stunden hätte er mit Blumen verbringen können und mit Frauen, die den Blumen so verwandt waren. Doch was war das? Nur keine Gefühlsduselei, Sentimentalität war das Letzte. Aber wie wohl tat es, sich ihr manchmal zu überlassen.

Was erzählte sie da, eine Geschichte? Welche denn? Ach so, die alte Geschichte über die Vergeudung des Spülwassers.

Draußen der Regen und das Gurgeln in den Abflußrohren. Vermutlich ist es jetzt grau im Zimmer oder schon dunkel? Blind, also wußte er es nicht. Licht, nie mehr Licht. Und wenn er die Bandagen abnehmen dürfte, gewiß waren nur sie zwischen ihm und dem Licht, nicht ein Leben lang. Ein Klicken.

»Ist jetzt das Licht an?«

»Ja, Lieber. Nun muß ich aber hinunter zum Tee. Laß dich von allem nicht zu sehr bekümmern.« Sie hielt es keinen Augenblick länger aus.

Und dann war sie fort. Was meinte sie mit ihrem ›Laß dich von allem nicht zu sehr bekümmern‹? Bekümmern? Er war doch blind. Sie schienen nicht zu begreifen, daß er blind war und nie wieder sehen würde. Nichts als lauter Schwärze. Nein, das war absurd, das war vernichtend. Er war blind, und sie fanden sich damit ab, daß er blind war und nie wieder sehen würde. Aber es war töricht zu sagen, daß man nie wieder irgend etwas sehen würde, das war unmöglich. Man konnte nicht auf immer nur Schwärze sehen, irgendwas mußte man sehen, oder man würde verrückt werden. Verrückt. Also blind war er. Schon immer hatte er von blinden Menschen gehört. Aber natürlich besagte das absolut nichts. Nur gerade.

Es kamen langsame Schritte auf dem Treppenläufer, dann drei hastige Schritte auf dem Linoleum, und die Tür öffnet sich. Nanny kommt herein.

»Master John, ich bringe Ihnen Ihren Tee.«

Sie stellt mit leisem Klirren etwas hin.

»Danke.«

»Haben Sie ein nettes Schläfchen gemacht?«

»Nein.«

»Möchten Sie jetzt ein nettes Täßchen Tee, Master John?«

Mußte denn alles nett sein wie in ihrem Kinderglauben, so tröstlich?

»Schon recht, Nan.«

Wie gut war er doch. Teetrinken war in manchen Lebensbereichen ein Laster, und Tee enthielt Tannin, einen Schadstoff. Aber er war blind, er konnte nicht sehen. Und die Schmerzen. Also war er wie ein blinder Wurm im Feuer, der sich krümmte und versuchte, sich herauszuwinden.

»Nett, so ein heißer Tee. Nicht wahr, Sie lieben Ihren Tee, Nan?«

»Ja, sie liebt ihr Täßchen Tee, Ihre alte Nan, Master John. Ich war schon immer für 'ne Tasse Tee. Die hat mir geholfen durch die ganzen Jahre im Kinderzimmer mit Ihnen, denn Sie war'n oft 'n böser Junge damals. Un' davor noch, wennse hilflos auf mei'm Arm lag'n mit Ihr'm roten Gesichtchen, oje, un' gebrillt ham'se, wenn die Milch 'ne Minute später kam, wei'ch noch wie heute ... Ich erinnere mich genau ...«

Sie erinnerte sich. Warum erinnerten sich immer alle? Aber vielleicht brauchten sie das. Sie blickten zurück in eine Vergangenheit, die nur in ihren Erinnerungen lebendig war, sie sahen nicht die Geburt eines neuen Lebens, einer neuen Kunst, auch nicht sein Leben, das sich so plötzlich gewandelt hatte. Aber er hatte sein Leben gelebt wie Nanny das ihre, er mußte jetzt zurückblicken. Und es wäre so bequem, sentimental zu sein und in Erinnerungen zu schwelgen. Denn zurückblicken war das einzige, das ihm geblieben war; vorauszublikken war, wie an gar nichts zu denken. Und doch: Es konnte nicht alles vorbei sein, es mußte in der Zukunft noch etwas geben, etwas jenseits dieser schwarzen Wände! Wieder romantisch sein, wie die Nanny mit ihrem »Der feste Griff von Ihr'm klein'n Händchen ...« Rührselig wie Maria Magdalene. Ja, aufs Magdalen hatte er gehen sollen. Oxford. Aber nein. Voreilig wie kleine Kinder sind, weiter nichts, und die Kinderschwester liegt vor einem Moloch auf den Knien. Aber sie ist in ihren Gefühlen so verletzlich, und ihre Tränen wären fürchterlich. Er mußte gut zu ihr sein. Ein braves Kind.

»Was gibt's zum Tee, Nanny?«

»Ich habe gedacht, Sie möchten vielleicht Toast mit Butter und Brot, das mochten Sie so gern zum Tee im Kinderzimmer, und dann noch die Osterkuchen …«

»Davon zuerst ein Stück, ich werde mit der Regel brechen, Nanny, bitte.«

Sie schneidet eine Scheibe ab und beginnt ihn, Bissen für Bissen, zu füttern. Von Zeit zu Zeit gibt sie ihm die Teetasse in die Hände. Sie tut das gern. Jahr für Jahr hat sie erlebt, wie er immer selbständiger wurde, und jetzt füttert sie ihn wieder. So nett ist das.

Ihre Hand zittert. Sie hat beim Erinnern zuviel geplaudert, während sie doch sonst nicht viel Worte macht. Man hat ihr gesagt, daß er blind sei, daran wird's liegen. Da versucht man, mehr Mitgefühl zu zeigen, wenn schon nicht in Worten – was unerträglich wäre –, so doch unterschwellig. Aber wie war das zu vermeiden? Da gab es die Menschen, die ihn hatten aufwachsen sehen und die sozusagen Besitz von ihm ergriffen. Sie liebten ihn nicht um seiner selbst willen (wie es Hunde tun), sondern sie taten sich selbst leid in ihrem Schmerz über seine Blindheit. Sie machten vor ihm eine große Sache daraus, während er nur wünschte, in Ruhe gelassen zu werden, mit sich allein, um sein Leben zusammenzuflicken. Aber nun wurde er selbst schon theatralisch!

»Möchten Sie noch einen Schluck Tee, Master John?«

»Danke und noch etwas Toast mit Butter.«

»Ich liebe es so, Sie zu verwöhnen, Master John, ganz wie früher mit der Flasche. Ich weiß noch ...«

Wahrscheinlich war sie jetzt rot um die Augen und hatte einen verräterischen Zug um den Mund. Er glaubte förmlich ihren Blick zu sehen, mit dem Lächeln, das er von den Gesichtern der Eltern in der Kapelle in Noat kannte, die sich während des ganzen Gottesdienstes immerfort sagten, daß sie genau das durchgemacht hatten, was ihr Junge jetzt durchmachte. Aber worum es dabei ging, wußten sie nicht. Immer sagten sie, daß sie das Buch gelesen hätten, vor Jahren. Und Nanny erinnerte sich jetzt an ihn, wie er kaum ein richtiges Lebewesen war, und sie genoß es, ja sie genoß es, daß er wieder schwach und hilflos war. Tag für Tag würde er sie um sich haben müssen, während sie ihm mit ihrer ewigen Sentimentalität auf die Nerven ging. Aber was sollte er machen bei dieser Art der Nahrungsaufnahme und mit dieser ausweglosen Finsternis, die über ihn verhängt war? Und dazu die Schmerzen, die Schmerzen.

»Nein, nein, nehmen Sie das weg. Ich will nichts mehr. Ich könnt's nicht.«

»Oh, Master John, haben Sie sich nicht so.«

Und das arme, alte Gesicht schrumpft ein, und er hört, wie sie zu schluchzen anfängt. Dann tastet sie nach dem Stuhl, um zu sitzen, tiefgebeugt. Das war entsetzlich, es grenzte an eine Szene und er dabei hilflos. Er schrumpfte und schrumpfte, bis er fast ohnmächtig war. Nur Kraft und Standfestigkeit zählten. Er überläßt ihr seine Hand, die sie in ihre runzligen, zittrigen Hände nimmt, und Tränen fallen auf sie herab, in Tropfen, die er mehr fühlt als hört. Arme Nanny.

Und gewiß hatte sie schon früher vor dem übrigen Personal geweint, hatte sich gebrüstet mit dem Hinweis, daß sie ihn länger kannte als alle anderen. Die Köchin und Mamas Zofe hatten tiefes Verständnis und Mitgefühl gezeigt, und das Küchenmädchen hatte mit ihr geweint. Nur die Krankenschwester hörte nicht hin, wahrscheinlich saß sie abseits mit ihrem Buch, denn sie wußte, was Jugend bedeutete; die anderen hatten es vergessen. Er sah förmlich die Szene mit der von Tränen erstickt weiterstammelnden Nanny. Nach der berühmten Zeile bei Tennyson »Wie Sommerregen fielen ihre Tränen«. Aber Tennyson kam jetzt wieder sehr in Mode.

Die Schwester verstand Jugend daran, wie ihre Hände zärtlich seinen Kopfverband berührten; die anderen hatten es weder von ihr gelernt noch im Leben erfahren. Aber so waren sie eben alle, außer vielleicht B. G. Ihn verlangte nach B. G., dem einzigen, der verstehen würde, der nachfühlen könnte, was er selbst fühlte, und der tiefinnerlich mitempfinden konnte.

Sie ließ seine Hand los und rappelte sich auf. »Sie dürfen mir nicht böse sein, Master John, ich bin nur eine alte Frau.«

Und sie ging leise hinaus. War sie nun fort? Doch er war blind, ein jeder würde ihn bedauern, ein jeder versuchen, ihm beizustehen, und jeder war auf seinen Wink oder Ruf zur Stelle; es war richtig nett, geradezu bequem. Und er würde sich das zunutze machen, schließlich hatte er das nach allgemeiner Ansicht verdient. Er würde das Leben genießen, warum auch nicht? Aber er war blind. Nie wieder würde er am Morgen hinausgehen und den sanft abfallenden Rasen und Garten wiedersehen können und aufs neue über alles erstaunt sein, nie wieder das Wunder der Schönheit in allem und jedem erleben können, nie wieder einen Vogel, eine Wolke, einen Baum oder Pferd und Wagen sehen oder ein Kind beim Spiel mit Seifenblasen. Nie wieder eine zarte Blume in einem Kornfeld, nie wieder Farbe sehen, nie wieder erleben, wie aus Farbe und Kontur kleine Tempel der Schönheit entstehen. Vorbei die Zeit, da er noch vor einer gelben Narzisse niederknien und dabei an Herrick denken konnte und nahezu trunken davon wurde, und dazu der Gedanke, welch einen eminent poetischen Anblick er geboten haben mußte, als er in seinen besten Flanellhosen vor einer Narzisse kniete. Sein Zynismus! Wieder so ein unausrottbares Laster von ihm. Dabei war er von Natur eher schüchtern.

Sein unseliger Selbsthaß. Sein Unglück, so geboren zu sein, hoch über dem gemeinen Volk. Die Masse konnte seine Gefühle nicht teilen, all seine geheimen Qualen, und es paßte nicht zu ihm, so zu sterben, eingesperrt in das Grab der Tradition. Ein Priester hätte da sein sollen und Gebete über ihm sprechen, als die Glassplitter in sein Gesicht schnitten mit dem grellen heißen Schmerz. Und nun lastete die Finsternis auf ihm, und er war nicht bereit, nicht mit sich im reinen. Er fand kein Genügen an sich. Er wußte nicht warum. Er hatte sich weit umgetan auf Expeditionen in einen geistigen Sumpf, und jetzt war ihm jeder Rückweg abgeschnitten. Er war ganz auf sich angewiesen, auf seine Reserven an geistigem Fett, die vielleicht nur manchmal etwas aufgebessert wurden, wenn Mama oder Nanny ihm vorlasen und dabei in ihrer Ahnungslosigkeit jede Sinngebung, jede Imagination einebneten, als wäre eine Dampfwalze darüberhin gegangen. Blindenschrift lernen, ging ihm zu langsam. Und das Dunkel erschreckt und erstickt. Wo ist er? Wo? Was ist das? Nichts. Er ist verloren. Ah, die Wand, und er ist immer noch im Bett und hat sich mit seinem Hieb gegen die Wand die Hand verletzt. Die Klingel sollte hier links stehen – ja, da ist sie, wie glatt doch alles geht, wenn man einen klaren Kopf behält. Seine Hand faßt in Salz. Er muß es umgestoßen haben.

Schritte auf dem Treppenläufer, dann vier rasche Schritte auf dem Linoleum, und die Schwester tritt ein, ganz außer Atem.

»Nun, was haben wir? Haben Sie geklingelt, Mr. John? Tut mir leid, ich war unten beim Tee.«

»Oh, Schwester. Ich war verschreckt. Sehen Sie. Ich habe mir die Finger verletzt, oder?«

»So was, wie haben Sie das nur gemacht? Sehr unartig von Ihnen. Jetzt muß ich die Hand verbinden.«

Sie wäscht die Hand ... Sie hat so eine nette Stimme, er möchte ihre Hand drücken, während sie seine hält. Ihn verlangte nach Zuneigung. Aber es wäre zu schrecklich, wenn sie sich etwa sträubte. Er hatte für heute genug an peinlichen Szenen, für noch eine fühlte er sich nicht stark genug. Und einen hübschen Anblick mußte er bieten, so in Verbände gepackt. Immerhin würde sie sich von Berufs wegen nicht wie andere an Verbänden stören. Nein, er konnte nichts tun.

Und sie? Nun, er war kein besonders interessanter Fall, oder doch? Nicht, als wenn er noch Augen in ihren Höhlen gehabt hätte, Augen, um deren Erhaltung gekämpft werden mußte. Sein Zustand war nicht irgendwie alarmierend. Dabei liebte sie schwierige Fälle. Sie hatte eben erst ihre Prüfung bestanden und also noch keinen solchen Fall erlebt. Und er war doch ganz in Ordnung, seine Heilung machte Fortschritte, und er hatte ihr immer gesagt, sie würde bei einem solchen Fall ihren Beruf sofort aufgeben, aber sie träumte von einem Fall von Delirium tremens; zu hören, wie der Patient den blauen Nebel beschriebe und die Schlangen, Schlangen, die alles mit ihrem Schleim überzogen. Doch einen solchen Fall hatte sie noch nicht gehabt. Da kämpfte man, mußte zu zweit sein und hatte alle Hände voll zu tun. Der gute Junge hier tat ihr zwar leid, aber er litt nicht wirklich. Echtes

Leiden öffnete alle Schleusen des Mitgefühls, und das war für sie Liebe.

Ihre Hand fühlt nach dem Verband, dann beginnt sie mit ihrer Arbeit. Der Schmerz verdoppelt sich. Grelle Strahlen von Schmerz schießen über das entstellte Gesicht. Er litt Todesqualen. Er war wie ein Vogel in einem glutheißen Käfig. Der Schmerz verfolgte ihn, wohin er sich auch wandte, er krümmte sich förmlich in seinem Bett. Sein Kopf, sein Leib und alles an ihm war wie in Agonie. Sie war dabei, ihn frisch zu machen, und er durfte nicht stöhnen, das wäre unmännlich und auch nicht schön. Aah! Er hatte gestöhnt, und der Schmerz ebbte ab und war wie immer. Sie hatte ihr Werk beendet, und er hatte gestöhnt, nur eine Sekunde, ehe alles überstanden war. Alles umsonst und jetzt nicht weiter wichtig. Sie verachtete ihn, weil er gestöhnt hatte, das spürte er. Und ein richtiger Sportsmann hätte die Zähne zusammengebissen, bevor auch nur ein klagender Laut über seine Lippen gekommen wäre. Und dann hätte er höchstens nach einer Zigarette verlangt. Armes Mädchen. Und er war blind, oder etwa nicht?

So würde er denn in ein trostloses Alter hineinwachsen. Er würde den Weg rund ums Haus kennen und seinen Lieblingsspaziergang im Park. Wie alle Blinden würde er alles abtasten, und sein Gehör würde sich mächtig entwickeln. Er würde sich göttliche Musik vorspielen, auf dem Grammophon. Und Tränen würden hinter seinen blinden Augäpfeln hervorrinnen – aber hatte er noch welche? Daran hatte er nie gedacht. Er fühlte mit der Hand, aber der Verband war zu dick. Ihm fiel ein, daß Menschen mit amputierten Beinen immer noch mit den Zehen wackeln konnten, die doch längst woanders waren. Er blinzelte und war sicher, daß die Augen noch da waren.

»Habe ich überhaupt Augen, Schwester?«

»Was wollen Sie damit sagen? Nein, ich fürchte, daß sie entfernt worden sind, entfernt werden mußten.«

War wohl eine schwierige Operation, und jetzt standen sie in Spiritus auf dem Kaminsims in ihrem Stübchen im Krankenhaus. Wenn sie dahin zurückkäme, würde sie die Augen so hinstellen, daß sie sie als erstes jeden Morgen sehen könnte, zusammen mit den Zehen und der Niere. Sie hatte sich schrecklich bemühen müssen, die Augen zu bekommen.

Oh, seine Augen waren also weg. Sehr ärgerlich, so ein persönlicher Verlust. Sein Freund Dore war wütend gewesen, weil man ihm im vorletzten Semester den Blinddarm herausgenommen hatte, ein Schandfleck auf seinem schönen Persönlichkeitsbild, sagte er, aber Augen waren doch etwas viel Persönlicheres. Warum hatten sie nicht die Augen von einem dieser Idioten genommen? Und nun war er derjenige, der blind war. Wie war es überhaupt passiert? Er hatte nie gefragt; es mußte wohl so etwas wie ein Unfall gewesen sein. Er würde fragen.

»Schwester, wie ist es passiert?«

»Meinen Sie, Sie könnten es ertragen, darüber zu sprechen?«

»Warum nicht?«

»Also, ein kleiner Junge warf einen Stein auf den Zug, und der zertrümmerte Ihr Fenster, als Sie gerade hinaussahen. Das war sehr ungezogen von dem Jungen. Aber was ich nicht verstehe: daß Sie im selben Moment so ganz ohne Bewußtsein waren und sich nicht erinnern. Aber der Arzt meint, man könnte es Ihnen ruhig sagen, und ...«

Ein kleiner Junge. Zum Teufel mit ihm.

»Und was geschah mit dem Jungen?«

»Er bekam auf der Polizei eine Tracht Prügel. Wollen Sie jetzt nicht versuchen, etwas zu schlafen?«, und ihre Hände streichen achtlos das Kissen glatt und decken ihn fest zu. Früher, wenn er sich erinnerte, war das immer köstlich aufregend gewesen. Also, ein kleiner Junge hatte ihn in einem Anfall von Gedankenschwäche oder aus purer Langeweile blind gemacht, ein kleiner Junge, der nicht begreifen konnte, was er getan hatte, oder nur solange ihm der Hintern wehtat. Wahrhaftig, wenn er das Kind geschnappt hätte, würde er es erwürgen. Seine Finger würden zupacken und immer tiefer in das warme rosige Fleisch eindringen. Der kleine Kerl würde eine Weile zappeln, und dann wäre es wohl vorbei, nicht wahr, nur ein kleiner unbehaglicher Moment für eine Ewigkeit der Wonne, denn hatte er nicht seine Taufpaten, die für ihn seine Sünden trugen? Man täte dem kleinen Kerl damit nur einen Gefallen, und man würde sich hinterher nur um so besser fühlen. Er würde wegen Mordes verhaftet werden, und das wäre ihm ganz recht. Er würde sich jeden Morgen von dem Wärter aus den Zeitungen vorlesen lassen, er konnte sicher sein, Schlagzeilen zu machen: BLINDER ERMORDET KIND – nein, QUÄLT KIND ZU TODE. Und darunter, wenn er Glück hatte: EINE GESCHWORENE ERBRICHT SICH, eine richtige Sensation. Mr. Justice Punch, wie immer bei Schwurgerichtsprozessen, würde seinen ganzen Witz entfalten, und er selbst auch. Er würde Bemerkungen machen, die ihm ehrende Titel eintrügen, wie etwa: DER UNVERFRORENE MÖRDER. Alle Kinder in England würden bei seinem Namen erbleichen. In dem Prozeß würde er so brillant sein wie nur je. Reden. Nicht diese leere Konversation von früher, die so ungeheuer wichtig genommen wurde. Keine Nasenstüber, keine bitteren Worte; für den Rest seines Lebens wäre er von lauter netten, gutmütigen, einfältigen Menschen umgeben, die freundlich wären und duldsam und edel und die dennoch nicht wirklich lebten. Wie stumpfsinnig, allezeit gut zu sein, dankbar alles hinzunehmen aus lauter Angst, Gefühle zu verletzen. Und nicht zu erkennen, wie wichtig es war, den Dingen auf den Grund zu gehen. Wieder begann sein Kopf zu schmerzen. Sein ganzes Leben nur Frauen um sich. Besser, man wäre gestorben. Warum konnten die Schmerzen nicht nachlassen?

Wieviel Uhr war es?

2. Sie, er, die andern

»Guten Morgen, Ma'am.«

»Gu'nmor'n, Janet.«

Und nachdem Janet die Kanne mit heißem Wasser in das Becken hinter dem Wandschirm gestellt hat, geht sie zum Fenster und zieht die roten Vorhänge zurück. Ein Sonnenstrahl sprang herein, fing Feuer an ihrem Wuschelhaar, und damit hatte der Morgen freien Zugang durch die offenen Fenster. Mrs. Haye, in der rechten Hälfte des Doppelbettes, hatte einen so verlorenen Ausdruck in ihren sonst so gebieterisch blickenden Augen, daß Janet traurig den Kopf schüttelte.

Sie hatte eine schlechte Nacht gehabt. Sie wollte sogleich aufstehen, denn es war sinnlos, länger in diesem gräßlichen Bett zu kleben. Zu dumm, daß sie nicht früh am Morgen ihr Bad genommen hatte, ein Bad würde ihr jetzt guttun. Aber am Abend war ein Bad wichtiger.

»Janet, ich will aufstehen und mich anziehen.«

»Jetzt, Madam?«

»Jawohl, jetzt.«

Dann: »Möchen Sie das braune oder das grüne Tweedkostüm?«

»Das buntgesprenkelte. Janet, diese Strümpfe haben jeder ein Loch an der Ferse. Ich wünsche, daß du mir nur Strümpfe herauslegst, die ich auch anziehen kann.«

Sie war heute wieder übellaunig, kein Wunder. Doch wie die Köchin gestern abend gesagt hatte: »Nur nicht beachten, bis ein Jahr um ist.«

Jetzt wusch sie sich hinter dem Wandschirm, spritzend und prustend. Dann wurden die Zähne vorgenommen. Nur weiter und immer weiter, bis sich ein Sinn ergäbe. Sie würde nach Mabel Palmer schicken, und sie würden über alles sprechen.

Fast schlief sie schon wieder ein, während Janet sie frisierte.

Als sie dann in dem buntgesprenkelten Rock emportauchte, sagte sie: »William soll Mrs. Palmer anrufen, du weißt, Norbury 27, und sie fragen, ob sie heute nachmittag zum Tee kommen will.«

»Ja, Ma'am.«

Sie arbeitete sich mit Mühe in den braunen Jumper und steckte sich vor dem Spiegel die Nadel mit dem Fuchskopf an. Draußen sah sie den alten Pinch im Kräutergarten beim Nichtstun. Sie hatte ihn noch nie so früh dort unten gesehen. Das war ungewöhnlich. Sie blickte lange auf Ralph auf dem Foto, aber er blieb immer der gleiche. Sein Lächeln besagte nichts, gab ihr keinen Rat, sondern wartete nur darauf, daß man ihm sagte, was er tun solle, wie er auch den Weisungen des Fotografen gehorcht hatte. Vielleicht hätte er mehr mit dem Jungen gemeinsam haben sollen, ihm von der Wildschweinjagd in Indien in den alten Tagen erzählen. Sie hatte nichts, um ihn abzulenken. Er jagte und schoß nicht, sondern angelte nur, und das im Sitzen, aber damit war es jetzt auch vorbei. Vielleicht ganz gut, daß er die Jagd schon früher aufgegeben hatte. Es wäre zu schrecklich für sie gewesen, wenn das jetzt so plötzlich hätte sein müssen.

Wie schwer ihr Rock an ihr hing, sie war steif. Sie fühlte sich heute alt, richtig alt? Diese schreckliche Geschichte, und so plötzlich, gerade jetzt, wo es mit dem Wohltätigkeitsverein etwas besser ging. Und sie konnte nichts für den armen Jungen tun, absolut nichts. Aber etwas mußte getan werden, es mußte einen Ausweg geben. Natürlich würde er nie wieder sehen können, sie hatte das schon beim ersten Besuch des Arztes gewußt, in dem Krankenhaus mit der gräßlichen Oberschwester. Nicht umsonst hatte sie den ganzen Krieg hindurch ein Lazarett geleitet, sie kannte sich aus. Man mußte ihn irgendwie beschäftigen, man mußte an die Zukunft denken, und Mabel Palmer würde wohl etwas wissen. Oder seine Freunde – aber er hatte ja keine, jedenfalls hatte sie nie einen zu Gesicht bekommen. So ging das: erst Ralph, der mit Herzschlag auf der Treppe hinfiel, und jetzt, fünfzehn Jahre später, wurde der Junge blind, das war schlimmer als Totsein. Was konnte man ihm sagen? Was konnte man überhaupt tun?

Sie ging hinunter. In der Halle fand sie den Hund, der sich mühsam erhob, um sie zu begrüßen, wobei er halbwegs in ihre Richtung blickte.

»Du, Ruffles? Warum haben sie dich so früh herausgelassen? Armes blindes Vieh. Oh, und so alt.«

Sie kraulte ihn sanft am Hals. Ob es nicht besser wäre, ihn töten zu lassen? Er war so alt, konnte kaum noch sehen, und das Bellen tat ihm weh. Was konnte er noch vom Leben haben, wie er da am Kaminfeuer lag, den ganzen Tag schlief und fast gar nicht mehr fraß? Dennoch hatte er zehn Jahre so treu gedient und hatte Bekannte freundlich angebellt. Und das einzige Mal, wo er nicht gebellt hatte, war, als eingebrochen wurde und die Einbrecher den Weihnachtskuchen aufgegessen und das Silber zurückgelassen hatten. Gewiß wäre es freundlicher, ihn aus der Welt zu schaffen. Man mußte praktisch denken. Aber er war doch blind!

William kam durch die Tür vom Speisezimmer herein, in der Hand eines der silbernen Tintenfäßchen, als wäre es ein Abendmahlskelch. Sein Bischofsgesicht war entsprechend ernst. Sein schwarzer Schwalbenschwanz schmiegte sich ehrfürchtig an einen Körper, der durch Abstinenz wie vernachlässigt wirkte. Seine treu und ernst blickenden Augen von ehrerbietiger Distanziertheit. Wenigstens William blieb immer der gleiche. Sie erinnerte sich an die alte Lady Randolph, die ihn vor fünfzig Jahren gekannt hatte, als er auf Greenham diente, und an ihre Worte: ›Ich sehe überhaupt keine Veränderung an William.‹ Allerdings war sie auf den Augen von jeher etwas schwach gewesen, aber William hatte sich mäßig amüsiert gezeigt, als man es ihm erzählte. Dennoch, er war zu alt, er kam mit seiner Arbeit nicht mehr zurecht, und die ganze Last fiel auf Robert, und der war ein solcher Faulpelz, daß ihm etwas Extraarbeit nur guttun konnte. Aber was konnte man mit William machen? Er hatte ihr jahrelang gedient, war immer zuverlässig gewesen, und nur in der Nacht, als die Einbrecher kamen, hatte er fest geschlafen. Doch die hatten ja nur den Weihnachtskuchen gegessen und das Silber liegen lassen.

»William, ich hätte gern sobald wie möglich mein Frühstück.«

»Sehr wohl, Madam.«

Und damit ging er. Ja, es war schon recht, ihn um sich zu haben. Er war ruhig, spielte sich nie auf und verstand alles.

Draußen auf dem kleinen Rasenstück bis zur Auffahrt waren sie schon mit dem Pony-Rasenmäher zugange. Der gleiche George, der gleiche Henry führten das Pony, auf dem einst John, von den Hunden gefolgt, kleine Ausritte gemacht hatte, und das immer noch dasselbe Pony war. Einzig und allein John hatte sich verändert.

»George«, rief sie. »George.«

Das Pony machte von selbst halt, die Männer wandten den Kopf.

»George, paß auf, daß keine Steine in den Mäher kommen und ihn ruinieren. Henry soll sie aufsammeln und auf den Fahrweg werfen.«

Beide: »Ja, Ma'am.«

Und sie machten mit dem Mähen weiter.

Natürlich würde sie jetzt lange auf ihr Frühstück warten müssen. Aber nein. William kam heraus und kündigte es feierlich an.

Indem sie hineinging, schenkte sie ihm einen dankbaren Blick, er war ein wahres Symbol. Gleich nach ihren Flitterwochen war er zu ihnen gekommen, mit schon weißem Haar und irgendwie bedrückt. Ralph sagte immer, er sei ein fabelhafter Diener. Das war vor dreißig Jahren. Dann waren sie mit der Zehnten Brigade nach Indien. Und zehn Jahre später, als sie zurückkamen, fanden sie William wieder. Das war wunderbar, und Ralph sagte, zum erstenmal seit zehn Jahren fühle er sich wieder behaglich. Zum Begräbnis hatte William einen eigenen Kranz geschickt und auf der Schleife in seiner ungelenken Handschrift: ›Seinem Herrn hochachtungsvoll von seinem Diener.‹ Nicht besonders taktvoll, sie hatte ihm schriftlich danken müssen. Er hatte sich ungebührlich aufgespielt. Sein einziger Fehltritt.

Nichts mehr war der Mühe wert. Der gestrige Tag hatte sie völlig erschöpft. Zuerst die Ärzte, die ihr die letzte Hoffnung genommen hatten, und dann es ihm beizubringen, was so schrecklich gewesen war. Nach dem Tee war sie noch mal hinaufgegangen, und es war entsetzlich, sein Gesicht unter den Verbänden hatte Qualen gelitten, sein Mund war häßlich verzogen. Sie hatte sich richtig vor ihm gefürchtet. Und dann hatte er sie auf seine nette Art gebeten, ihn für den Abend allein zu lassen. Die Schwester, die sie an der Tür traf, hatte geflüstert: »Es ist ganz schlimm mit ihm«, als wenn sie das nicht selbst gewußt hätte. So eine dumme Person.

Dieser Kaffee war ungenießbar. Wahrscheinlich hatte die Köchin wieder mit Herbert gescherzt. Diese Affäre! Man konnte ihn nicht trinken, einfach ungenießbar. Sie würde Krach schlagen. Aber lohnte das überhaupt? Sie war so erschöpft. Aber im Haus mußte alles weitergehen wie immer, man durfte nicht nachgeben. Sie klingelte. Irgendeine Beschäftigung für den Jungen mußte gefunden werden, man durfte ihn nicht seiner Verbitterung überlassen. Körbchen flechten oder Sets, all die Sachen, die erblindete Soldaten machten, irgend etwas. William machte sich durch Hüsteln bemerkbar.

»William, dieser Kaffee ist ungenießbar. Wollen Sie der Köchin sagen, sie solle sich anderswo ... Mit dem Kaffeeröster stimmt etwas nicht. Nein, lassen Sie mir die Tasse hier. Diesmal werde ich ihn noch trinken.«

Hatte er etwas gemerkt? Jedenfalls würde er nichts weitersagen. Entsetzlich! Nicht den einfachsten Befehl geben zu können, ohne sich bloßzustellen. Blindenschrift. Sie mußte sich danach erkundigen und jemand finden, der es ihm beibrachte. Es klopfte.

»Herein.«

Es war die Schwester.

»Guten Morgen, Mrs. Haye. Ich bin heruntergekommen, weil ich dachte, ob Sie vielleicht mal mit John reden würden. Er wollte nicht frühstücken, und dabei gab es heute morgen so ein hübsches Stück Speck. Ich fürchte, es geht ihm nicht gut. Er hat die Nacht wenig geschlafen. Aber wenn Sie heraufkämen und ihn beruhigen könnten.«

Was berechtigte sie, ihn »John« zu nennen? Sie mußte ausgewechselt werden. Oh, so ein Elend und dazu die Qualen, die er auszustehen hatte. Sie konnte nichts tun; wenn sie mit ihm spräche, würde sie nur das Falsche sagen.

Sie stand schwerfällig auf und ging aus dem Speisezimmer. Auf ihrem Weg durch das Haus gelangte sie in das Wohnzimmer mit dem Blick auf den kleinen Rosengarten, der von einer hohen Mauer umgeben war. Er müßte dieses Jahr einen schönen Ausblick bieten, wenn er ihn auch nicht genießen konnte. Es gab an diesem Morgen eine Menge für sie zu tun, sie würde das andere, das sie bedrückte, nicht hochkommen lassen. Er hatte von Natur aus das Bedürfnis, möglichst für sich zu sein, also hatte es keinen Zweck, jetzt zu ihm zu gehen. Vor allem mußten Pläne für ein neues, anderes Leben gemacht werden, und vielleicht könnte ihr Tätigkeitsfeld sie auf eine Idee bringen. Selbst blind, könnte er vielleicht für die anderen Blinden etwas tun, was ihm das Gefühl gäbe, zu einer Gruppe zu gehören. Da wäre etwa der Säuglingspflege-Verein, den es seit einiger Zeit in der Gemeinde gab. Und sie mußte auch an seine Freunde schreiben, die erfahren sollten, daß er blind war. Ob die sich wirklich sorgen würden? Aber natürlich, jeder, der John kannte, mußte sich sorgen. Dann würden ihre Antwortbriefe kommen, scheu und verlegen, und dazu die ganze Flut von Mitgefühl aus der Nachbarschaft, die zur Hälfte gar keines Mitgefühls fähig war. Sie würde ihnen allen antworten müssen; aber nein, sie konnte nicht. Dann würden sie sagen, daß sie durch diesen Schlag gealtert sei, was sie sich selbst schon oft gesagt hatte. Und alle diese Briefe wären voll von eigenen kleinen Kümmernissen, ein Kind mit einer Erkältung, ein Ehegatte mit einer kranken Leber, die er sich in Indien geholt hatte, ein anderer, der sich von Mrs. Soundso brüskiert fühlte – aber nein, das war nicht fair. Eher würden sie über einen der Ihren schreiben, der kürzlich oder vor Jahren gestorben war, und sich ihres damaligen Leids erinnern und an das, was ihnen damals geholfen hatte: Gebet oder eine fabelhafte Schlaftablette. Nicht schlafen können, das war das Schlimmste dabei. Und sie würde die Briefe beantworten, wie es sich gehörte, denn mittlerweile kannte man natürlich die nötigen Floskeln, aber trotzdem war es nicht recht, wenn die Leute kleine Geständnisse aus ihrem Privatleben machten und von ihr dasselbe erwarteten. Mabel konnte sie alles mögliche anvertrauen, denen aber nicht. Dennoch, eines Tages würde alles überstanden sein. Das Leben würde anders weitergehen und doch im Grunde dasselbe bleiben. Aber war das ein Trost? Konnte sie zu dem Jungen sagen: »Du wirst dich mit der Zeit daran gewöhnen«? Einfach lächerlich. Konnte sie ihm Religion predigen, wenn sie selbst nicht im Glauben sicher war? Aber etwas mußte geschehen.

Sie nahm sich den Bericht des Säuglingsheims vor. Fünf Pfund von neuen Mitgliedern, das war nicht schlecht. Diese Mrs. Binder. Sie würde ihr schreiben müssen, einfach lächerlich, sich nicht einzeichnen zu wollen. Sie war der Typ von Frau, der immer ein Haar in der Suppe findet. Dabei gaben sie doch längst den Babys keinen Apfelwein mehr als Muttermilchersatz. Das hatte sie abgeschafft. Nur vielleicht Mrs. Moon, bei der alles möglich war in ihrem ungepflegten Haus. Die jährliche Inspektion war so glatt verlaufen, und nur das Kind von Mrs. Moon hatte Läuse gehabt. Was sollte man da machen? Das Haus starrte von Schmutz, der Ehemann verdiente nicht viel, man konnte sie nicht wegen Unsauberkeit an die Luft setzen, denn sie hätte nicht gewußt wohin. Und der Wert des Hauses schrumpfte von Tag zu Tag. John mußte lernen, sich um diese Dinge zu kümmern.

Ihre eigenen Angelegenheiten standen auch nicht zum besten. Alles, was man tun konnte, war, das Haus und den Garten zu erhalten, dazu die Einkommensteuer, die Zusatzsteuer und was nicht noch alles. Das Auto müßte weg und Evans mit ihm. Harry konnte sie im Dogcart überall hinfahren, es wäre wie in den alten Zeiten, außer wenn einer sie im Auto überholen würde. Schlimm, wie sich alles auf dem Land veränderte, die großen Häuser zum Verkauf standen und jedermann sich einschränken mußte, und alles nur, weil dieser schreckliche Krieg so viel kostete. Nun, da er blind war, bestand keine Hoffnung, daß er je etwas verdienen würde. Und mit den wohltätigen Spenden ging es weiter. Was sollte mit John werden? Auch ohne daß er blind würde, wäre es schon schwer genug. Immer mehr Spendenaufrufe kamen täglich mit der Post. Richtig, ihre Briefe hatte sie ganz vergessen. Sie klingelte. Diese Mrs. Walters hatte wegen einer Subskription für ein Gartenfest zugunsten des örtlichen Krankenhauses geschrieben. Natürlich brachte sie die Hälfte der gespendeten Gelder beiseite, aber etwas davon würde doch dem Krankenhaus zugute kommen. Die Frauen dort führten niemals Buch über solche Dinge, und das war schändlich. Dann wieder Mrs. Andrews und ihre Gemeindeschwester, diese Entrüstung, als sie nichts für die Barwood-Stiftung spenden wollte. Was für ein Kampf deswegen. Ob es wohl in Norbury blinde Jungen in seinem Alter gäbe, mit denen er sich anfreunden konnte? Nach London zu gehen, konnten sie sich nicht leisten. Ob er da vielleicht welche fände? Natürlich konnten sie, wenn sie Barwood verkauften. Aber Barwood verkaufen? – Nein, er würde sich an dem Besitz erfreuen, wenn er älter würde. Statt blind in einem Londoner Vorstadthäuschen zu sitzen mit einem Radiogerät und mit dem Flugzeuglärm und Motorrädern und Grammophonmusik. Nein.

William trat ein.

Weswegen hatte sie nur geklingelt? Nichts.

»Ist schon recht, William, ich habe es schon gefunden.«

Es war fürchterlich, sie konnte sich nicht mal erinnern, weshalb sie geklingelt hatte.

Nein, alles mußte weitergehen wie immer, der Garten würde weiterhin der schönste im Umkreis von zwölf Meilen sein, auch wenn die ganze Welt erblinden würde. Aber sie mußten unbedingt jemand finden, der dem Jungen Gesellschaft leistete. Mabel würde dabei helfen können. Jemand, der seine Zeit mit ihm verbrachte, ihre Zeit, so war es richtiger. So schrecklich war es, er würde jetzt niemals heiraten, und sie würde keine Enkel haben. Das Anwesen würde verkauft werden, der Name aussterben, es gäbe keinen Nachkommen. Ralph würde der letzte gewesen sein. »Granny.« Er würde keine netten Mädchen kennenlernen, er konnte niemals heiraten. Kein Mädchen würde einen Blinden heiraten wollen. All ihre Träume waren dahin, von seiner Heirat, von ihrem Umzug auf ihren Alterssitz – darum wohnten dort die Evans zu billiger Miete. Und mit der jungen Frau hätte sie sich angefreundet und würde ihr alles gezeigt haben. Natürlich würde seine Frau manches im Haus verändern, und diese Veränderungen würden sie traurig gestimmt haben; doch dann die Enkelkinder, und was für ein guter Vater er hätte sein können. Wie konnte das alles so mit einem Mal zerstört sein? Aber vielleicht fände sich doch irgendein junges Mädchen, das eine Enttäuschung erlebt hatte oder zu Hause unglücklich war und das sich freuen würde, eine vielleicht nicht so ganz passende, aber immerhin eine Möglichkeit. Er mußte heiraten. All die Junggesellen aus der Bekanntschaft waren so weibisch, alte kinderlose Großpapas. Aber John. Sie selbst konnte sein Leben nicht ausfüllen, das konnte nur eine Ehefrau. Mabel würde vielleicht eine wissen. Sie würden vielleicht nicht glücklich sein, aber sie wären verheiratet. Und die junge Frau müßte sich hier wohlfühlen, auf diesem schönen Besitz, mit dem herrlichen Garten und dem Haus. Das hier war ihr eigentliches Leben gewesen; vor ihrer Heirat hatte sie an so etwas nicht gedacht, aber irgend etwas hatte sie innerlich darauf vorbereitet. Und wieviel schöner es durch sie geworden war, mit dem Steingarten und den Blumenrabatten. Mary Haye hatte nicht eine Blume von der anderen unterscheiden können. Und wie sie im Dorf Ordnung geschaffen hatte: seit zwei Jahren keine unehelichen Kinder mehr, alle Paare ordentlich verheiratet. Es würde schwer sein, hier wegzugehen, von einem Teil ihres Lebens abgeschnitten zu sein, aber ihr Alterssitz war nur eine Meile entfernt und lag mitten im Dorf. Und jetzt würde sie vielleicht bis zu ihrem Tod hier weiterleben können, wenn er nicht heiratete. Aber er mußte heiraten, um seiner selbst willen, damit nach ihrem Tod jemand für ihn da wäre. Und schließlich würde sie doch noch Enkel haben, und alles käme in Ordnung, was wußte man schon in dieser Welt; da hatte es schon diese Berta Askew gegeben. Wenn alles fehlschlug, dann eben eine Haushälterin. Gewiß, es war unmoralisch, aber er brauchte Liebe und jemand, der nach ihm sah. Nach dem Tod von Großmama hatte der Großvater eine gehabt, in Tarnarvaran. Argyll und das Heideröslein ... Wirklich, mit dieser Sorge, die auf ihr lastete. Edward könnte schreiben. Es war an ihm, den ersten Schritt zu tun.

Sie mußte Anweisungen für das Dinner geben. Für seine Mahlzeiten zu sorgen, gab ihr neuen Mut; wenigstens etwas, das sie für ihn tun konnte. Im Hinausgehen rückte sie ein Bild gerade, das etwas schief hing. Als sie die Tür öffnete, strömte die Sonne in den vor ihr liegenden Durchgang und tauchte den Parkettfußboden in leuchtendes Gelb.

Vor der Schwingtür zur Küche machte sie halt. So ohne weiteres mochte man nicht in die Küche kommen aus Angst, Mrs. Lane in einem Getändel mit Herbert anzutreffen. Diese Affäre! Wenn sie es auf die Spitze trieben und heirateten, würden sie gehen müssen. Ein verheiratetes Paar unter den Dienstboten konnte sie nicht dulden, das gab immer Streit.

In der Küche war es sehr sauber, die Anrichten glänzten wie Butter, die grauen Fliesen, an manchen Stellen abgetreten, waren spiegelblank. An einer Wand hing ein wahres Museum von Kochgeräten, Pfannen jeder Form und Größe. Mrs. Lane wartete schon. Wo blieb ihr Lächeln? Aber da kam es. So nett waren sie alle. Mrs. Lane legte sogleich los.

»Tut mir leid, Madam, aber Muriel hat über Nacht Junge bekommen. In der Kartoffelkiste. Wir hatten keine Ahnung.«

Also schon wieder!

»Sagen Sie Harry, er soll sie sogleich ersäufen.«

Man mußte den Dingen ins Auge sehen.

»Wenn ich aber ein neues Heim für sie finden könnte, Madam?«

»Einverstanden, Mrs. Lane, aber hier kann ich sie nicht gebrauchen. Mit der Katze im Pferdestall und der im Waschhaus sind es mehr als genug. Was haben wir denn heute?«

»Was Gutes, Madam. Ich habe ein Stück Dorsch für oben,« – ein Name brauchte nicht genannt zu werden – »und vielleicht möchten Sie eins der Kaninchen, die Brown gestern anbrachte, und die Taubenpastete mit Sauerkirschen für oben?«

»Ausgezeichnet.«

»Und zum Dinner dachte ich...«, und so weiter.

Als sie dann hinaus in den Kräutergarten ging und zu den Stallungen wollte, kam Mrs. Lane hinter ihr her. Sie redete leise und schnell.

»Madam, die Schwester hat mich heut' morgen gefragt, ob sie ihre Mahlzeiten sep'rat kriegen kann. Sie mag's nicht zusammen mit dem Personal in der Halle, Madam.«

»Wenn sie für sich essen will, tun wir ihr besser den Gefallen. Lassen Sie's ihr rauf auf ihr Zimmer bringen.«

»Sehr wohl, Madam.«

Und wer würde's ihr raufbringen, dieser aufgeblasenen Person?

Das war's also, wieder Krach wegen der Schwester. Die Köchin war verärgert, wenn sie sich auch bemüht hatte, es nicht zu zeigen. Aber sie sollte man doch in Ruhe lassen und ihr nicht mit jeder kleinen Streiterei kommen. Irgendwer würde ohnehin nächste Woche kündigen. Immerhin nicht Mrs. Lane, die wegen Herbert bleiben würde.

»Harry. Harry!«

Auf der anderen Seite des kleinen Hofes hörte man aus einem offenen Fenster jemand durch die Zähne pfeifen, und hinter dem dampfbeschlagenen Fenster darunter geriet eine Gestalt in pflichteifrige Bewegung. Ein Hufeisen klirrte.

Das galt der Stallkatze, die gescheucht wurde.

»Harry!«

»Ja, Madam.«

Sie inspizierte die Pferde und ging wieder hinaus.

Nein, ins Waschhaus würde sie heute morgen nicht gehen. Die dampfende Hitze würde sie umbringen. Curry hatte in der vorigen Saison schöne Erfolge gehabt und sich im Wert verbessert. Aber mit Jolly war sie eher unzufrieden. Das erinnerte sie, und sie blieb stehen.

»Harry, du kannst morgen mit beiden Pferden zum Training, ich werde nicht ausfahren.«

»Sehr wohl, Madam.«

Er würde jetzt nie mehr reiten, alle ihre Hoffnungen für ihn auf dieses Hobby waren zerstört, und auch mit dem Pferd am Zügel wäre es zu gefährlich. Was würde er also tun?

Durch die Tür in der Mauer ging sie in den Gemüsegarten. Sie rief.

»Weston. Weston!«

Herbert war dabei, Salat zu pflücken, nur als Vorwand, um damit zu Mrs. Lane in die Küche gehen zu können. Er richtete sich aus seiner gebückten Haltung auf und faßte an die Mütze. Sie nickte ihm zu.

Wieder rief sie: »Weston!«

Eine Antwort kam vom anderen Ende, von den Artischocken her, deren Knospen allerdings kaum zu sehen waren – der Küchengarten war sehr groß. Weston kam eiligst herbei. Er nahm seine Mütze ab.

»Wie machen sich die Pfirsiche?«

»Prima, Madam. Wird 'ne gute Ernte, auch die Äpfel. War gerad' bei den Artischocken. Sehr gut dies' Jahr. Hab' sie nie so hoch gesehen.«

»Und was für schöne Kohlköpfe, Weston.«

»Ja, Madam, die sind auch prima.«

»Na denn, guten Morgen, Weston.«

»Gut'n Morgen, Madam.«

Jetzt in den Park. Pinch war noch an derselben Stelle des Beetes wie heute morgen, als sie aus ihrem Fenster geblickt hatte. Er war eben zu alt, aber treu.

Ja, seine Frau machte noch weiter so, wie zu hoffen war. Für die Landleute war das Klima schlecht.

Pinch war noch der gleiche, wieso hatte er sich also verändert? Und was war mit Pinchs Frau? Vielleicht nur das Alter, doch jedenfalls würden sie die nächsten Anwärter für's Armenhaus sein. Wenn Mrs. Biggs starb, könnten sie rein, und das könnte bald sein. Dann würde ihre Kate an Ploughmans Lane frei, und der nette Mann aus Huntley könnte sie bekommen. Wie hübsch waren doch die

Bäume mit ihrem jungen Grün; was auch immer geschah, die Jahreszeiten machten ihre Runde. Wenn dieses warme Wetter anhielt, könnte er hinaus und auf dem Rasen sitzen, aber auf den englischen Frühling war kein Verlaß. Und sie mußte hinein, um diese gräßlichen Briefe zu schreiben, während es hier draußen so schön war. Etwa das Schneehuhn, das immer an der gleichen Stelle des Wassergrabens sein Nest baute. Mrs. Trenchs Baby wäre jetzt fällig, ihr sechstes, während dieser Jim Pender bei seinem guten Verdienst nur diese eine Tochter hatte, die nun schon fünf war. Einfach lächerlich, sie würde darüber mit ihm reden müssen, so ein großer starker Bursche wie er mit einer so hübschen Frau. Und an Mrs. Trench mußte sie ein Glas Gelee und allerlei Sachen schicken lassen. Sie mußte John am Gemeindeleben interessieren, wo er doch sonst nichts tun konnte. Er könnte einen Männerclub ins Leben rufen und ihnen etwas beibringen. Das würde er gut machen, zu ihnen über Bücher reden oder was ihn sonst interessierte. Das wäre ein Zeitvertreib für ihn. Sieh da, schon eine Narzisse heraus, hatte sich selbst ausgesät, so hübsch sah sie aus gegen den Baumstamm. Wie gut war doch ein solcher Garten! Sie fühlte sich besser nach der schrecklichen Nacht, die sie gehabt hatte. Der einzige Ausweg aus solchen Problemen war, sie über der Arbeit für andere zu vergessen, und wenn sich da plötzlich ein neuer Plan ergab, das war eine Lehre fürs Leben, und Mabel dachte auch so.

Annie war dabei, den Kies der Eibenpromenade zu säubern. Im Sommer jätete sie Unkraut, im Winter kehrte sie Laub, und das ganze Jahr über sammelte sie tote Äste auf.

»Guten Morgen, Annie.«

»Guten Morgen, Madam.«

Sie war nicht ganz bei Verstand, das arme Ding, aber es konnte nichts für sie getan werden, sie würde immer so sein.

Die Gottesdienste in der Kirche waren jetzt wieder höchst unbefriedigend, fast so schlimm wie damals, als Shame sie abhielt. Nur dieses eine Mal war sie von der Gemeinde überstimmt worden. Niemand hatte sie überzeugen können, bis sie es selbst sah. Es kam alles von dem modernen Geist, aber jetzt, da der arme Junge blind war, hatte sie ihn wenigstens ganz für sich und konnte ihn von diesen Dingen, die zu nichts führten, fernhalten. Sie sollte jetzt hineingehen, um diese schrecklichen Briefe zu schreiben, aber es war so schön hier draußen in der Sonne. Doch es sah nicht aus, als würde es so bleiben, denn Wolken zogen auf. Sie hatte gut daran getan, sich warm anzuziehen. Wie niedlich der kleine steinerne Cupido, König dieses Gärtchens mit seinen rankenden Blumen zwischen den Eiben – ein einziger Farbenrausch. Jetzt, da die Fliesen gelegt waren, sah alles ganz anders aus.

Sie öffnete die Tür zu Ralphs früherem Arbeitszimmer. Es würde jetzt seins sein, wie sie es schon immer geplant hatte. Es bekam die ganze Morgensonne, und es hatte keine Winkel und Ecken. Anfangs würde es ihm schwerfallen, sich zurechtzufinden, aber sie würde ihn führen und ihm erklären, wie die Möbel standen und so weiter, eins der wenigen Dinge, die sie für ihn tun konnte.

In der Eichendiele lag eine Nachricht für sie. Wieder von der Frau des Vikars. Oh, diesmal brauchte sie fünfzig Tassen mit Untertassen für den Müttervereinstee. Was, schon wieder? Nein, nein, nicht noch eins. Doch im Postskriptum: »Ich werde wieder ein süßes Baby bekommen.« Das war zuviel. Würden die denn niemals aufhören? Dabei konnten sie es sich überhaupt nicht leisten mit der Brut, die sie schon hatten. Es lief darauf hinaus, daß Mrs. Crayshaw für mindestens zwei Monate keine Besuche in der Gemeinde machen konnte. Also mußte noch ein Brief geschrieben werden, mit einer Gratulation, und die würde schwer zu formulieren sein. Wie sagte man doch: ein mit Kindern gesegnetes Haus? Und morgen käme dann noch ein Brief von ihr, weil sie inzwischen von dem Unglück gehört hatte, der übliche Schmus. Aber sie brauchte kein Mitleid, sondern praktische Ratschläge.

Es war alles so schwierig. Sie hatte ihn heute morgen belogen, sie hatte sich alles nicht genügend klargemacht. Sie begann schon gleichgültig zu werden. Den Morgen hatte sie vertrödelt und sich damit entschuldigt, Mabel würde schon einen Einfall haben, wo doch jeder wußte, daß sie es war, die immer redete, während Mabel nur zuhörte.

Aber man mußte doch reden. Sie hatte eine so schreckliche Nacht gehabt, nur dagelegen und die Dinge in ihrem Geist hin und her gewälzt, sie hatte sogar gebetet. Sie hatte sich tausend Arten ausgedacht, ihm die Zeit zu verkürzen, aber jetzt war ihr alles wieder entfallen. Die roten Vorhänge blichen schon aus, aber der Mann von Skeam war beim vorigen Mal unverschämt geworden. Soweit war es schon gekommen, daß der Gehilfe des Dekorateurs sich hier aufspielen konnte. Dabei hatten sie schon daran gedacht, John für Innendekoration zu interessieren. Mit seiner künstlerischen Ader hätte er Wunder vollbringen und vielleicht sogar etwas Geld machen können. Aber nun, sinnlos, sich solche Möglichkeiten auszudenken. Er mußte heiraten, das war das einzige für ihn. Er mußte ein ganzer Mann sein, nicht so halb und unausgefüllt. Es gäbe eine Hochzeit in der Kirche und ein Dinner für die Pächter in der Großen Halle. Aber er war so jung. Und sie würde ihren Lebensabend auf dem Altenteil verbringen.

Sie ging durch die große Halle. Sie grub ihr Gesicht in eine Schale mit verwelkten Rosen. In ihrem Zimmer schlief Ruffles in seinem Körbchen. Sie nahm eine Zeitung auf, tat einen Blick auf die Schlagzeile und legte sie wieder beiseite. Sie saß in ihrem Lehnsessel und starrte gedankenverloren auf Greylock über dem Kamin. Auf dem Kaminsims waren ein paar Karten für wohltätige Stiftungen aufgereiht, zu Begräbnissen und zu Hochzeiten. Sie nahm die Zeitung wieder auf, sie überflog die Gesellschaftsnachrichten, die Todes- und Heiratsanzeigen. Dann warf sie die Zeitung auf den Fußboden. Sie schnaubte die Nase und steckte das Taschentuch in ihre Rocktasche. Sie rieb ihr Gesicht langsam in den Händen, aber die Röte nahm noch zu. Dann saß sie für eine Weile, blickte auf nichts, dachte an nichts. Die Sonnenflecke tanzten an der Wand.

Sie stand auf. Sie klingelte. Sie ging hinüber an den Schreibtisch und setzte sich. Sie öffnete das Tintengefäß der Schreibgarnitur und musterte ihre Schreibfedern. Sie tauchte eine ein und legte sich ein Blatt Papier zurecht. Dann sah sie eine Zeitlang zum Fenster hinaus auf den Rosengarten.

William kam herein.

»William, Mrs. Crayshaw hat geschrieben, sie braucht fünfzig Tassen und Untertassen... Nein, mir fällt eben ein... Ist schon recht, William, ich werde es selbst der Köchin sagen. Und – oh, William, bitte diese Briefe.«

»Jawohl, Madam.«

William hielt ihr die Tür auf. Mrs. Lane würde sich nicht gern vom Butler etwas sagen lassen. Man konnte heutzutage nicht vorsichtig genug mit dem Personal sein, wenn...

Wie verbrachte man seine Zeit, wenn man blind war? Sechs Tage waren vergangen, seit sie es ihm gesagt hatte, sechs Tage erfüllt von dem Geräusch der Leute ringsum, die um seinetwillen tätig waren. Mama hatte drei lange Gespräche mit Mrs. Palmer geführt, Gespräche, in denen es vagen Andeutungen zufolge darum ging, was er später einmal machen sollte, ohne ein Wort darüber, was er jetzt tun könnte. Nanny kämpfte mit einer Gefühlsaufwallung, die schon im Abklingen war. Aber ihr langes, von Sentimentalität triefendes Schweigen zeigte an, daß sie versuchte, die Überreste ihres Gefühls auf Dauer einzufrieren. Die Schwester bemühte sich, wenn auch mißlaunig, ihn gesund zu machen, das neue Leben nahm Form an und war doch nur langweiliger als das frühere. Sie lasen ihm abwechselnd stundenlang vor. Mama sprach davon, einen berufsmäßigen Vorleser zu suchen. Es war jetzt schon fast normal, blind zu sein.

Er saß in dem Liegestuhl unter der Zeder auf dem Rasen. Der Himmel bedrückte und der Kopfverband beengte ihn. Die Luft säuselte zaghaft durch die Zweige und ließ die Blätter wispern, während sie zugleich sein Gesicht kitzelte. Tauben gurrten, fingen einander, gurrten wieder, als hinge die ganze Welt von ihrem Liebesgetändel ab. Diese Töne waren ihm im Garten die liebsten; er gähnte und begann zu dösen.

Er war im Moment allein. Nanny war gegangen, um ihren Tee zu trinken. Die Schwester war auf ihrem täglichen Spaziergang, den sie für ihre gewerkschaftlich organisierte Gesundheit brauchte, und Mrs. Haye war ins Dorf gegangen, um Mrs. Trench zu trösten, deren einwöchiges Baby im Sterben lag. Herbert stand auf das Fensterbrett der Küche gelehnt und gurrte zu Mrs. Lane, die nicht weit von ihm mit einem Hackmesser hantierte. Weston stand immer noch in liebevoller Bewunderung vor seinen Artischocken. Mit seiner Taschenkamera hatte er die Pracht im Bilde festgehalten. In zwanzig Jahren würde er es seinen Enkeln zeigen zum Beweis, wie in der guten alten Zeit alles gedieh. Zwanzig Jahre früher hatte Pinch noch besser sehen können. Harry blätterte aufgeregt in einer Sportzeitung. Doris mit offenem Haar in einer Dachkammer war dabei, ihre beiden Zöpfe zu flechten. Jenny, die Waschhauskatze beim Brombeerstrauch, setzte gerade zum Sprung auf einen Spatz an.

Er richtete sich auf – wenn er einschliefe, hieß das nur, daß er die ganze Nacht wachliegen würde. Er fingerte nach dem Brief von J. W. P., den Nanny ihm vorgelesen hatte, voll von Bedauern darüber, daß er im nächsten Trimester nicht wiederkäme, und er würde für ihn das Abgangszeugnis beim Headmaster abholen. Nicht mehr dahin zurück, was sein Gutes hatte, und keine Streitereien mehr mit J. W. P. Schließlich hatte er dieses letzte Jahr eine Menge geleistet, hatte wirklich hart gearbeitet an seinem Schreibstil, und er würde jetzt weitermachen; wenn man blind war, hatte man viel Zeit. J. W. P. war natürlich anderer Meinung gewesen und hatte gesagt, niemand solle zu schreiben anfangen, bevor er einundzwanzig wäre, aber zu der Zeit stand er schon unter dem Einfluß jenes kleinen bebrillten Lehrers, der die Theorie vertrat, kein Junge solle vor seinem Abgang von der Schule irgendwelche Ideen im Kopf haben. Vielleicht hatten sie recht, jedenfalls war es leichter, sich auf physische Leistung umzustellen. Der gesunde Menschenverstand. Und das war der schwache Punkt: zu sagen, daß sie überhaupt recht haben könnten. Aber in seinem elenden Zustand mochte schon alles und jedes recht sein. Warum hatte er nur gerade diesen Zug genommen?

Er spürte, wie er in einen dunklen Schacht sank. An dessen oberem Rand waren Gestalten, gleich Puppen und seinen Freunden ähnlich, mit verrückten Gesten, die sie sich selbst ausgedacht hatten, bis sie für ihn wieder unsichtbar wurden und er sich anderen Puppen in einem wieder anderen Sonnenlicht gegenüber sah. Dann half auch das nicht mehr, und er war wieder in seinem Dunkel auf dem Rasen. Nichts schien mehr wirklich.

Er sprach laut »Baum« aus, und es war nur ein Wort. Er sah Äste, die in eine undeutliche Substanz eingepackt waren, er sah Rasen, lauter Grün, und er formte sich ein Bild von Rasen und Baum, aber es blieben leere Stellen, und ihm schwirrte der Kopf von der Anstrengung, sie auszufüllen.

Er verzweifelte in dem Liegestuhl, in dem er saß. Er befühlte die rauhen Kanten und rammte sich einen Splitter in den Finger. Er legte die Hand auf die Leinwandbespannung, die er noch kannte, schmutzig-weiß mit zwei roten Streifen an beiden Rändern. Sie fühlte sich bei der Berührung rauh und warm an. Er tastete nach den roten Streifen.

Die hätten tönen müssen wie ein Jagdhorn. Aber nein, das käme vielleicht später.

Er befühlte das Gras, aber es war nicht das Gras, das er früher gesehen hatte.

Er lehnte sich zurück, sein Kopf schmerzte. Der Brief knisterte in seiner Hand, brachte sich in Erinnerung. Er fuhr mit dem Finger über die Seiten, aber er fühlte keine Tintenspuren. Er kam an die großgeschriebene Anrede. Kein Unterschied. Plötzlich summte eine Fliege. Sogar eine Fliege konnte sehen.

Er war ausgeschlossen, eingekapselt, im Kalten.

Die Dinge zu sehen bedeutete so viel im Leben. Auf dem Lande hatte er immer besondere Erwartungen gehegt. Linie und Farbe zu sehen, alles zu sehen, hatte ihm so viel bedeutet. Und er hatte mehr davon in sich aufgenommen als jeder andere. Das wußte er.

Wieviel hatte es ihm bedeutet, als er noch sehen konnte. Jetzt war alles abstrakt, ganz unpersönlich. Gesehene und erinnerte Dinge blitzten wieder auf, aber ohne klaren Umriß. Kleine Stellen in einem Gehölz, ein Loch in einer Hecke aus lauter roten Blüten, ein Mann im roten Rock auf einem galoppierenden Schimmel, das vom Seetang lila und grau verfärbte Wasser, das in der Sonne silbern aufleuchtete. Die von einer Klippe auffliegende Möwe. Sich zu erinnern konnte tröstlich sein.

Wie war es mit dem Schönheitssinn bei anderen? Mama sagte immer nur, daß ein Ding hübsch oder schön sei, und dennoch liebte sie diesen Garten. Sie konnte stundenlang Unkraut zupfen und verwelkte Rosen köpfen, und es gab lange Gespräche mit Weston, in denen lange Namen genannt wurden – warum hatten manche Blumen nur so komische lateinische Namen? Aber daß sie keinen Sinn für Schönheit hätte, konnte man nicht sagen.

Harry sah die Landschaft nur unter dem Gesichtspunkt der Parforcejagd, wieviel steile Hindernisse und Fuchslöcher es gäbe. Fachmännisch. Und dann Herbert, während des Krieges in Saloniki. Als einziges erinnerte er sich später, daß eine Blume, die es auch hier gab (im Treibhaus unter der Obhut und Pflege von Weston), dort wild und üppig auf den Hügeln oberhalb des Hafens wuchs. Und Egbert, der Gehilfe, ebenfalls in Saloniki, hatte dort einmal ein ganzes Volk von Rebhühnern gesehen. Das war alles, woran sie sich erinnerten.

Auf dem Land verlor man jeden Sinn für Proportionen. Mama konnte über irgendeine lächerliche Kleinigkeit hysterisch werden. Letzte Weihnachten war es geradezu komisch gewesen, so sehr war sie in Wut geraten, und es kam zu einem ihrer Zornesausbrüche über seine Interesselosigkeit an dem Leben hier, wo doch er dazu bestimmt war, das Haus zu führen und die Tradition zu pflegen und so weiter. Es ging um den kirchlichen Gemeinderat. Sie hatte verlangt, daß bei der Frühmette am Weihnachtstag Musik sein müsse. Crayshaw hatte geantwortet, daß bei der Heiligen Kommunion, die davor stattfand, Musik wäre und daß am Weihnachtstag ohnehin kein Mensch zur Frühmette käme – (und an wem lag das, mein Lieber?) –, es lohne sich also nicht, dabei Musik zu haben. Es hatte eine heftige Diskussion gegeben, worin Mama gesagt hatte, daß für sie als Kind Weihnachten nichts gewesen wäre ohne Musik am ersten Weihnachtstag. Crayshaw hatte erwidert, die Kinder könnten ja abends um sechs kommen, wenn alle Erwachsenen auch kämen, und da gäbe es Musik. Mama hatte gesagt, gerade am Weihnachtsmorgen sei es so wichtig. Dagegen hatte Crayshaw argumentiert, daß die Kinder ja zur Heiligen Kommunion kommen könnten. Das war nun nicht nach Mamas Geschmack: »Das hieße, die Köpfe der Kinder mit Mystik zu verwirren.« Schließlich hatte man abgestimmt, und Mama war überstimmt worden, weil sie nämlich den öffentlichen Zugang am Ende des Gartens zugesperrt hatte, ein Weg, den seit neun Jahren kein Mensch mehr benutzt hatte. »Das erste Mal, daß die Gemeinde mir nicht gefolgt ist. Das ist niederschmetternd. Ja, es war geradezu tragisch.«

Hinter dem Haus bekam eine Henne über ihrem Gelege einen Asthmaanfall.

Eine Biene tönte laut in die Begleitmusik der Fliegen. Er glitt auf dem Abhang des Bewußtseins bis auf den Grund, wo er nur noch das Flügelschwirren wahrnahm und den Sonnenstrahl, der ihn erwärmte, und den Wind, der die Luft kräuselte. Jetzt gurrte nur noch eine einzelne Taube, und er verschwendete weiter seine Empfindsamkeit an eine träge fühllose Leere. Er sang sozusagen alles in Schlaf. Wie entsetzlich, wenn sich jetzt ein Kuckuck hören ließe. Der Himmel hatte sich wohl zu einem weißen Blau aufgeklart. Es war heiß.

Ein Waldspecht klopfte wie zum Hohn.

Er beugte sich herab, und seine Finger suchten verzweifelt nach dem Zigarettenetui. Er fand und öffnete es, nahm eine Zigarette heraus. Wieder suchten die Finger nach den Streichhölzern, die er endlich fand. Er tastete nach dem richtigen Ende, strich es an und hörte es aufflammen. Mit den Fingern der linken Hand brachte er die Zigarette an seinen Mund. Er paffte, er hätte an sonstwas paffen können. Er fühlte mit dem Zeigefinger, ob sie brannte, und verbrannte sich an der Fingerspitze. Das Streichholz verlosch zischend, und er warf es weg.

Wie schlimm es doch war, nicht rauchen zu können, aber es hieß ja, man gewöhne sich mit der Zeit daran, und Kaugummi war unter aller Würde. Ob sie wohl noch brannte? Wieder verbrannte er sich den Finger. Er warf die Zigarette weg. Jetzt würde sie einen Brand entfachen, aber er hatte sie weit fort auf den Rasen geworfen. Doch was war das? Ein ganz leiser Ton, wie aus weiter Ferne, nur ein Blinder konnte ihn überhaupt gehört haben. Er sog die Luft ein, er konnte das Feuer riechen, noch ganz klein, aber zündend, nur ein Flämmchen, das in der Sonne unsichtbar eine Tannennadel verzehrte. Was konnte er tun? Es zu lassen, war gegen alle Vernunft, aber wie sollte er es finden, um es auszutreten? Nur abwarten, vielleicht war es nicht so schlimm. Stevensons letztes Streichholz.

Gleichwohl, von der Zigarette würde nichts in Brand geraten, das war pure Einbildung, typisch für das Landleben. Er geriet auch schon in diese Geistesverfassung, ohne Sinn für Proportionen und immer Unheil witternd. Und diese Anfälligkeit würde noch zunehmen, für einen Blinden gab es da kein Entrinnen. Eine hoffnungslose Sache. Das Leben in diesem Jahrhundert spielte sich in den Städten ab, er hatte dorthin gewollt, um Bücher zu schreiben, und jetzt war er an einen rudimentären Zustand gefesselt. Und die Schwester bemühte sich, ihn soweit »gesund« zu machen, daß er sich der allgemeinen allumfassenden Schicksalsergebenheit fügte. Also konnte er, um wenigstens ein bißchen seinen eigenen Kopf zu behalten, weiter nichts tun, als kleine Geschichten zu schreiben. Vielleicht eine über die Schwester mit ihrer Vorliebe für weißgekleidete Krankenwärter und für langstielige Blumen, die bei ihr immer langstielig sein mußten und fürchterlich antiseptisch. Mit ihrer Vorliebe für Schmerz und Schrecken und für interessante Fälle, mit ihrer entwaffnenden Kenntnis der menschlichen Anatomie. Aber das wäre eher billig, denn so war sie gar nicht. Sie war lediglich dumm, mit einem Hang zum Konkreten und Faßbaren, an das man sich halten konnte. Aber sie war dumm.

Er würde eine Geschichte über Tulpen schreiben. Als Mama ihn in den Osterferien mit nach Holland genommen hatte und die Tulpen längs der

Bahnlinie voll erblüht waren. Und die Kühe mit Decken über dem Rücken für den Fall, daß es regnete. Aber nein, es müßte in England spielen, der Tourismuseffekt in Geschichten war zu billig. Es müßte ein Holländer sein mit einer sonderbaren Leidenschaft für Tulpen – das war *die* Idee. Ja, und sein Lebensinhalt wäre gewesen, Tulpen hinüber nach England zu schicken, bis ihm einfiel, daß England mit der Zeit im Frühling ein einziger Tulpenteppich wäre – er müßte völlig ungebildet sein und England für eine ganz kleine Insel halten. Er müßte auch ein bißchen verrückt sein mit ausgefallenen Ideen im Kopf und eben vernarrt in Tulpen, so sehr, daß für ihn Holland im Frühling gar nicht genug Tulpen haben konnte, und er würde die wenigen, die er besaß, verkaufen und mit dem Erlös die Überfahrt bezahlen, damit seine Seele sich endlich an seinen Tulpen in England erlaben könnte. Er müßte sich in der Tulpenfarm an die Packer wenden, von denen er eine Adresse in Cumberland bekäme, an die er möglichst oft schreiben sollte. Dann würde diese Hügellandschaft in die Geschichte einzuarbeiten sein, und er würde auf einem Fahrrad, das er für seinen letzten Penny gekauft hätte, losfahren, und jeder Hügel schien ihm seine Tulpen zu verbergen, die doch da sein mußten, eben nur hinter dem nächsten Hügel. Bis er umfiele, tot, mit gebrochenem Herzen! Aber das wäre zu plump. Nein, in seinem Gehirn müßte etwas überschwappen. Er müßte wunderlich werden, mit gelegentlichen Wutanfällen. So ginge es.

Die Muße dieses Nachmittags.

Mrs. Haye stapfte durch das Gras auf dem Weg zu Mrs. Trench. Herbert streckte eine Hand aus und gurrte zärtlich, worauf Mrs. Lane kicherte. Weston, vernarrt in seine Artischocken, trat von einem Fuß auf den anderen und schob seine Mütze weiter in den Nacken. Harry war bei der nächsten Spalte seiner Sportzeitung angelangt, und Doris band zärtlich eine Schleife ans Ende ihres Zopfes. Jenny, die Katze vom Waschhaus, war dem Spatzen jetzt ein paar Zentimeter näher.

Nanny stellte mit einem Seufzer ihre Tasse hin und faltete die Hände im Schoß.

Alle standen auf dem Rasen um ihn herum.

»Sieben Tage alt. Ich habe Mrs. Trench getröstet, so gut ich konnte. Eine schreckliche Sache. Was soll man da machen?«

»Das arme Wurm.«

»Was war es denn, Mrs. Haye?«

»Gastrische Lungenentzündung, glaube ich, Schwester. Ich bin sicher, daß Brodwell den Fall falsch behandelt hat.«

»Nicht auszudenken!«

»Natürlich, Mrs. Haye, gastrische Lungenentzündung bei einem sieben Tage alten Kind ist sehr ernst zu nehmen.«

»War es ein Junge oder ein Mädchen?«

»Ein Mädchen. Schwester, wie fühlt er sich heute?«

»Oh, prima.«

»Ich denke, wir kommen gut voran, oder nicht?«

»Er hat mehr Farbe heute.«

»Oh, Master John, Sie sehen viel besser aus.«

»Danke, Nanny, ich glaub's auch.«

»Ja wirklich, Mrs. Haye. In ein oder zwei Tagen werden wir ganz auf dem Posten sein, oder nicht?«

»Anzunehmen.«

»Aber natürlich, Lieber.«

»Ich war ja so erschrocken.«

»Nun, jedenfalls ein Schrecken weniger, Nanny.«

»Dr. Mulligan kommt nicht mehr, Schwester?«

»Nur noch morgen, Mrs. Haye, zu einer letzten Untersuchung. Und ich sollte wohl meine Vorbereitungen treffen, in ein oder zwei Wochen in die Stadt zurückzugehen, er macht ja so große Fortschritte.«

– Gott sei Dank, sie hat von Weggehen gesprochen. Wurde auch höchste Zeit.

»Gut, Schwester, ich denke, in zehn Tagen werde ich soweit sein, ihn anziehen zu können, und dann hätten Sie nur noch die Aufgabe, ihm beizubringen, sich selbständig zu bewegen und so weiter, und das schaffen wir wohl, nicht wahr, Schwester!«

»Das schaffen wir, Madam.«

Ja, das würden sie schaffen. Die Schwester war unausstehlich, aber wenigstens ein lebendes Wesen, und jetzt würde sie weggeschickt.

»Also, Mrs. Haye, kann ich die in der Stadt benachrichtigen, daß ich in, sagen wir, zwölf Tagen frei sein werde, das wäre um den 24sten, nicht wahr?«

»Ja, sagen wir zum 24sten. Nanu, ach du, Ruffles. Oh, so alt.«

»Der arme Hund.«

»Wie alt ist er, Mrs. Haye?«

»Zwölf Jahre. Er müßte getötet werden. Man muß das nüchtern sehen.«

»So ist's recht. Bring ihn um.«

»Aber, Lieber, es wäre grausam, ihn länger leben zu lassen.«

»Er ist zu alt, um noch gesund zu sein, Mrs. Haye. Nur noch Bazillenträger sind das.«

Ruffles ließ ein zutrauliches Brummen hören und wedelte mit seinem struppigen Schwanz. Ein Dunst von Fäulnis erhob sich.

»Vielleicht wäre es so am besten.«

Es war ein Jammer, ihn töten zu lassen, so einen guten Hund. Wieviel Gefühl Hunde doch hatten. Nanny würde ihre schweigende Duldermiene aufsetzen. Die Beklommenheit von ihnen allen teilte sich ihm in seinem Liegestuhl mit. Waren sie mit ihren Gedanken bei Ruffles? Schnarchten sie des Nachts?

Der Abend senkte sich herab, und der Wind hatte sich gelegt. Eine Mücke stach ihn am Fußgelenk, und ein Schweißtropfen kitzelte ihn unter dem Verband. Die Tauben gurrten alle zusammen, das schien sich nicht um Frage und Antwort zu handeln, dafür blieb keine Zeit, so eilig hatten sie es, alles auf einmal zu sagen. Vögel ringsum zwitscherten glücklich und selbstvergessen. Neben und über alledem lag die Abendstille. Der Himmel käme jetzt groß in Form, ganz natürlich und für jedermann.

Alle waren jetzt still, wie es der Abend gebot, aber das hielten sie nicht lange aus.

»So ein schöner Sonnenuntergang.«

»Ist es nicht wundervoll!«

»Ich liebe den Sonnenuntergang, Mrs. Haye. Ich denke immer...«

»Ein Sonnenuntergang, John«, – die Frau war unmöglich.

»Ah.«

»Ist es nicht ein bißchen frisch für ihn hier draußen? Wir dürfen uns keine Erkältung holen.«

»Vielleicht, Schwester, könnten Sie mal eben hineingehen und William und Robert holen, damit sie Master John ins Haus helfen.«

»Aber ich kann allein gehen, mit einer von euch am Arm.«

»Ich glaube, dazu sind wir noch nicht kräftig genug, Mr. Haye.«

Sie würde morgen schreiben wegen einer anderen Schwester. Unmöglich, daß man ihr diese Person geschickt hatte.

Der Teufel hole dieses Weib, warum mußte sie ihn immer wie ein Baby behandeln? Oh, und wie sie das liebten, jetzt, da er hilflos war.

»Wieviel Uhr ist es?«

»Acht Uhr, Lieber. Zeit zum Dinner. Ah, da kommen William und Robert.«

Ruffles leckte ihm die Hand. Mein einziger Freund. Oh, wie satt er das alles hatte.

»So, Lieber, leg deinen Arm um Williams Schulter und den anderen um Robert...«

»Wäre es nicht besser, Mrs. Haye, wenn sie ihn zwischen sich auf seinem Stuhl tragen würden?«

»Die Treppe ist zu eng. Jetzt hebt ihn. So ist's recht. So geht es doch mit einem auf jeder Seite, nicht wahr, John?«

Nicht auszuhalten, diese Frau.

»Ja, es geht schon. Gute Nacht, Ruffles.«

»Ich komme nach dem Dinner hinauf und seh nach dir.«

William ließ sich nichts anmerken, aber sein Atem ging schwer. Robert war voller Kraft. Williams Schultern waren mager.

»Achtung, Master John, jetzt kommt die Stufe zur Bibliothek.«

Die Schwester schritt hurtig hinterdrein. Mrs. Haye war eine Närrin und ohne jede Ahnung von Krankenpflege, obwohl sie eine Adlige war. Natürlich waren die Treppen schlecht für den Patienten. Wenn es nach ihr gegangen wäre, hätte sie ihn nie in den zweiten Stock gelegt, wenn es auch das Zimmer seiner Kindheit war. Diese Ehemaligen vom Freiwilligen Hilfsdienst mit ihrem vornehmen Gehabe.

Nanny war wieder in ihrem stillen Kummer ertrunken.

Wie sie ihn da sah, zwischen Mr. William und Robert hängend, mit dem weißen Verband um den Kopf, und er so schwach und gebrechlich und nie wieder sehen können und die Schwester, die nicht fähig war, einen kranken Jungen zu pflegen, sondern immer nur Gift und Galle.

Nanny schlurfte davon zu ihrer Tasse Tee in der Küche.

Mrs. Haye nahm den Weg durch den Rosengarten zu ihrem Wohnzimmer. Alles war ungelöst, kein Ausweg gefunden, nichts vorbereitet. Nur noch ein oder zwei mitfühlende Briefe waren zu beantworten. Und diese unmögliche Schwester. Einfach fürchterlich mit ihrer Idee, ihn über diese engen Treppen hinaufzutragen. Es hätte einen gräßlichen Unfall geben können, wenn man sie gelassen hätte. Und dazu er in seiner empfindlichen Gemütslage! Man konnte kein Wort zu ihm sagen, ohne daß er es falsch auffaßte. Wirklich, man konnte nichts tun, als ihn zu beobachten und die weitere Entwicklung abzuwarten. Nach Verlauf von zwei oder drei Jahren würde man ihn mit einem netten Mädchen verheiraten. Man müßte nach einem Ausschau halten. Es gäbe da – nun ja, vielleicht.

Sie ging hinauf, um sich zum Dinner anzuziehen.

Er saß in einem Sessel, während die Schwester das Bett machte. Sein Kopf schmerzte, das kam wohl von den Treppen. Armer Ruffles, so ein schlimmes Ende! In seinem Kopf pochte es; Schmerz war ihm verhaßt, und im Kopf war er unerträglich. Und diese Weiberatmosphäre. Kein Freund, der ihn zu besuchen käme, er war immer zu verschlossen gewesen oder hatte immer versucht, sich hervorzutun, in Bewegung zu sein. Und jetzt gab es kein Zurück. Ganz weit weg gab es vielleicht ein Land der Ruhe, ganz aus Eis und mit Grün in den Tälern, ein Eis, das nicht kalt war, ein Land zum Ausruhen. Und er läge in der Grotte, wo es kühl war, und sein Kopf klar und leicht, und es gäbe nichts in der Zukunft und nichts in der Vergangenheit. Er würde im Gras liegen, das weich war und ohne Ameisen und Käfer und keine Fliegen in der Luft und keine Sonne über seinem Kopf, sondern nur ein klarer grauer Himmel, der sich bis zu den blauen Bergen in der Ferne erstreckte. Hier und da eine einzelne Pinie oder ganze Gruppen und seltsame kleine Hügelketten, eine hinter der anderen, die immer höher wurden, bis sie schließlich mit den Bergen und dem Himmel verschmolzen. Ein Land wie in der Oper. Und Männlein in Rosa oder Orange waren hügelauf und hügelab in Gefechte verwickelt, einige mit Fähnchen, andere mit Wasserpistolen. Verwundete und Tote gab es nicht, aber sie nahmen es sehr ernst.

Warum konnte es im Leben nichts wirklich Romantisches und Erheiterndes geben? Mit viel Gefühl und billigem Kulissenzauber. Etwas, das einen aus dieser elenden Existenz aufwecken würde, wo ein Tag dem anderen folgte und nichts die ewige Monotonie durchbrach, wo eine Mahlzeit auf die andere folgte und die Menschen in der Zwischenzeit nur so dasaßen und geduldig jedes Unheil hinnahmen. Nichts rührte sich.

»So, das Bett ist gemacht. Wenn Sie jetzt Ihren Hausmantel ausziehen und sich auf meine Schulter stützen würden. Soll ich jetzt Ihren Verband erneuern oder später nach dem Essen?«

»Oh, jetzt, damit es überstanden ist.«

Schmerz war ihm verhaßt. Es war ihm nicht recht klar, welche Rolle dem Schmerz im allgemeinen Schema der Dinge zukam, und das machte ihm angst.

Sie hantierte klirrend mit allerlei Gefäßen, und schon erfüllte der antiseptische Duft, schlimmer als jeder Stallgeruch, den ganzen Raum.

Finger begannen den Verband zu lösen und neu zu richten. Es schmerzte heute weniger. Nein, doch nicht, oh...

IN ANSICHTSKARTEN-MANIER

In dem von Hecken gesäumten Weg zwischen Barwood und Huntley gab es an einer Stelle einen Durchlaß in der hohen Hecke. Dahinter sah man Lorbeer- und Brombeergesträuch und Buchsbaum und Eiben, alles wild durcheinander. Am Ende eines moosigen Pfades erblickte man jenseits eines struppigen Rasens das Haus aus gelben, blau gemusterten Ziegeln. Es war 1840 von einem Mann aus Wales gebaut, das Datum stand über der Tür, war aber kaum zu sehen, weil in der Frühe ein dicker weißer Nebel alle Umrisse verwischte. Vögel begannen zu zwitschern, der Morgen war nicht mehr fern. Das Haus hatte keine Vorhänge und keine Schlagläden bis auf einen zerbrochenen, der schief vor einem offenen Fenster im Erdgeschoß hing und dessen Flügel lose hin- und herschwangen. Einige Fensterscheiben waren kaputt und mit braunem Packpapier zugeklebt. Am einen Ende war eine Veranda, die nur teilweise überdacht war, weil man die Ziegel zum Ausflicken des blaugrauen Hausdaches genommen hatte. Am anderen Ende stand ein ehemaliges Gewächshaus mit zerbrochenen Glasscheiben.

Der Garten war verwahrlost, seit vielen Jahren hatte sich niemand um ihn gekümmert, und der einzige Beweis von geleisteter Arbeit waren die Kohlköpfe, die Vater in einem Anfall von Arbeitswut in ein ehemaliges Blumenbeet gesetzt hatte. Es gab nur eine riesige, makellos gewachsene Buche, die den Garten beherrschte. Die anderen Bäume standen nur so da und grenzten den chaotischen Wildwuchs gegen die freundlichen Wiesen ab. Der ganze Garten wirkte unglücklich, weil man ihm zuviel Freiheit gelassen hatte. Er war traurig. Und das Haus war noch trauriger mit seinen bläulichen Verzierungen; es wirkte verlassen und verloren, obwohl es bewohnt war. Niemand liebte es, und trotz seiner von Natur weiblichen Bestimmung als Häuslichkeit, mußte es ein elendes Neutrum bleiben. Niemand rührte auch nur einen Finger, und das spürte das Haus. Niemand kümmerte sich. Die Vögel zirpten gefühllos, und die Kirche drüben am Fluß schickte ihr silbernes Frühgeläut.

Hinter dem Haus war ein kleiner Hof und in dessen Mitte ein Hühnerstall aus Resten einer alten Militärbaracke. Dann noch ein Schuppen mit einer wackligen Tür, die schief in den Angeln hing. Drinnen tobte eine Ratte. In dem roten Dach des Anbaus waren Löcher, durch die man den rosigen Himmel sehen konnte. Überall zerbrochene Fliesen, in deren Ritzen Unkraut wuchs. Von der Hintertür des Hauses war die Farbe abgeblättert. Die vier bleiverglasten Fenster starrten blind ins Leere. Der Nebel hängt träge in der frostigen Luft.

Dann läßt die Sonne die Krone der Buche golden aufglühen, und es kommt Bewegung in den

Frühnebel. Er verzieht sich, während der Himmel sich dem grauen Alltag anpaßt. Das goldene Feuer kriecht an der Buche abwärts, bis die Spitzen des überwachsenen Lorbeers aufleuchten, während der Nebel jetzt über dem nahen Fluß liegt. Alles strahlt auf und reckt sich aus dem Schlaf, der Himmel ist jetzt fast blau. Ein Schmetterling flattert ziellos über den Kohlköpfen, der Fliegenschnäpper, der auf der Lauer lag, saust herab, und schon ist es aus mit dem Schmetterling. Eine Taube mit einem Silberstreifen von der Sonne gleitet herab. Die Vögel zwitschern lebhaft, während die Sonne höher steigt und Schatten wirft, und jeder Tautropfen, der einen Lichtstrahl fängt, wird zu einer Perle. Ein Spinnwebfaden schießt plötzlich über irgend etwas hinweg und schillert in den Regenbogenfarben.

Auf dem Kaminrohr sitzt ein Star und putzt sich. Eine Krähe fliegt über den Garten und äugt nach rechts und links. Die drei Eiben erneuern ihr Grün in der Sonne, die Lorbeersträucher glänzen vor Reinheit. Ein Kaninchen hoppelt hervor, blickt in die Runde und knabbert an dem frischen Gras, seine letzte Mahlzeit, bevor es sich zur Ruhe legt.

Die Luft ist wie neu.

Alle bilden eine Gemeinschaft, aber nicht für lange. Sobald die Sonne den Tau aufsaugt und die Feuchte der Spinnweben, ist jedes wieder für sich. Jeder Vogel wird sein eigenes Lied singen, nicht die allgemeine Gartenmelodie. »Ich, ich, ich«, wird er sagen: »Ich bin der Beste.« Ebenso der Lorbeer, die

Eiben, Buchsbaum und Brombeerstrauch. Sogar die Buche, die im weiten Umkreis keine Rivalin hat, auch sie wird sich höher recken, näher zur Sonne. Von der Sonne kommt alles, dabei ist sie noch nicht auf ihrem Scheitelpunkt.

Die hintere Tür des Hauses öffnete sich, und sie kam heraus, stutzte einen Moment, ehe sie die Tür hinter sich schloß. Sie war groß, hatte einen Rock aus schmutzigblauem Serge an und ein leichtes malvenfarbenes Mieder, an den Füßen rote Hausschuhe. So reizend sah sie aus! Ihre dunkle Haut wirkte ungesund und etwas aufgeschwemmt, ihr Mund war nicht groß, die Lippen rot. Ihr schwarzes, unordentliches Haar hing wirr bis auf die Augenbrauen. Auf einer Wange hatte sie eine rote Narbe. In ihren dunkelbraunen, großen Augen brannte ein Licht.

Sie fühlte sich sehr lebendig, und sie sah, daß der Hof tot und ausgestorben war – ja, so war ihre Stimmung an diesem Morgen.

Sie schritt hinunter in den Hof, schlug die Tür hinter sich zu und streifte durch das wuchernde Unkraut, dessen Halme sie mit Tau besprenkelten. Eine große Brombeerranke schmiegte sich so liebevoll um ihren Rock, daß ihre Beine sich nicht von allein befreien konnten und sie sich hoheitsvoll hinunterbeugen mußte, um die Ranke abzureißen. Der Brombeerstrauch zitterte von der Berührung ihrer Hände noch eine Weile nach. Sie ging zu der Pumpe, und die Ratte floh in ihr Schlupfloch. Sie bewegte den Pumpenschwengel, bis er Wasser für sie heraufgurgelte. Sie ließ es über ihr Gesicht laufen, wobei auch ihre Kleidung naß wurde. Sie ging zu dem Hühnerstall, machte die Tür auf und wartete. Zuerst kam der Hahn gravitätisch heraus. Sie scheuchte ihn mit ihrem Filzpantoffel und amüsierte sich über seine Verwirrung. Sie hatte eine dunkle und etwas gewöhnliche Stimme. Dann ging sie, über und über naß, zurück ins Haus und schlug die Tür hinter sich zu.

Aus einem offenen Fenster oben drang tiefes, rasselndes Schnarchen hinunter in den Hof.

Der Hahn war verärgert und fühlte sich gedemütigt. Eine Kralle in der Schwebe haltend, beobachtete er seine Hennen. Ohne zu wissen wieso, fühlte er sich unbehaglich. Nicht eigentlich krank, aber irgendwie leberleidend. Gleichwohl hätte irgendein Beobachter einen feinen Glanz auf seinen Federn bemerkt. Er krähte, um auf sich aufmerksam zu machen, und Natascha, die an seiner Seite hockte, beeilte sich zu sagen, seine Halskrause sei in ihrer Schönheit überwältigend und könne es mit dem Glanz der Sonne aufnehmen. Als es dann getan war, verließ er die quiekende Natascha und flatterte auf das Dach des Hühnerhauses. Er fühlte sich großartig, rebellisch. Die Welt war irgendwie nicht in Ordnung, zu zahm, nicht genug Staub, um darin zu baden. Nicht mal einen Dunghaufen gab es auf diesem elenden Hofstück. Alles war zu lasch – die Sonne und der Tau und die zarten Gräser. Er wünschte Hitze, Hitze. In den Pausen seines Tobens reckte er gegen alles und jedes den

Hals und sagte der Welt die Meinung und daß er hier König sei.

Joan oben im Haus zog ihre Strümpfe an. So eine Menge Löcher, aber macht nichts. Heute ist Sonntag. Wie wird Vater das Kirchengeläut ertragen? Vorigen Sonntag hat er nicht allzusehr opponiert. Es wird heute wunderbar heiß werden, und das wird Vater auch nicht mögen. Auch George war Hitze verhaßt, aber sie hatte Hitze gern. Das Sonnenwunder!

Wie rot ihre Hände immer wurden und so rauh. Das kam von der Hausarbeit, während hübsche junge und reiche Damen stets Handschuhe trugen und sich mit bunten Schirmen gegen die Sonne schützten. Angst vor der Sonne! Die jungen hübschen Damen haben noch nie im Leben einen Tag lang gearbeitet. Warum mußte sie arbeiten, und jene durften müßig sein? Oh, wäre sie doch eine von denen! Sie würde himmelblaue Unterwäsche haben. Sähe sie nicht im Spiegel aus wie ein Traum! Und ein Korsett? Nein, kein Korsett. Doch vielleicht gab es einem mehr Sicherheit.

Aber wozu sollten solche Träume gut sein? – Träumen hat noch keinem Gutes gebracht. Aber George, er würde morgen in der Wiese arbeiten, und dann würde sie sich über das Gatter lehnen – hinüberklettern? – und zu ihm reden, und vielleicht bekäme sie ein paar schüchterne Antworten. George war wunderbar, George war so aufregend. Mit seinem schönen Haar, seinen honigfarbenen Augen, mit seinem ziegelroten heißen Gesicht, seiner Kraft und seinem Geruch. Einer, der den schweren Lieferwagen von der Molkerei fuhr und immer mit einer Zigarette an der Oberlippe und mit diesem lauernden Blick. Sie wußte nicht, warum sie überhaupt etwas an ihm gefunden hatte. Aber George mit seinen Honigaugen und dem gewissen Etwas dahinter, mit seiner Wortkargheit und mit seiner Kraft, oh, diesmal mußte etwas daraus werden, nach soviel Jahren des Wartens. Der Sache auf den Grund gehen. »Ja, George, weiter so, weiter so.«

Was für hübsche Zehen sie hatte, abgesehen von den schmutzigen Nägeln. Aber wozu sollte man sie sauber halten? Sie wohnten ja nicht mehr im Pfarrhaus, und es gab niemand, der ihr sagte, wie schmutzig oder wie hübsch sie waren, nur Vater, wenn er betrunken war, aber das zählte natürlich nicht. George würde all das sagen. Sie würde es ihm beibringen, wenn er nicht von selbst darauf kam.

Sie geht zu einem Spiegel hinüber und spielt mit ihrem Haar. Im Spiegel sieht man die Wand mit der braunen Tapete, die in Streifen herabhängt und den gelben Mörtel dahinter sehen läßt. Weil das Dach undicht ist. Und dann dieser Schorf auf dem Spiegel, der sich von der oberen rechten Ecke ausbreitet, weil der Belag auf der Rückseite abgeblättert ist. Sie fühlte sich so unglücklich. Der einzige Stuhl ohne Rückenlehne und mit einem wackligen Vorderbein, so daß man sich beim Sitzen nach rechts lehnen mußte. Die nackten Dielen des Fußbodens starren von Schmutz, das Bettzeug ist muffig, das Kopfkissen fettig. Heute ist auch alles wie verhext. Man erstickt hier drinnen. Sie geht zum Fenster und reißt es auf.

Beim Fenster war ein kleiner Tisch, auf dem ein Spiegel stand. Den benutzte sie nie, weil man sich dazu erst hinsetzen mußte, und das war lästig. Um den ovalen Rahmen war ein weißes Band drapiert mit Schleifen an den seitlichen Stützen. Auch an den Handgriffen der beiden Schubladen waren weiße Schleifen. Auf dem niedrigen Tisch lagen Haarbürsten, ein Kamm mit drei fehlenden Zähnen, eine Untertasse voller Nadeln, Haarnadeln und Sicherheitsnadeln, und dazu eine leere Medizinflasche mit einer Schleife aus dem, was von dem weißen Band übrig war. Bei der Flasche lag ein kleiner verwelkter Veilchenstrauß.

Sie geht durch die Tür in das nächste Zimmer, sein Zimmer. Er liegt in geräuschvollem Schlaf, die Bettdecke halb von der Brust gerutscht und sein roter Bart fettig ausgebreitet über seiner blassen Haut. Ein Arm hängt herab, der andere, der ihm folgen wollte, ist auf seiner Brust gelandet. Sein Gesicht hat eine flache Nase, rotes Haar und eine fleckige Haut. Um ihn der gewohnte Duft von Gin. Das Fenster steht weit offen, um die Schnarchlaute hinauszulassen.

Und das war Vater, Pappi, Paps. Oh, er machte sich gut im Bett. Sie erinnerte sich nur ungenau an ihn ohne seinen Bart vor Jahren im Pfarrhaus. Das war eine herrliche Zeit: Sie hatten eine Dienstmagd gehabt, die man herumkommandieren konnte. Und Mrs. Haye, die immer ein Schrecken für sie gewesen war, und wenn es ihr auch jetzt nichts mehr ausmachte, so war sie doch noch gestern vor ihr weggerannt, als sie sie herankommen sah, und Mrs. Haye hatte ihn mit Mr. Entwhistle angeredet, während andere, Passon und Colonel Waterpower, die sie manchmal trafen, ihn Padre nannten. So dumm alle diese Leute mit ihrem dummen Gehabe, aber sie waren so gut gekleidet und die Damen auch, diese Stoffe... Und es lag an ihm, daß sie so waren. An ihren Gesichtern konnte man sehen, was sie dachten, wenn sie vorbeigingen, sie gingen immer etwas schneller, wenn sie dich kommen sahen. Und wie gut hätten sie weiter im Pfarrhaus bleiben können.

Armer Vater, vielleicht war es nicht allein seine Schuld. Und nach alledem war sie als einzige übrig, um nach ihm zu sehen. Und es lebte sich nicht allzu schlecht, er ließ sie in Ruhe, außer wenn er betrunken war und jemand brauchte, mit dem er reden konnte. Er war wirklich ein wundervoller Mann, ein Genie. Alles lag nur daran, daß er mißverstanden wurde. Er hatte Visionen und Gesichte. Und wirklich war es am Ende nur Mutters Schuld, weil sie sich so närrisch aufgeführt hatte, obwohl Vater natürlich auch schon vorher dem Gin zugetan war. Als Mutter im Sterben lag, mit Vater und mir an ihrem Bett, hatte sie, anstatt irgendwas zu flüstern, wie es sich gehört hätte, laut »John« geschrien, als riefe sie ihn, und das vor dem Arzt und der Gemeindeschwester. Und dann war sie gestorben, und das waren ihre letzten Worte. John war weiterhin der Briefträger. Sie war eben eine Närrin gewesen, und Vater hatte danach noch mehr Gin getrunken. Nach Mutters Tod hatte man Vater seiner geistlichen Würde entkleidet. Das war kurz nach Kriegsbeginn und teils wegen dem Gin und teils wegen dem Gerede über Mutter. Mr. Davis starb zu rechten Zeit, und mit dem größten Teil des Geldes, das Onkel Jim ihnen, als er fiel, hinterlassen hatte, konnten sie dieses Haus, nur zwei Meilen weiter, kaufen. Es wäre besser gewesen, weiter weg zu ziehen, aber wie Vater sagte, er wolle nicht vor denen davonlaufen, die ihn aus der Pfarre verjagt hatten.

Was tut sie, während sie noch da steht? Sie mußte ihn wecken und dann das Frühstück holen und dann aufräumen. »He, wach auf. Wach auf«, und sie sammelt die auf dem Fußboden verstreuten Kleidungsstücke auf, streicht sie glatt und legt sie ordentlich auf das Fußende des Bettes. Rosen auf der Tapete, Rosen auf losen Papierstreifen, die vor der nackten feuchten Wand hängen. »Los, steh auf, steh auf.« Er verstellte sich, damit sie sich noch länger um ihn bemühen sollte. Ja, so war er. »Hörst du nicht? Aufstehen!« Sie hebt seine weißen Schultern an und schüttelt ihn, bis sich seine wässrigen blauen Augen öffnen. Sie läßt ihn wieder auf das Kissen fallen, und die roten Fingerabdrücke auf seiner Haut verblassen wieder.

Seine Augen öffnen sich mühsam. Er kratzt sich, den leeren Blick zur Decke gerichtet.

»Wieder 'n Tag?«

»Ja.«

»Oh.«

»Ich geh' und hol' dir Wasser, wenn du aufstehst.«

»Ja, geh nur und hol es.«

Sie geht zur Pumpe, und er richtet sich mühsam vom Bett auf. Er ist kurz und gedrungen, aufgedunsen im Fleisch. Er hat in alten Flanellhosen geschlafen. Er sitzt auf einem Kasten beim Fenster. Er blickt hinaus, über den Garten, über die Wiese und den stillen Fluß mit den Bäumen vor einer Anhöhe. Ihr Grün verwischt in dem feinen bläulichen Dunst, der sie umschmeichelt. Auf den Wiesen liegen ein paar Kühe im Freien; es ist noch nicht so heiß, um sie in den Schutz der Hecken zu treiben. Unten vor dem Fenster gackert eine Henne genußvoll. Wie still das alles ist, kein Mißton in dieser besten aller Welten. So dachte man, alle dachten so und waren sorglos. Und ihn hatte man vergessen. Die Natur beleidigte ihn. Mit welchem Recht sah das Land so wohlgefällig aus, von der Sonne verwöhnt, während er inmitten von alledem sein Leben fristete? Er mit seinen tiefen Gedanken, seinen großen Leiden. Warum unterstützte ihn der Staat nicht, statt ihn in Schmutz und Elend leben zu lassen? Ihm gebührte ebensoviel vom Geld der aufgeblasenen Kapitalisten wie jedem anderen. Leute ihres Schlages hatten ihn dahin gebracht, weil sie ihn nie ausreichend bezahlt hatten, das vor allem. Sie waren schuld. Wo blieb das Wasser?

Der Tag heute ließ sich schlecht an, es würde fürchterlich heiß werden. Obendrein Sonntag, und die Kirchenglocken würden läuten, und er würde sich an die Kirche von Barwood erinnern, an den kleinen Altar, die Rosen – seine Rosen, die er gepflanzt hatte. Er fühlte sich heute so krank, so ganz ohne Kraft. Er würde weinen müssen, wenn die Glocken erklangen, weinen über so vieles, das aus und vorbei war, der Colonel, der ihn Padre nannte, die Ehrerbietung des Küsters. Bittere Tränen würden es sein. Das alles lag weit hinter ihm und war doch so nah. Jeden Tag mußte er über alles nachdenken. Aber es gab keinen Grund, es zu bereuen, hier konnte er an seiner Erlösung arbeiten, weiter in jenem Vikariat zu bleiben, hätte den Tod bei lebendigem Leibe bedeutet. Hier hatte er noch so lange Lebenskraft, bis ihm einmal alles entgleiten würde.

Dennoch fühlte er sich heute krank, er spürte es innerlich, etwas Ernstes. War es Krebs, der da rumorte? Ja, da war es. Hier, nein da, nein, nein, da. Ja, Krebs, auf den er so lange gewartet hatte.

»Hier ist das Wasser.«

Er zuckte zusammen. Der Lärm, den das Mädchen machte. Er war doch krank.

»Ich bin krank.«

»Wieder einmal?«

»Am Ende ist es Krebs.«

Eine gewisse Genugtuung, daß es jetzt soweit war.

»Schon wieder. Der Doktor kostet dich soviel wie eine Flasche Gin, nur damit er dir sagt, daß es Einbildung ist. Ich kenne die Ärzte und dich auch.«

»Geh mir weg. Geh.«

Sie war im Grunde ein schlichtes Gemüt, ganz wie jene mißverstandene Frau, ihre Mutter. Oh, er hielt es nicht mehr aus. Nun noch Krebs zu allem anderen. Eine richtige Tragödie, sein Fall. Und damit bliebe sein großes Werk unvollendet, noch ehe es überhaupt begonnen war.

Sie öffnete unten die Tür und ging in die Küche. Es war heute dasselbe mit ihm, vielleicht etwas schlimmer, aber das gäbe sich, wenn er gegen Abend auflebte. Arme, schwache Kreatur.

Durch ein kleines Eckfenster zum Garten dringt die Sonne herein und wäscht den Schmutz von den abgetragenen roten Fliesen. Es riecht säuerlich nach altem Essen, und unter den zwei Fenstern zur Rechten liegen ein paar leere Sardinendosen, die beim Hinauswerfen ihr Ziel verfehlt haben. Sie geht zu dem Geschirrschrank zur Linken. An ihm ist ein zehn Jahre alter Kalender von der Eisenwarenhandlung in Norbury angepinnt, darauf abgebildet ein Zerstörer, der die Meereswogen buchstäblich durchschneidet, mit gleichsam gefrorenem Rauch, der aus seinen Schornsteinen dringt, und an seiner Seite ein Torpedo, im Bilde verewigt, wie er spaßhaft aus dem Wasser und hoch in die Luft springt.

Sie reißt den Geschirrschrank auf. Darin sind Teller, Messer und Gabeln, Tassen und eine Teekanne, alles irgendwie angestoßen oder mit Bruchstellen. Dazu Eßbares aller Art in Dosen, hauptsächlich Sardinen, und drei Laib Brot. Am Boden zwei Eimer, ein verdreckter Schrubber und ein paar leere Ginflaschen. Auf dem obersten Brett einige noch ungeöffnete Flaschen und ein paar Stück Seife, zusammengestopft mit unordentlich gefalteten Bettlaken und Handtüchern. Sie nimmt eine Büchse Sardinen und einen Laib Brot und arrangiert das mit zwei Messern auf dem Tisch in der Mitte des Raumes. Sie stellt ein Stück Butter auf einem halb zerbrochenen Teller hin und zwei Tassen ohne Henkel, dazu Milch in der Teekanne, deren Tülle halb abgebrochen ist.

Sie geht zu dem Eckfenster hinüber und reißt es auf. Sie zieht das schadhafte Rouleau hoch. Vater liebte es manchmal, die Runde zu machen, »zusperren«, als lebte er in einem Schloß, aber da er mit der Zeit nicht mehr gut genug sah, um die Fenstergriffe zu finden, zog er für alle Fälle das Rouleau herunter. Der Herd war alt und verrostet, seit April war er nicht mehr angezündet worden. Davor stand eine Wanne mit abgestandenem Wasser, in der sie den Abwasch besorgte. Die Sonne drang nicht weit in die Küche. Auch hier begann die Tapete sich schon von den Wänden zu schälen. Eine verfrühte Schmeißfliege schwirrte irgendwo herum.

Eine rasche Bewegung im Sonnenlicht, ein Sprung, und schon schmiegte sich Minnie mit dem Rücken um ihr Bein, während der Schwanz am Hinterende sich vorsichtig bewegte. Minnie, so frisch, so rein, so ein Schatz. Katzenaugen, gelb und schwarz, blickten zu ihr auf. »Minnie, hast du irgendwas getötet?« Und mit einem Satz war er raus aus dem Fenster, den Schwanz wie eine Siegesfahne hochgestellt – echt Minnie. Und schon ist er zurück, flink wie immer, und im Maul ein totes Rotkehlchen. So verständig. »Oh, Minnie, was für ein süßes Ding. Sieh nur sein rosa Leibchen und sein rosa Blut. Oh, es ist noch warm. Sollen wir es Vater zum Frühstück geben? So ein Schlauer bist du«, und Minnie schnurrte halb zustimmend. Er taucht eine Pfote in einen Blutklecks. Sie beugt sich herab und nimmt ihn in die Arme. »Oh, Minnie, du kennst dich aus, Minnie.« Aber mit einem kleinen Sprung war er aus ihren Armen zum Fenster und auch schon draußen. Joan blickt hinaus, und da steht Minnie ganz ruhig und gelassen. Dann ist er weg, schlüpft überall durch, und der Tau benetzt sein Fell. Wie reizend waren doch Katzen, sie war vernarrt in Minnie.

Ein langsamer Schritt kommt die Treppe herunter, mit einer vorsichtigen Pause bei dem Loch in der neunten Stufe von unten, und er kommt taperig herein. Sein Gesicht ist schlaff und eingefallen, sein schwarzer Anzug ist fleckig. Er trägt einen nicht mehr sauberen Rundkragen um den Hals, denn es ist Sabbat, dazu ein auffälliges Khakihemd ohne das schwarze Chemisett. Er steht in der Tür, sein Bart zittert.

»Sardinen? Schon wieder? Ich sag' dir doch, ich kann sie nicht essen.«

»Wir sollten froh sein zu essen, was uns gegeben ist.«

»Komm mir nicht mit solchen Sprüchen, nur um mich zu ärgern. Hörst du? Gegeben, wer sagt denn, daß es gegeben ist? Ich habe dafür bezahlt oder etwa nicht? Du haßt mich, und alle Welt haßt mich.«

Aber so war es nun mal, er sollte stolz sein, von der Welt gehaßt zu werden. Bei allen Großen war das so. Aber Sardinen – die hatte er bezahlt. Es hatte eine Zeit gegeben, da hatte er Gott für Sardinen gedankt, weil er seit je Sardinen haßte und in ihnen sein Kreuz sah. Doch was war daran gut? Er bezahlte dafür und aß sie, weil sie besser waren als trockenes Brot. Er hatte sie bezahlt, und wenn er nicht bezahlt hätte, hätte er keine bekommen, wie konnte also von Dank die Rede sein? Zu danken hatte er allenfalls für die Ölquelle im Süden von Texas, wo Hoynes, der Kinomann herkam. Früher einmal hatte er Gott für Ölquellen gedankt, für Kriege und für Äpfel, weil das alles nur unglückliche Mißgriffe waren, denn er hatte sein halbes Geld in mexikanischen Ölaktien verloren, und Äpfel waren schlecht für seine Verdauung. Warum hatte er auch das Geld in Öl angelegt? – So schmolz es dahin wie die andere Hälfte auch. Aber umdisponieren war so peinlich. Das war alles so kompliziert. Andererseits, wenn niemand Fisch äße, ginge die Industrie zugrunde und die Fischer auch. Nein, Gott sei Dank konnte er jetzt in nichts mehr irgendwas Göttliches sehen, während er in früheren Tagen sogar eine Sardine nur mit Ergriffenheit verspeist hatte. Dennoch, wie konnte man sicher sein? Sein Verstand – wie der ihn quälte, wie der in seinem Hirn weiter und weiter bohrte, ohne Erbarmen. Er hatte einen wachen Geist, auch Edward hatte ihm das vor dreißig Jahren in Oxford bestätigt. Und der war seitdem noch gewachsen in seinem Einsiedlerleben, auch Joan konnte das nicht leugnen... Er hatte sogar mehr von einem Genie, weil er in seinem Haus anerkannt war, wirklich ein seltener Fall. Und der Lohn würde nicht auf sich warten lassen, er mußte kommen. Ja, noch heute würde er sein Werk beginnen. Aber er fühlte sich so krank, so schwach.

»Kind, ich fühle mich heute morgen so krank. Ich habe solche Kopfschmerzen. Und mir ist ganz schwach – physisch, versteht sich, nicht geistig.«

»Nimm einen Tropfen Gin in deine Milch. Das wird schon helfen.«

»Ja, ich glaube, du hast recht« – aber nicht mehr als einen, wirklich.

So war er immer vor dem ersten Schluck am Morgen. Armer Vater.

Ist schon besser, macht behaglich. Aber etwas stimmt immer noch nicht mit ihm. Er trinkt noch einen Gin mit Milch.

»Es ist der Krebs, Joan, das erschreckt mich so. Ich fühle, wie es heiß wird. Eine Operation oder Morphium können wir uns nicht leisten. Ich werde sterben.«

Es wäre verlockend zu sterben; aber nein, das wär's nicht, das wäre gegen alle Vernunft. Nein, das nicht, und vor allem: sein Buch.

Er war so gewitzt, daß er in der Schule immer der Letzte gewesen war. Alle großen Männer waren die schlechtesten Schüler gewesen. Doch dann in der Welt hatte er sein Ziel aus den Augen verloren. Nein, das stimmte nicht, er hatte es gefunden – dies, dieser Gin war sein Triumph. Es war das einzige, was seiner Gesundheit aufhalf, und man mußte bei Stimmung sein, wenn es darum ging, das Buch zu konzipieren, das große Werk, in dem alles mit allem in einen Zusammenhang gebracht würde und das ihm schließlich Anerkennung brächte, vielleicht sogar einen Brief vom Bischof. Es würde ihn rechtfertigen, wenn er manchmal dies und jenes auf seine Art nahm. Aber man wußte nicht recht, es gab Tage, wo man alles nicht richtig sah. So krank fühlte er sich. Irgendwo da unten war alles durcheinander. So eine schreckliche Krankheit, Krebs. Warum konnten die Ärzte nicht etwas dagegen tun? Oh, eine Kanzel, um es von da herab zu verkünden!

Schrecklich, schrecklich.

»Vater, wo hast du den Büchsenöffner für diese Sardinen hingetan?«

»Weiß ich nicht. Oh, diese Schmerzen. Habe ihn nicht gehabt.«

»Aber irgendwo muß er sein. Im Küchenbord ist er nicht.«

»Kannst du's nicht mit 'ner Gabel aufmachen? Nur zu faul. Was soll ich dabei? Oh, hier ist er in meiner Tasche. Nein, so was.«

»Du trinkst den ganzen Gin. Nein, sieh her, du brauchst keinen mehr. Sonst hast du nichts für heute abend.«

»Aber ich werd' ja keinen mehr trinken. Glaub mir. Laß mich in Ruhe damit.«

»O ja, gib mir die Flasche.«

»Werd' ich nicht. Ich brauch' das. Meine Gesundheit.«

»Gib sie mir.«

Am Morgen konnte man mit ihm streng sein. Sie verschließt die Flasche im Geschirrschrank, steckt den Schlüssel unter ihr Kleid und macht sich an das Öffnen der Sardinenbüchse. Er ist nahezu in Tränen: »Beleidigt von einem Mädchen, meiner Tochter. Wo es doch nur um meine Gesundheit ging, krank wie ich war.« Aber so dumm war er nicht, o nein. Er hatte ein Dutzend Flaschen im Arbeitszimmer versteckt, ihm war in letzter Zeit nach Trinken zumute gewesen, und dieses Mädchen teilte ihm nur eine Flasche pro Tag zu.

»Verdammt, jetzt hab' ich mich mit dem Büchsenöffner geschnitten.«

Am Daumen klafft eine Wunde, und sie blutet in das Öl über den Sardinen. Geschieht ihr recht, jetzt bekäme sie Blutvergiftung, die Hand würde anschwellen und ganz rot werden. Sie würden alle beide unter Qualen sterben. Zu denken, mit welchen Schlagzeilen in den Abendblättern die Welt schließlich doch noch von ihm hören würde. *Überraschende Entdeckung in einsamem Landhaus,* und weiter unten: *Verbittertes Genie mit schöner Tochter tot aufgefunden!* Schön? War sie das? Ja, natürlich war sie's, so gut wie die Tochter von jedem anderen, außer wegen der Narbe. Die Narbe, das war wie ein böser Traum, er erinnerte sich nur unklar, wie sie ihn verhöhnt, wie er die Flasche nach ihr geworfen und sie verfehlt hatte, und danach die Scherbe, mit der er sie an der Wange getroffen hatte. Es war gräßlich. Und dennoch genau das, was ein Genie getan haben würde. Ihm war so schwach heute morgen. Woran dachte er gerade? Ja, an Selbstmord und an die Schlagzeilen in der Presse. Doch in ein paar Tagen würde es überstanden sein. Wozu auch das alles? Und was sollte er jetzt essen? Blutige Sardinen? Er fühlte sich krank. Krebs.

Sie hatte ihren Finger mit einem Taschentuch verbunden und ißt Sardinen auf Brot und Butter, mit Kopf und Schwanz, während er Kopf und Schwanz abtrennt. Sie ißt mit plötzlichem Appetit, ihr Kinn ist fettig von dem Öl, das ihr aus den Mundwinkeln rinnt. Sie sagt:

»Ich liebe Sardinen, und das Öl ist das Beste dabei.«

Keine Antwort.

Armer Vater, ihm stand ein schlimmer Tag bevor, denn es würde sehr heiß werden, und er mußte eine böse Nacht gehabt haben, es schien ihm etwas schlechter als sonst zu gehen. Und er haßte Sardinen, aber es war nichts anderes zum

Frühstück da, nur der Hering in Tomatensauce, aber davon wollten sie zum Lunch eine Büchse aufmachen. Vater war wirklich in keinem guten Zustand, vielleicht war dieses Gerede von Krebs nicht so ganz unsinnig. Aber es lag gewiß nur am Trinken. Er bot so ein häßliches Bild, mit seiner pingeligen Art und seinem nervösen Zucken. Man brauchte sich nur George hier am Tisch vorzustellen, mit seinem starken Appetit, mit seinen schmutzigen, von Haut überwachsenen Fingernägeln, und dagegen Vaters weiße Fingernägel, das einzige an ihm, womit er sich noch Mühe gab. Seine Art, sich die Zeit zu vertreiben, während sie schuften mußte. Und hinter Georges honigbraunen Augen wäre ein Licht, nicht diese unstete Bläue. Sein Gesicht wäre ziegelrot von der Sonne, sein Fleisch unter dem offenen Hemdkragen wäre goldbraun mit einem blauen Äderchen hier und da: So stark wäre er, es müßte wundervoll sein, vor ihm zu erschrecken. Gold. Und dann dieser schwache Mensch da – sogar sein Bart war verschmutzt und ohne Farbe. Ja, es gab Zeiten, da straffte sich sein Körper, seine Stimme schwoll an, und sein Bart flammte. Ihre Finger tasteten nach der Narbe auf ihrer Wange; das war eine Nacht gewesen. Sie fühlte sich wie eine Sklavin, eine geschlagene Sklavin.

Aber gerade die Narbe erschreckte George. Seine Augen schweiften zu der Narbe und blickten mißtrauisch; anfangs hatte er entsetzt auf ihre Kleidung geblickt, aber den Fehler hatte sie nur einmal gemacht. Dennoch sagte er nie etwas, und das ärgerte sie, aber letzthin war mehr Vertrauen und Verständnis in seinen Augen. Doch die anderen sagten wenigstens etwas, mit Ausnahme von Jim, der noch schlimmer als George gewesen war. Natürlich hatte sie sich nie mit ihm sehen lassen, es hätte ihn verschreckt, wenn im Dorf Gerede aufgekommen wäre. Dennoch war es sehr aufregend. Unmöglich, sich vorzustellen, wie die Tage ohne ihn verlaufen wären.

Jetzt waren zwei Schmeißfliegen mit dem Kopf einer drei Tage alten Sardine beschäftigt. Der Kopf lag da, ausgefranst, wo Vater ihn vom Körper abgerissen hatte, glasig über den silbernen Schuppen, die Augen metallisch. Blau schimmerten die beiden Schmeißfliegen, die auf und nieder summten und überhaupt nicht zur Ruhe kamen. Minnie war durch das Eckfenster hereingekommen, und die beiden Fliegen schäumten vor Wut, weil sie sich von jemand, der nicht ihresgleichen war, gestört fühlten.

Sie erhebt sich seitlich, um den Stuhl nicht umzuwerfen, und flüstert heiser: »Minnie. Minnie, komm her.«

Aber er schlüpft ihr aus den Händen. Der Schlüssel rutscht aus ihrem Kleid und klirrt auf den Fußboden.

»Die Katze. Du, weg mit dir, weg!«, und er steht auf, sein Stuhl kreischt über die roten Fliesen. Ein schwacher Wurf mit dem Messer, der Minnie verfehlt, der wie der Blitz durchs Fenster hinaus ist, und Vater setzt sich wieder hin. Sie versteckt den Schlüssel unter dem Brot.

»Ich hasse Katzen, sie erschrecken mich so. Eine Katze hat so etwas Unheimliches, die Art, wie sie auf nichts zu blicken scheint. Die sehen nicht Fleisch und Blut, die sehen alles abstrakt. Fürchterlich ist das, fürchterlich. Joan, du solltest sie von mir fernhalten, du weißt doch, wie ich sie hasse. Ich kann keine Katze ertragen. Dazu in meiner Verfassung. Nein, das solltest du, das solltest du wirklich.«

»Schon recht, aber ich sehe nicht, was du meinst. Minnie ist so ein Schatz. Ich weiß nicht, was du gegen ihn hast.«

»Natürlich, du kennst Katzen nicht, wie sie wirklich sind. Ein Teufel ist sie, diese Katze.«

Armer Vater.

Draußen zur Rechten stakst eine Henne nachdenklich einher, ihr Kopf in gleicher Höhe mit den Grashalmen. Ihr Auge blickt starr, was schon befremdlich ist, und die Art, wie sie den Kopf schief legt, um nach Nahrung zu suchen, wirkt besonders geziert. Sie geht langsam vorwärts und taucht manchmal ganz unter, wenn sie etwas aufpickt. Dann sieht man sie nur als ein braunes Staubknäuel, das in dem frischen Grün ringsum sonderbar stumpf wirkt und nur durch die Sonne etwas Leben gewinnt. Er beobachtet ihr eines sichtbares Auge mit Verwunderung.

»Ein Huhn, das um sechs Uhr früh frei im Garten herumläuft. Das geht nicht. Ein Gehege. Ich werde irgendwann ein Gehege für sie bauen. Ich werde noch heute damit anfangen, aber es ist ja kein Hühnerdraht da, und wir können uns keinen leisten.« Doch Hennen im eigenen Garten. Einfach entwürdigend. Und doch, warum nicht? Sie müssen nun mal leben, und es ist nur fair, daß man sie ihre Nahrung suchen läßt, auch wenn sie einen damit stören. Aber sie gaben auch ihm Nahrung, die er vielleicht nicht verdiente. Dennoch, sie stand ihm zu. Und sie waren Gottes Geschöpfe, auch wenn sie aus einem Ei kamen, und deshalb sogar um so mehr. Aber stimmte das? Nein. Ja. Er konnte heute nicht klar sehen. Wissenschaftler wußten über das Ei Bescheid, nur nicht, wie das Leben da hineinkam – und das war Gott: Da, da, jetzt hatte er's. Aber nur ein Ei? Er kannte sich nicht mehr aus. Da mußte noch etwas sein, wovon er nichts wußte. Aber nein, nicht in einem Ei.

Er erhebt sich und geht zu der Tür neben dem Geschirrschrank.

»Du wirst den Hühnerstall nie bauen, und das weißt du auch. Und wozu willst du jetzt in dein Ginzimmer?«

»Sprich nicht in diesem Ton zu mir. Kann dein Vater nicht hingehen, wo er will? Darf er sich nicht für eine Weile in sein Arbeitszimmer zurückziehen? Anscheinend hast du überhaupt – überhaupt kein Gefühl für deinen Vater.«

Und damit ging er. Das bedeutete, daß er dort noch Gin hatte, dagegen gab's nichts, da konnte man nichts machen, und es ging besser mit ihm, wenn er etwas getrunken hatte, da war er mehr ein Mann. Wozu also sich aufregen? Schließlich möbelte es ihn etwas auf. Verdammt, dieser Finger, wie idiotisch von ihr, die Büchse mit Gewalt zu öffnen? Es tat auch weh, aber nicht sehr, dennoch wäre es nett gewesen, wenn jemand sie bemitleidet und ihr geholfen hätte. Wäre George da gewesen, hätte sie eine große Sache daraus machen können. Diese elenden Schmeißfliegen, jetzt waren sie zu dritt um die Sardine, und da drüben noch drei in der Sonne. Nur durch die Sonne nahm man die Fliegen überhaupt wahr; wie sehr sie die Sonne liebte. Sie versteckte den Schlüssel in der Tischschublade.

Die Glocke der Dorfkirche jenseits der Felder schlug zwölf mit ihrem blechernen Ton, der nur schwach durch die brodelnde Hitze herüberdrang. Kein Vogel sang, kein Lüftchen regte sich, nichts bewegte sich unter der Sonne, die ringsum alles Leben aufsog, nur nicht bei Joan. Langsam stand sie schweißnaß von der Fensterbank auf, wo sie in der grellen Hitze geschmort hatte. Das Holz der Fensterbank war glühendheiß, und das bißchen Farbe darauf warf Blasen. Sie fächelte sich mit dem alten Strohhut, den sie aufgehabt hatte, und versuchte sich aufzuraffen, um draußen nach Eiern fürs Abendessen zu suchen. Sie liebte die Sonne, die einen fest umschloß und einem alles Eigenleben entzog, so daß man nicht denken, sondern sich nur aufgeben konnte. Sie liebte es, die Sonne überall um sich zu haben, bis es nicht mehr auszuhalten war. Man vergaß alles außer ihr, aber man konnte nicht zu ihr aufblicken, so strahlend war sie. Sie war so stark, daß man seinen Kopf schützen mußte, damit sie nicht auch von ihm Besitz nahm. Sie war grausam, ganz wie George. Und sie war stärker als er, aber George war ein Mann.

Die Luft mit ihrer feuchten Hitze lastete schwer und rührte sich nur schwach unter dem wippenden Strohhut. Drei dicke Fliegen beim Fenster fächelten sich wütend mit ihren Flügeln, und ihr Schwirren war das einzige Anzeichen von Leben. Joan war in einem Meer von Nichtigkeit versunken, wie auch der ganze Raum. In Abständen kam leises Stöhnen aus Vaters Zimmer, die Hitze hatte ihn erreicht und überwältigt. Oh, so heiß ist es, sie trieft von Schweiß am ganzen Körper, und sie weiß nicht, wo sie ihre dicken plumpen, blutunterlaufenen Hände lassen soll. Wie kühl ist das eiserne Gitter vor dem Kamin, der nach oben in den klaren blauen Himmel schaut. Ihre Hand hinterläßt auf dem Eisen einen feuchen Abdruck, der langsam verblaßt.

Sie muß nach Eiern suchen, obwohl sie nicht weiß, wie die armen Hennen bei diesem Wetter Eier legen können. Sich vorzustellen, daß man Federn hat, staubige Federn am Leib statt Kleidung an so einem Tag. Und dann Eier legen. Minnie würde auch heiß sein, auf eine unpersönliche Art. Aber die armen Hennen. Sie würden daran sterben, die Ärmsten, und der alte Hahn, dieser alte

Türke in seinem Harem – was würde mit ihm werden, wie konnte er seine Würde bewahren? Sie würde hingehen und nachsehen müssen, sie war so schon ganz verschwitzt, und in Bewegung würde es kühler sein.

Sie geht aus der Küche rund ums Haus durch den Torbogen in der Ziegelmauer, an der ein verkrüppelter Birnbaum seine toten Äste reckt, und gelangt in den Hof. Es riecht übel. Unter der sengenden Sonne schleppt sie sich zur Pumpe hinüber. Sie ist so schlapp, als hätte sie vergessen, wie lebendig sie sich eben noch gefühlt hat. Sie bewegt langsam den Pumpenschwengel, bis endlich Wasser kommt. Sie läßt es sich übers Gesicht in die steinerne Wanne laufen und tauchte ihre geschwollenen Hände hinein – wie schön war Wasser, so kühl, so selbstverständlich, und wie gern wäre sie so gewesen, so selbstsicher wie die jungen Damen auf den Modeseiten der Zeitung, innig umschmiegt von langen, eng anliegenden Gewändern, und sie tranken Tee, während sie nur Milch trank; Vater sagte, dem Wasser wäre nicht zu trauen, dabei war es doch so klar und rein und kühl. Und diese Hitze.

Sie ging an der Seite ums Haus, wo das Fenster von Vaters Zimmer war, und gelangte zu dem Gewächshaus, dem Wintergarten, wo die verrückte Henne manchmal ein Ei legte. Sie war verrückt, weil sie oft stundenlang laut schrie und Joan nicht wußte warum, aber vielleicht war es wegen einem Küken, das der Fuchs geholt hatte. In den herumliegenden Glasscherben spiegelte sich die Sonne, sie schienen selbst zu leuchten, und drinnen war es wie im Backofen. Ganz ruhig in einer Ecke stand die Henne, aber kein Ei. Eine schwarze Henne, und sie rührte und rührte sich nicht.

Vorn die Buche bot einen Schattenfleck, ebenso das wirre Gesträuch zu beiden Seiten und die hohe wilde Hecke dahinter. Alles versuchte die Mittagshitze zu überstehen. Joan kämpfte sich durch das wilde Gras und tat hier und da einen flüchtigen Blick in die üblichen Nist- und Legeplätze unter einem alten Lorbeerstrauch mit Blättern wie Wachstuch oder unter einem hügeligen Grastuff. Dornengestrüpp lauert ihr auf, aber sie schiebt es beiseite. Zwei oder drei Fliegen folgen ihr in sinnloser Geschäftigkeit, und um sie herum sind tanzende Mückenschwärme.

Von Eiern keine Spur.

Natürlich auch nichts unter der Eibe, die so alt und giftig ist. Schweißtropfen fallen herab. Endlich der Buchsbaum mit seinem tiefen Schatten. Und da zwei Eier. Sie nimmt sie auf. Dann macht sie kehrt und rettet sich über einen Streifen Sonne in den Schatten der Buche. Da setzte sie sich hin mit dem Rücken an den Stamm gelehnt. Wenn es doch George wäre.

Sie denkt an nichts.

Dann fällt ihr auf, wie häßlich das Haus ist, so kalt in der Sonne mit seinem gelben und malvenfarbenen Wandschmuck. Und so klein und baufällig. Das Leben war so reich und so bitter. Wenn sie es nur ändern könnte. Dann gäbe es da erst einmal die lange Einfahrt durch den großen, weiten, von einer hohen Mauer umgebenen Park mit den gewaltigen Eingangstoren mit ihrem Zierrat aus Hunderten von glänzenden kupfernen Kronen. Danach ginge man durch eine Allee von hohen Pappeln auf ein Haus aus grauem Sandstein zu, das prächtigste aller Häuser, und auf den Stufen der Freitreppe stünden zu ihrer Begrüßung die vielen Lakaien in roten Fräcken, und alle wären jung und sähen hübsch aus. Drinnen dann das mächtige Treppenhaus und die großen weiten, reichmöblierten Räume. Auf einem Sofa, eine Zigarre rauchend, säße der Ehegemahl so wunderschön. Er hätte rote Lippen und große dunkle Augen. Alles ganz wie im Märchen. Genauso würde es sein.

Aber dann gab es noch den anderen Traum. Ein kleines Haus, irgendwo mit einem Kreuz zum Zeichen, daß es ein Pfarrhaus war, und ein junger Geistlicher, ihr Gatte, und eine Unzahl von Kindern. Und sie mitten darin mit ihren großen dunklen Augen, die wie Sterne glänzten, und die Kinder würden ihre plumpen Fingerchen nach ihr ausstrecken. Aber was sollten diese Träume? – Träumen hat noch keinem Menschen etwas Gutes gebracht.

Da lebte es sich schon besser, wie man's hatte, und vielleicht wäre George irgendwo in der Nähe. Und die Eier mußten gekocht werden.

Sie wendet sich herum und hält Ausschau durch die Lücke mit dem Törchen, über den zwischen seinen Ufern eingesunkenen Fluß, auf die blau schimmernden Bäume auf dem Hügel, deren Kronen von der Sonne grün überglänzt sind. Kein Ton durchbricht die Stille. Alles ein schläfriges Blau, und die Hitze des Bodens perlt in der Luft empor, so daß man sie sehen kann. Sie müßte hineingehen und die Eier kochen, und auch da würden Blasen aufsteigen. Der Spirituskocher roch so penetrant. Sie mochte Eier roh, aber Vater wollte sie gekocht haben. Das mußte also sein. Vater war ein großes Kind, und er mußte ernährt werden.

Sie steht auf und geht langsam auf das Haus zu, ohne den Strohhut noch mal aufzusetzen. Von dem Bord unter der Treppe nimmt sie den Spirituskocher, auf dem eine Kasserolle montiert ist, und geht damit in die Küche. Sie füllt die Kasserolle, indem sie sie ins Spülwasser taucht, und tut die Eier hinein. Dann zündet sie die Flamme mit einem Streichholz aus der Schachtel auf dem Bord über dem Herd an. Alsbald erscheinen geheimnisvoll aus dem Nichts Blasen auf dem Wasser und werden mehr und mehr, bis die Eier wegen der vielen Blasen unruhig werden. Eier – wieso kommen Küken aus Eiern? Es war wie ein Zaubertrick: süße, kleine, gelbe, wollige, flaumige Dinger, die sich immer von einer Gefahr in die andere stürzten! Aber sie wußte, wie die Henne mit ihren Küken fühlte, das mußte wundervoll sein. Wie lange wohl waren sie im Ei gewesen? Mein Gott, die Hitze und der Gestank! Die armen Eier, und so schlimm für sie. Jetzt war es wohl genug, und sie dreht die Flamme aus. Nun das Brot und die Heringe in

Tomatensauce und Teller und Löffel und Tassen und – die Milch, sie hatte die Milch vergessen, und sie konnte jetzt nicht zur Mrs. Donner gehen, es war zu heiß. Vater würde Gin trinken müssen, aber sie nicht, sie haßte das. Sie ging zur Tür seines Zimmers und klopfte leise mit dem Handrücken, was einen Schweißfleck hinterließ wie auf allem, das sie berührte. »Vater, Lunch ist fertig.« Er antwortete: »Gut.« Es klang gequält, aber doch etwas kräftiger im Ton.

Schlurfend und mißlaunig kommt er herein.

»Oh, ist das heiß, so heiß.«

»Ja, Vater, hier ist dein Ei.«

»Danke dir. O mein Gott.«

Sie begannen zu essen, er vorsichtig und sie gierig. Er nimmt seine Tasse auf, um zu trinken.

»Milch.«

»Wir haben keine mehr.«

»Keine Milch? Warum gibt es keine Milch? Wir trinken immer Milch zum Lunch, oder etwa nicht? Und Mrs. Donner hat immer Milch, nicht wahr? Warum also keine Milch?«

»Du weißt, wir können sie uns nicht leisten.«

»Mag sein, aber darf ich mir nicht manchmal etwas Besonderes leisten, bei meinem schlechten Zustand?«

»Weiß ich nicht.«

»Du weißt nicht, und was schlimmer ist, es kümmert dich nicht, es macht dir nichts aus, wenn dein armer, alter Vater sich nicht wohlfühlt. Was wäre denn mit dir geworden ohne mich?... Lächle nicht, stell dieses Lächeln ab, oder ich werd's aus dir rausprügeln.« Sein Schweiß rinnt in Strömen, tropft auf den Tisch. Es schien ihr gleichgültig zu sein, kümmerte sie nicht. Doch bald würde er ihr Grund genug geben, sich zu kümmern. Doch was sollte das alles?

»Vielleicht 'n Gin für mich da?«

»Verhöhne mich nicht, verhöhne mich nicht, verhöh ...«, und seine Stimme schwillt an, und sein Gesicht zieht eine Grimasse. Sie verhöhnte ihn, ja, sie verhöhnte ihn. Gerade jetzt, da er sich so krank fühlte. Er fühlte sich wirklich krank. Obendrein dieser kleinliche Zank. Ja, krank.

Er erhebt sich und schlurft zur Tür seines Zimmers.

»Wo willst du hin? Mehr Gin?«

»Jawohl, mehr Gin. Warum sollte ich nicht? Nur noch einen.«

»Aber willst du nicht dein Ei aufessen? – Und dann der schöne Hering in Tomatensauce.«

»Ich sag' doch, ich mag nicht essen, ich bin krank«, und er verschwindet in seinem Zimmer.

Dummer, alter Vater, machte sich lächerlich, und doch wie schlimm, sich bei alledem so unglücklich zu fühlen. Aber es würde alles an ihr hängenbleiben. Sie ißt sein Ei auf und öffnet die Fischdose. Sie ißt nicht manierlich. Er kriegt also keinen Lunch. Ob er wirklich krank ist? Nein, es ist nur der Gin. Gleichviel, sie mußte auf ihn aufpassen, wenn nicht sie, wer täte es dann? Und wenn er wirklich krank wäre und stürbe, dann käme sie sich wie die Henne vor, die ein Küken totgetreten hatte – ja, genauso. Denn er gehörte zu ihr, er war ein schreckliches Kind und mußte umsorgt werden und gehätschelt, wenn er weinte. Man mußte ihm sagen, wie wunderbar er sei, und wenn man ihm sagte, er sei ein Genie, lebte er sogleich auf und begann über Vögel und Bäume zu reden und über den Himmel und über die Sterne. Mit den Sternen war es sonderbar, sie waren geheimnisvoll, wie die Augen von Minnie, aber die waren klein und niedlich. Und sie liebte alles, was klein und niedlich war und obendrein kühl. Es gab so viele Dinge, die sie mochte. Aber dazu hatte sie nicht die Zeit, sie hatte zu tun. Was war das eigentlich, ein Genie? Und es war so heiß, und ihr war nach einem Drink.

Alles und jedes war matt und müde. Die Sonne, die sich mehr und mehr rötete, malte lange Schatten auf das Gras. Die Luft war still, nur ein leichter Schleier von irgendwo brachte den Bäumen Kühlung. Manchmal kam ein kleiner Windhauch auf und bewegte alles ganz zart, und vielleicht sang irgendein Vogel dazu sein Lied. Alles war ruhig. Mücken tanzten. Von jenseits des Flusses schlug die Glocke eine goldene Acht. Die Sonne begann die Bäume mit Gold zu sprenkeln, auch das Haus bekam etwas ab und war stolz, an dem Zauber teilzuhaben.

Die Luft verlor allmählich ihre Schwere und wurde frischer, während der Tau das Gras befeuchtete. Eine Amsel verlangte laut nach ihrem Nachtlager, und alsbald folgte ihr eine andere und dann noch eine. Die Sonne überflutete den Himmel mit Farben, während sie selbst sich immer mehr rötete; auch die Bäume färbten sich rotgolden in ihrem Licht. Der Himmel lebte auf und genoß es nach dem eintönigen Blau des Tages. Er legte zu und verwandelte Gelb in Gold, Gold in Rot und immer tieferes Rot, während das Himmelblau hoch droben einen grünen Ton annahm.

Eine Wolke Spatzen kam geflogen, um sich unter heftigem Flügelschlagen niederzulassen, und ein paar müde Saatkrähen krächzten. In der Ferne pfiff ein Mann auf seinem Heimweg.

Joan kam im schwindenden Licht von der Veranda herab und bewegte sich langsam auf das Törchen zu. Sie ging hindurch und quer über die Wiese, wobei das dicke Gras ihren Schritt hemmte. Irgendwo in der Nähe waren ein paar Kühe beim Fressen und blickten kaum auf. Dann der geheimnisvoll bewegte Fluß mit dem Spiegelbild des Himmels auf seiner glasierten Oberfläche. Herabhängende Weiden nötigten dem Fluß längs des Ufers, wo das Wasser wie flüssiges Elfenbein war, ein kleines Lächeln ab. In einem öligen Strudel war ein Fisch dabei, zum Abend ein paar schwarze Fliegen zu verspeisen. Joan setzt sich ans Ufer.

Auf der anderen Seite zwischen Himmel und Wasser sitzt ein Angler, reglos über seine Angel gebeugt. Nur von Zeit zu Zeit gibt er der Angel einen heftigen Ruck. Dann, ein unsichtbarer Kampf, die Angelrute biegt sich, und wieder stirbt ein Fisch.

Joan meint, daß er ein guter Angler sein muß, um so viele Fische zu fangen, doch wie albern, sich über ihn Gedanken zu machen, wo es doch gilt, an George zu denken. Nein, da hat er wieder einen, einen großen sogar, und es braucht eine Weile, ihn an Land zu ziehen. Die Spule kreischt, als täte es ihr weh, es muß ein ganz dicker Fisch sein. Die kleine Gestalt springt auf und tanzt aufgeregt umher. Ein Plumps mit dem Kescher, ein kleines vergnügtes Auflachen und dann wieder Ruhe, während er über das Netz gebeugt mit seinem Fang beschäftigt ist.

George, was, wenn George jetzt hier wäre? Er würde nichts sagen, sondern nur so dasitzen, die große Gestalt in Ruhe. Und dann ... ja dann.

Die Amseln hatten aufgehört. Blaue Schatten gingen in Schwarz über. Der kleine Mann verstaute sein Angelgerät, und schon war er auf einem Fahrrad in der Dämmerung verschwunden, mit den sterbenden Fischen in seinem Weidenkorb. Und jetzt der Mond, unaufdringlich und blaß, aber nahezu voll. Wie lustig, am Himmel auf- und dann wieder abzusteigen. Oah, sie war schläfrig geworden und gähnte schon. Und es wurde jetzt kühl hier draußen. Der Fluß war wie Ebenholz, und fern im Westen spannte sich ein Balken aus mattem Purpur quer über den Himmel. Die Bäume schienen dicke unförmige Lasten zu tragen. Der Mond streute sein mattes Licht auf ein paar Wolken, die plötzlich aufgezogen waren. Es war kalt. Sie sprang auf und ging zurück zum Haus. Aber zu Bett gehen würde sie noch nicht.

Ja, da war noch Licht in seinem Zimmer, eine ruhige Kerzenflamme. Sie schloß die Tür sorgfältig hinter sich und stahl sich im Dunkeln nach oben. Den Spalt in der dritten und die knarrende neunte Stufe schaffte sie geräuschlos. Dann durch sein Zimmer in ihres, und sie war in Sicherheit. Sie versperrte die Tür mit der Kommode, indem sie das schwere Ding mühelos bewegte, denn die vier Rollen darunter waren noch intakt. Komisch, wie gut sich doch manche Möbelstücke hielten. Fast wie in der alten Zeit. Unten war es ruhig. Sie setzte sich auf einen Kasten am Fenster, und die kühle Nachtluft wehte sanft herein, verstohlen wie ein Dieb.

Barwood... nein, wozu daran denken? Da war alles so kultiviert gewesen und so hübsch, und jetzt war das alles ihr so entschwunden, daß es schmerzte, daran zurückzudenken. Wenn keine Milch zum Lunch da war, schickte man hin und sie kam, und man brauchte sie, nicht wie jetzt, auf der Stelle zu bezahlen. Und sie war so sauber und adrett gewesen, nicht so verdreckt wie jetzt, aber das lag weit zurück und lebte nur noch in der Erinnerung. Nicht, daß sie sich nicht frei hätte bewegen können, aber alles war seitdem anders geworden. Mutter würde sie nicht wiedererkennen, wenn sie sie jetzt sehen könnte... Das Pfarrhaus von Barwood war eines jener Häuser mit einem weißen Sims unter dem Dach. Es war rings von einer alten Mauer umgeben. Kleine Bäumchen waren aus der Mauer gewachsen und hatten sie mit ihren Wurzeln gespalten. Ein dicker Arm von Efeu hatte sich neben dem Tor seinen Weg gebahnt und krönte es mit einem dicken Tuff. Ein alter Rasen erstreckte sich weithin, und dazu gehörte ein Gärtner, der womöglich noch älter aussah, was aber natürlich nicht stimmte. Diese tiefgrüne Rasenfläche mähte er hingebungsvoll zweimal die Woche mit einer Sense, worauf er sehr stolz war, und ein besonderer Spaß war es, wenn man ihn für seine Arbeit lobte und dabei sah, wie sich mit dem Lächeln auf seinem Gesicht immer neue Fältchen bildeten, und obwohl es so aussah, als hätten auf seinem Gesicht nicht noch mehr Fältchen Platz, kamen immer noch neue hinzu. Schwalben bauten ihre Nester unter dem Dach und taten sich durch ihre blitzschnellen und haarscharf gezielten Flüge hervor. Sie hatte stundenlang beobachtet, wie sie auf die Nestöffnung zuschossen und sie nie verfehlten.

Die einzige Party auf Barwood, der weite Rasen hinter dem mächtigen Haus, die Bedienten in Livree, die Menschen – es war wie eine andere Welt. Damen, in kostbare Stoffe gekleidet und mit Hüten, die in allen Farben strahlten – wie seltene Vogeltiere. Sie gaben einander zierlich die Hand, und schon schwirrten sie ab, um vor den Männern zu glänzen. Mutter hatte im Gespräch mit Mrs. Haye an ihrer Seite gesessen, eine Hand zaghaft auf ihren Arm gelegt und sich die ganze Zeit halb über Mrs. Haye gebeugt. Das bedrückende Gefühl an diesem Nachmittag. Wer waren diese Leute, die so wunderbar leicht dahinlebten, und mit welchem Recht gaben sie einem das Gefühl der Minderwertigkeit? Wie gern ließen sich die Männer vergöttern. Ein Junge, er hieß Hugh, hatte eine Zeitlang neben ihr gesessen, von seiner Mutter geschickt. Er ging damals noch zur Schule. Er hatte sie gefragt, ob sie auf Pringles Tanzparty gewesen wäre, was sie – die dumme Gans – errötend verneint hatte. Dann hatte er von irgendwas gesagt, es sei »schrecklich aufregend«, und wie wohl er sich auch gefühlt haben mochte, auf einmal hatten sich seine blauen Augen auf etwas gerichtet, und schon war er weg, und bald hörte man ihn in lachender Unterhaltung mit einem orangenen Hut. Ja, wegen diesem dummen Ding hatte er sie verlassen, aber man konnte ihm daraus keinen Vorwurf machen. Wie kühl sie doch alle waren, selbst wenn vom Tennis erhitzt; die mütterliche Hand fühlte sich heiß an im Schoß des Musselinkleidchens, das Mutter selbst für sie genäht hatte. Es kam ihr vor wie gestern. Diese Hand schien zwischen ihr und allen anderen zu sein. Es war hübsch, beim Tennis zuzusehen, und die Männer mit ihren offenen Hemdkragen hatten sich köstlich amüsiert. Einer von ihnen hatte an seinem Hals eine Druckstelle vom Kragenknopf gehabt. Dann hatte es von einem Büfett kühle Getränke gegeben – alles ganz neu für sie. Manchmal hatte eine der Damen etwas zu ihr gesagt, aber ohne rechtes Interesse, weil sie zugleich ganz mit der Beobachtung der Männer beschäftigt war, und sie selbst war zu schüchtern für eine Antwort gewesen … die Dame hatte ein kleines Ohr unter einer Haarlocke gehabt. Mutter redete immer noch mit Mrs. Haye. Manchmal sahen die Leute zu ihnen auf der Bank hinüber, dann guckten sie wieder weg und lachten. Oh, sie haßte sie, diese Sorte Menschen, durch die es mit ihnen dahin gekommen war. Wie sie da auf der Bank saß, sehnte sie sich nach ihrem kleinen Rasenstück und nach ihrer zerbrochenen alten Puppe. Ein Angsttraum, diese herausgeputzten Menschen, die so alt waren und vor denen Mutter so befangen war. Dann waren sie gegangen und hatten sich von Mrs. Haye verabschieden müssen – »Was für ein stattliches Mädchen, Mrs. Entwhistle« –, und sie hatten sich zu Fuß auf den Heimweg gemacht. Was für einen kleinen Narren sie an diesem Nachmittag aus sich gemacht hatte! Mutter – sie erinnerte sich genau – war so komisch gewesen mit ihren eifrigen Reden. »Hast du das grüne Kleid von dem Mädchen mit dem fuchsroten Haar gesehen? Und das weiße von dem Mädchen mit den dicken Knöcheln?« Da zum ersten Mal hatte sie über Mode gesprochen, als wenn nicht Mutter ihr die Kleider gekauft hätte, ohne nach ihrer Meinung zu fragen. In dieser Nacht träumte sie von einer wundervollen Party mit dem blauäugigen, wohlgenährten Hugh, der so schrecklich nett zu ihr gewesen war, und wie sie das ganze Büfett für sich gehabt hatten. Doch hinter allem die Erinnerung an die Vorbereitungen, das endlose Haarkämmen, ihr Verlangen, schnell wegzukommen und doch nicht die erste zu sein, immer fehlte noch etwas und dann der allzu kurze Hinweg. »Benimm dich ordentlich, und nicht an den Nägeln kauen!«

Und dann ihre Puppe. Thomas, der alte Gärtner, auf seinen Spaten gelehnt, sagte immer, wenn sie ihm täglich vorgeführt wurde: »Nein, so 'ne Schönheit!« Mehr sagte er nie, das genügte. Dann geschah es, daß sie die Puppe einmal fallen ließ, und ein Arm war ab, wie es jedem Erwachsenen passieren kann. Dumm, zu dumm! Sie hatte tagelang geweint und dann jedes Interesse an ihr verloren, weil sie so viel um sie geweint hatte. Doch dann kam sie auf Dolly zurück, und Vater klebte den Arm so an, daß er wieder abging; sie gewöhnten sich daran und kamen überein, daß Dolly nur einen Arm hatte.

Und dann gab es noch Vaters Rosen. Sie säumten den Weg von der Wohnzimmertür nach draußen zu dem Törchen in der Mauer, über dem Rosen emporgeklettert waren und in Trauben herabhingen. Und kleine Rosenbäumchen standen zu beiden Seiten des Weges, und rote und weiße Rosen lugten durch das Grün der Blätter, das ihre Dornen verbarg. Vater war so stolz auf seine Rosen, und soweit sie denken konnte, redete er beim Tee nur über Rosen. Er pflanzte mehr und mehr, bis in den Gemüsegarten hinein, der allmählich zu einem Rosendschungel wurde. Alles andere hatte zu warten, wenn die Rosen gesprengt, geschnitten oder gedüngt werden mußten. Natürlich ließ er Thomas nie an die Rosen, was diesen sehr bekümmerte, denn er hätte zu gerne bei ihrer

Pflege geholfen. Sie erinnerte sich noch, wie er traurig gesagt hatte: »So lieb diese Rosen, Miss Joan.« Rosen, Rosen, wohin man blickte. Ro-o-sen

Da war noch etwas anderes mit den Rosen. Sie erinnerte sich, als wäre es gestern gewesen, wie Mutter mit ihm wegen der Rosen gestritten hatte. Der Dünger – bester Fischmehldünger – kostete Geld, und in dem komischen hohen Ton, den sie immer hatte, wenn sie wütend war, sagte sie, einer von ihnen beiden müsse gehen, und dann weiter, mehr oder weniger im Flüsterton, aber immer ging es um den Gin oder die Rosen. Vater nahm es nicht weiter übel, Mutter auch nicht nach einer Weile, denn um diese Zeit hatte es wohl mit John, dem Briefträger, begonnen, der eine so schöne Uniform hatte. So war es dann weitergegangen.

Mrs. Haye beklagte sich, daß Vater in der Gemeinde keine Besuche machte, bis die Betreffenden tot waren. Natürlich hatte er Besuche gemacht. Und der Gemeindekirchenrat hatte mehr Gottesdienste verlangt, obwohl es überhaupt keine Kirchgänger gab, außer Mrs. Haye, die nur zur Kirche kam, um dem Dorf ein gutes Beispiel zu geben. Und die Armenhäusler kamen, aber nur, weil sie schon nahezu tot waren. Die Armenasyle waren aus dunkelblauen Klinkern gebaut, sozusagen in Halbtrauer neben den Grabsteinen. Vater hatte ihr von diesen Klagen wegen der Rosenstöcke erzählt. Er hatte ihr damals viel anvertraut, armer Vater. Dann hatte er an den Mauern der Kirche Kletterrosen gepflanzt, die die Kirche überziehen sollten, und das hatte ihn wieder an der Kirche interessiert, bis Mrs. Haye ihn angewiesen hatte, die Rosen zu entfernen. So hatte das geendet. Da hatte er Schluß gemacht.

Zu der Zeit war in Mutters Augen ein sonderbares Leuchten gekommen – und wie gut sie das Leuchten jetzt verstand! Zugleich hatte Mutter aufgehört, von irgend etwas Notiz zu nehmen, und hatte für Dinge, über die sie sich früher aufgeregt hätte, nur ein müdes Lächeln übrig. Sie begann sich die Lippen zu färben, und manchmal steckte sie sich eine der Rosen ins Haar. Vater sprach nie mit ihr deswegen, nur wenn sie im Bett lag und draußen die Eulen schrien, hörte sie oft, wie die beiden weiter stritten, sehr oft sogar. Bett war damals gleichbedeutend mit Eulen, aber hier gab es keine. Vater widmete sich jetzt mehr und mehr den Rosen am Haus, und manchmal träumte er sich wohl mit den Rosen in weite Fernen, wenn er dort ein Stündchen saß, während sie auf dem Rasen spielte und ihrer Puppe Dolly ein Lager aus Rosenblättern bereitete. Ob es sich lohnte, sich für George die Lippen rot zu färben? Nein, das würde ihn nur erschrecken. Morgen war Montag, da käme er vielleicht. Nein, es hatte ihnen genügt, daß die Rosen blühten, in dicken Büscheln, rot und weiß, allüberall. Ganz wie auf den schönen Ansichtskarten, die Mrs. Donner manchmal in ihrem Schaufenster hatte. Das waren noch Zeiten gewesen.

Hinten an die Pfarre angebaut war ein kleineres Anwesen mit einem Höfchen und ein paar Stallungen. Das war der kleine Bereich von Mr. Walker. Henry hatte in dem Haus gewohnt, Henry, ihre erste Liebe. Unter dem großen Distelstrauch in der Gartenhecke hatten sie sich geküßt, obwohl er nicht gerade sauber war. Zwei Wochen danach hatte sie ihn gesehen, wie er mit einem Wagen fuhr, aber er hatte nach der anderen Seite geblickt. Wollte wohl nichts mehr mit ihr zu tun haben. Früher hatte er immer die Mütze gelüftet, mit einem vertraulichen Lächeln. Oder tat es ihm um sie leid? So komisch, dieser erste Kuß. Sie war erst vierzehn gewesen. Ganz naß. Aber sie erinnerte sich. Mrs. Baxter, seine Mutter, mit ihrem freundlichen Gesicht und ihren Küken. Mrs. Baxter kam manchmal herüber, um Mutter im Haus zu helfen. Dabei pflegte sie, wenn Vater in der Nähe war, zu sagen: »Gott ist gut zu uns, Mr. Entwhistle.« Und Vater setzte ein ernstes Gesicht auf und sagte: »Ja, Mrs. Baxter, das ist er wirklich.« Und so war es auch, damals. Und zu Joan sagte sie immer »Miss«.

Und dann der Wesleyaner, der »Häretiker«. Er zog eine eigene Sonntagsschule auf und gab einmal im Jahr ein Fest, was Vater nie tat, so daß alle Kinder von Vater weg und ihm zuliefen, was Vater sehr erboste. »Bestechung und Korruption. Ich würde niemals Kinder bestechen, damit sie zu Gott kämen.« Dann konnten sie es sich nicht mehr leisten, die Mütterversammlung mit Tee zu bewirten, und Mutter hatte sich mit Mrs. Walker angelegt, die ihr Nachlässigkeit vorgeworfen hatte. Aber der wahre Grund, daß sie alle wegblieben, war wohl das Gerede über Vater gewesen, das damals aufkam. Aber sie waren inzwischen gleichgültig geworden und hatten sich nichts daraus gemacht.

Mrs. Haye hatte sie besucht und war zum Tee geblieben. Sie, Joan, durfte Butter und Jam auf ihrem Brot haben. Das gab es nur bei besonderen Gelegenheiten. Danach kam der Mütterverein wieder in Schwung. Anscheinend war Mrs. Haye den Gerüchten entgegengetreten, denn alle Frauen erschienen wieder jeden Monat. Beim ersten Mal in Anwesenheit von Mrs. Haye. Mutter stellte ihr eine Vase mit Blumen hin. Das war ein besonderer Anlaß, und Vaters Verdikt über das Abschneiden von Blumen blieb außer acht. »Glaubt ihr denn, der schönste Rosenstrauch wäre nur für den Müll gut?« Später wurde dann eine Frau engagiert, die versuchen sollte, den Frauen das Korbflechten beizubringen, aber mittendrin hatte sie selbst vergessen, wie das ging, und niemand hatte etwas dagegen, sie waren alle schon wieder bei ihrer geflüsterten Unterhaltung. Das waren noch Zeiten.

Ein dicker Regentropfen plumpste auf das Fensterbrett. Regen. Dann noch einer und noch einer. Die Luft war voller Signale, ein Zweig unterhalb des Fensters geriet in heftige Bewegung. Es rumpelte in weiter Ferne, kam unter dem Himmel näher, rauschte und dröhnte über den Köpfen, bis es sich dann in der Ferne entlud. Donner. Der Regen fiel jetzt schneller. Ein langer Blitz flammte auf – das ängstliche Warten auf den Donnerschlag.

Ah. Das Gewitter war noch fern. Der Regen wanderte höher auf der Tonskala, zischte jetzt wie eine Sense. Schnelle Blitze erhellten den Hof, ein Vogel flog wie gejagt über den Pumpenhals. Dunkel. Wieder Donner, der jetzt näher kam.

Die Luft war kühl, hatte sich entladen. Joan zog sich vom Fenster zurück, denn sie wurde bespritzt, wenn die Tropfen aufplatschten. Der Regen fiel immer schneller. Ein erschreckender Flächenblitz, und der ganze Himmel schien herunterzupoltern, als geriete himmlisches Mobiliar in Bewegung. Vaters Baß von unten tönte zuversichtlich. »Fern, fern ein grünes Land.« Tageshelle, die der Himmel bekämpfte. Dunkel und Regen. Flächenblitze waren harmlos, aber wie schön, über sie zu erschrecken. Vater schwamm auf der Flut seines Wissens. »Ich weiß, ich weiß«, schrie er, und der Himmel grüßte mit Trompetenschall zurück. Er sang eine Zeile von »The Red Flag«, brach aber ab. Zisch, zisch machte der Regen, der jetzt etwas nachließ. Vater sang noch etwas, wobei er alle Stimmen zugleich übernahm. Die Hühner in der Hütte beklagten sich, der Hahn langweilte sie. »So ein Miststück, dieser Alte«, sagten sie, »aber wir haben solche Angst vor ihm.« Angst und Schrecken, wunderbar. Joan erschauerte auf ihrem Hocker. Zisch machte der Regen.

Joan hüllt sich enger in ihre Bluse und zieht die Schultern ein. Das Gewitter entfernt sich donnernd, es zieht ab. Unten wird gesprochen, gelacht. Sie horcht angestrengt. Seine Stimme.

»Schlagt los, ihr verrückten Glocken.« Immer diese Kirchenglocken, die ihn verfolgen. Von Glocken gejagt. Knall – die leere Flasche. Dann singt er wieder. Früher hatte Mutter ihn begleitet. Er kommt nach oben, schleppt sich mühsam, und Joan erbebt, in sein Zimmer. Stille. Ruhig geht er zu Bett und schläft auch schon. Das Licht in ihm ist aus. Er hat vergessen.

Sie fühlte sich betrogen. Unten war er noch so lustig gewesen. Warum hat er nicht an die Tür gehämmert? So eine Schande. All diese bange Erwartung umsonst. Er hatte sie vergessen. Sie schließt das Fenster, zündet eine Kerze an, entkleidet sich und läßt ihr Haar herunter. Sie geht zu Bett, Schlaf.

Augen geschlossen.

Schlaf. Sie würde jetzt einschlafen.

Auf die andere Seite.

Schlaf.

Der Rasen, die Rosen.

Es kann kein Wetterleuchten gewesen sein, weil Donner folgte. Also doch gefährlich.

A wie Ameise. B wie Biene. C wie ... Auf Mutters Schoß sitzend, die ihr die Hand führt, malt sie den Bauch vom A. Später versuchte Mutter, ihr andere Dinge beizubringen. Ein Hauptspaß war es, ihr an einem Morgen möglichst viele »Ich weiß selbst nicht, Liebling« abzunötigen.

Sonntags in der Kirchenbank beim Gottesdienst, Mrs. Haye zur Linken, die verrückte Kate gleich dahinter, dann der Kirchenvorsteher, schnaufend und schnuffend, und zwei oder drei Armenhäusler. Vater predigte immer aus dem grünen Buch auf dem zweiten Regal in seinem alten Studierzimmer, manchmal aber auch über Politik. Mrs. Haye zuckte heftig zusammen, um ihr Mißfallen auszudrücken, worauf Vater ins Stottern geriet. Manchmal, wenn auch selten, kam ihr Sohn John mit, der, der jetzt blind war. Wenn er dabei war, beobachtete sie ihn die ganze Zeit. Er war so in sich gekehrt, und sonst war nichts und niemand des Anschauens wert. Nichts passierte, niemand tat etwas, mit Ausnahme der Organistin, wenn sie falsch spielte. Der Gottesdienst kam nur langsam in Gang. Weston, der Obergärtner auf Barwood, war der einzige im Chor, der völlig unbekümmert sang. Vaters Stimme arbeitete sich mühsam durch die Liturgie. Mrs. Haye mochte die Responsorien nicht. Die Organistin wurde für ihr Kommen bezahlt. Weston kam nur, damit Mrs. Haye sah, daß er da war. Draußen, hinter dem Glasfenster neben ihrer Kirchenbank, bewegte sich die Krone eines Apfelbaums. Im Sommer trug er reichlich Äpfel, nach denen es sie gelüstete, aber nur ein Vogel kam jeden Augenblick geflogen und pickte daran. Der Gottesdienst ging weiter und endete plötzlich mit einem Kirchenlied und dann der Heimweg mit den blauen Hügeln in der Ferne, dem Blick auf den Turm der Abteikirche, der Gruß von Mrs. Green, die immer an ihrer Tür stand, das letzte Grundstück – nein, das vorletzte, denn dann kam noch der Obstgarten. Dann: Dinner. Alles aus und vorbei. Warum nur, wo sie es doch so geliebt hatte? Die Sommer waren wundervoll, die Winterabende so behaglich. Aus und vergangen. Der Tag heute hatte schlecht angefangen und schlecht geendet. Schlaf und vergiß es.

Das Bett war zu heiß, die Laken klebten, ein Bein lag heiß auf dem anderen. Ihr Haar lag wie mit heißen Fingern um ihr Gesicht. Sie zog die Bettdecke weg und lag mit dem Rücken auf dem Laken, ein weißer Fleck in dem Dunkel. Draußen fiel der laue Regen. So war es kühler.

Sie hatte eine Uhr, die anschlug, wenn es Schlafenszeit war, um halb sieben. Hatte sie den Schlag überhört? Hatte sie ihn vergessen? Aber nein.

»Zeit zum Schlafengehen, Joan.«

»Nein. Hab' keine Lust.«

»Nun sei aber ein braves Mädchen.«

Um Zeit zu gewinnen – »Was macht Daddy?«

»Aber Joan, du weißt doch, daß dein Daddy abends immer arbeitet. Sei lieb und geh zu Bett. Ich komm' noch rauf und seh' nach dir.«

Den ersten Schluck nimmt, so stimmt es eher. Oh, es hatte alles seine Ordnung damals. Doch wo hatte er die leeren Flaschen gelassen? Es kann damals nicht schon so schlimm mit ihm gewesen sein, das kam erst viel später. Aber kurz vor der Mütterversammlung hatte sie Mrs. Baxter gefunden, die in Vaters Zimmer herumschnüffelte. Sie selbst hatte es auch gerochen. Sie hatte Mutter gerufen, die natürlich überhaupt nichts bemerkt hatte. Danach hatte Vater gesagt, er werde selbst in dem Zimmer Staub wischen, denn er dulde nicht, daß in seinen Papieren herumgewühlt werde.

»Alles umkehren – das ist alles, was eine Frau beim Putzen schafft. Zimmer kehren heißt das Unterste zuoberst kehren. Es gibt keine Ordnung in meiner Unordnung. Gestern habe ich eine halbe Stunde nach den Abrechnungen gesucht und fand sie zufällig weggeräumt unter der Privatkorrespondenz. Ich ertrag' das nicht. Verstehen Sie mich, Mrs. Baxter? Natürlich mache ich Ihnen nicht den geringsten Vorwurf, aber...«

»Sehr wohl, Mr. Entwhistle, ich verstehe, Sir.« Dazu ein Naserümpfen!

So etwas sagte sie, aber das Naserümpfen! Das erste geheimnisvolle Anzeichen, daß sie begriffen hatte.

Seine Privatkorrespondenz. Das kann nicht viel gewesen sein. Nur Briefe an Mrs. Haye – o ja, und an den Bischof. Dem hatte er's eines Tages gegeben. Eine große Sache. Zur Feier des Tages gab es Butter zum Brot und Marmelade.

Aber die Zeiten waren hart gewesen. Wirklich ging es ihnen hier besser. Das Essen wurde knapp, sie hatte oft Hunger gehabt.

»Weniger Lohn als ein Arbeiter.«

»Allerdings.«

»Was ist? Stimmt's nicht?«

»Nicht genau.«

»Na schön, also annähernd. Und dann deine Kleider und die für's Kind.«

»Und was du für dich ausgibst. Reine Verschwendung.«

»Was? Ich darf wohl keinen Pfennig für mich ausgeben?«

»Lauf, Kind, und spiel ein bißchen.«

»Ja, Mummy.«

Dann starb Onkel Jim, auf dessen Tod sie schon so lange gewartet hatten. In Frankreich, an Fieber oder so. Er war kinderlos und hatte all sein Geld »dem armen Schlucker, weil er 'n Pfarrer is'«, hinterlassen. Das saß! Vater hatte es in den Evangelischen Nachrichten gelesen und brachte es in Gesprächen immer wieder an. Immerhin besserte sich ihre Lage jetzt etwas, und der Schnapshändler lieferte wieder auf Pump.

»Und ich hab's denen gesagt ohne Umschweife: Ich würde nichts unterschreiben, solange kein Mitglied des Gemeinderats zur Kirche kommt, hab' ich gesagt.«

Was mußte für morgen besorgt werden? Milch, noch mehr Sardinen und ein paar Kerzenlichte. Vielleicht noch dieses Buch für drei Pence, das Mrs. Donner im Schaufenster hatte. Die drei Pence konnte sie zum Brot dazuschreiben. Der Titel war so aufregend. Die Rote Liebe von White Hope. Scioux.

Sie hatte damals nicht viel gelesen. Da gab es die Water Babies und noch ein paar andere, die sie vergessen hatte. Und Robinson Crusoe. Danach hatte sie überhaupt nichts mehr gelesen. Sie wußte wirklich nicht, was sie damals gemacht hatte. Immer lange auf dem Mäuerchen gesessen und sich gefragt, wieso und warum es die Welt gab, und die vorbeikommenden Leute beobachtet. Albern, sich über die Welt Gedanken zu machen – es gab sie eben, damit basta. An Samstagen im Sommer klapperten staubige Autos vorbei auf ihrem Weg zum Pub am Fluß. Alle aus Birmingham. Manchmal auch andere. Und viermal am Tag kam das Milchauto vorbei, mit ihm am Steuer. Sie fand ihn hinreißend, als wäre er zu allem fähig.

War Scioux der Name einer Stadt, oder bedeutete es, daß White Hope ein Indianer war? Mrs. Donner müßte sie einen Blick hineinwerfen lassen. Wenn es nur eine Stadt war, würde sie das Buch nicht kaufen, aber mit einer Rothaut – da wäre was dran. Mitunter verließ sie ihren Sitzplatz und sah dem Dorfschmied beim Beschlagen der Pferde oder beim Reparieren eines Pfluges zu, und er ließ sie das Gebläse bedienen, daß die Funken stoben. Es war wundervoll, in den Winkeln seiner Schmiede herumzustöbern zwischen rostigen Eisenresten jeder Art und Größe, wo man, wie er behauptete, manchen wertvollen Fund machen konnte. Heilige Einfalt. Aber wichtiger als all das war der Grobschmied selbst. Er war sehr einfältig, aber der stärkste Mann, den man je gesehen hatte. Er war ein Wunder an Kraft. Einmal hatte sie versucht, den großen Hammer zu heben, und hatte ihn prompt auf ihren großen Zeh fallen lassen, so schwer war er. Nicht mal jetzt würde sie ihn heben können. Der Schmied hatte sie ins Pfarrhaus tragen müssen. Mutter war sehr böse gewesen. Aber mit der Zeit war er unter Küssen wieder geheilt. Armer großer Zeh.

Gelegentlich waren sie nach Norbury hinein gefahren. Dort gab es den alten Pferdebus an der Hauptstraße entlang, und dann war man auch schon mittendrin in dem Gesumm und Geschiebe der Hunderte von städtisch gekleideten Menschen, die vorbeieilten. Norbury mit seinen dreitausend Einwohnern war fabelhaft. Und vor allem der Stoffladen von Green. Wie Mutter die Stoffe für ihr neues Kleid betastete – würde er sich waschen lassen, sich gut tragen? Nach bester Qualität sah er nicht aus. Und dann das Schuhgeschäft von Dapp mit seinem Ledergeruch und den hundert und aberhundert Paar Schuhen, und die Haarmähne des Gehilfen – wie angeleimt, sagte Vater, als wir wieder draußen waren, aber das stimmte nicht, denn er roch wunderbar – und erst seine Art, einen Schuh zu schnüren, sein kleiner Finger. Albern. Er wäre längst verheiratet, und sie, wer immer sie war, hätte nur einen, auf den sie abends wartete, zum Küssen oder zum Streiten, und sie trüge seinen Ring. Sie würde Kinder von ihm haben, die sie gemeinsam aufzögen. Während die Farmer, dicke und dünne, in ihren Ponywägelchen auf einen Drink in die »Nymphe« hinunterfuhren. Vater konnte die Farmer nicht ausstehen. »Die sind nur auf's Geld aus«, sagte er immer. Gegen Abend gingen sie manchmal zum Tee ins Dekanat, und sie saß sittsam auf ihrem Stuhl beim Kaminfeuer und döste vor sich hin, im Ohr die dröhnende Stimme des Dekans, der auf Vater einredete, und Mutters überlaute Klagen zu der Frau des Dekans, benommen auch von den Mengen, die sie gegessen hatte, als niemand hinsah. Die würden einen Anfall kriegen, wenn sie jetzt noch mal hinginge.

Seit Jahren war sie nicht in Norbury gewesen. Etwa bei Mrs. Donner, die mit allem möglichen handelte. Eine ganz Durchtriebene, diese Frau. Dreisechzig für ein Stück Stoff, das sie nicht mal 'nem Pferd zumuten würde!

Es war immer sehr anstrengend, Mutter überallhin zu folgen. So hetzte sie von einem Geschäft ins andere. Sie mußte nach dem Stadtleben geradezu gehungert haben. Die richtigen Stadtleute wollen vom Land nichts wissen. Den Lunch nahmen sie gewöhnlich in den Teestuben bei der Kathedrale ein. Mrs. Oliver, groß und dick, die sich um die Stammgäste kümmerte, kam immer an unseren Tisch und sagte: »Ah, Mr. Entwhistle, da wären Sie also mal wieder zu einem Besuch bei uns Stadtleuten, Sir.« Mutter packte die Sandwiches aus. Nach diesem Frühstück mußte sie mit Mutter wieder auf den Ladenbummel, während Vater zurück in die Bibliothek ging. Mutter sagte immer, sie traue Mrs. Oliver »allerlei zu« – kein Kompliment. Schließlich der Apotheker, unheimlich hinter seiner dicken Brille, in seinem Laden aus Regalen mit Flaschen und lauter Fächern mit peinlich geordneten Pappschachteln. Dann die hoppelige Rückfahrt im Dunkeln und der Heimweg zu Fuß.

Und dann gab es noch Nancy. Die ganzen letzten Jahre im Pfarrhaus waren mit Nancy. Was war inzwischen aus ihr geworden? Wahrscheinlich verheiratet und mit Kindern, aber nicht mit dem Bäkkersohn, auf den sie so scharf gewesen war. Nancy mit dem superblonden Haar und den dünnen Beinen war nicht annähernd so hübsch wie sie. Ihre Stupsnase und die kleinen wäßrigen Augen.

Sie hatten sich auf einem Spazierweg getroffen, hatten gelächelt und hatten sich angefreundet. Das heißt, eine richtige Freundschaft war es nie gewesen, dazu war sie viel zu dumm. Aber Nancy kicherte immer über ihre Scherze, und das gefiel ihr. Dolly war zu der Zeit längst vergessen.

Sie redeten ausgiebig über Männer, mit langen Schweigepausen, und dann Nancys Gekicher und ihre »O du's«. Sie gingen Arm in Arm oder noch öfter mit dem Arm um die Hüfte und mit gesenkten Köpfen flüsternd. Gott, wie albern mußten sie ausgesehen haben. Mutter war natürlich froh, sie endlich los zu sein, und Vater auch.

Sie gingen meistens auf dem Spazierweg hier beim Haus. Sie war verliebt gewesen, oh, leidenschaftlich, in Jim, der nie den Mund aufmachte und bei Mr. Curry arbeitete. Er war nicht so gut wie George. Aber er kam manchmal auf seinem Heimweg hier vorbei, und sie begegneten ihm, untergehakt. Sie warf ihm dann diesen schrägen Blick zu, den sie vor dem Spiegel geübt hatte, aber er tippte nur flüchtig an seine Mütze. Einmal hatte sie auch ihr Taschentuch fallen lassen, weil Nancy ihr gesagt hatte, das mache man so in der großen Welt. Tagelang hatten sie darüber geschwatzt und gekichert, bis sie endlich den Mut dazu fand. Aber natürlich blieb er ganz stur.

Nancy trug einen Ring am Band um den Hals. Sie sagte zuerst, Alfred hätte ihn ihr geschenkt, doch dann unter dem Geißblattstrauch hatte sie Nancy ihr Muttermal am Bein gezeigt, und da hatte Nancy gestanden, daß sie den Ring aus einem Knallbonbon von Weihnachten hatte. Nancy hielt sie für äußerst kühn.

Dann ihre kleinen Ausflüge am vorrückenden Abend, wenn sie in dem Hohlweg hinabgingen. Abwechselnd Sonnenhelle und Schattendunkel, wenn sie enger umschlungen ihren Schritt verlangsamten und schwiegen. Dazu der schwere süße Duft von Geißblatt, den eine kleine Brise, die von den Hängen herabkam, zu zerstreuen begann. Die Vögel flogen unbekümmert kreuz und quer, da waren Blumen, deren Namen sie nicht wußte, und hohe Grasbüschel, an denen Tautropfen hingen. Die Blumen bildeten Farbflecke in dem Schatten, der weiche Boden, auf dem sie gingen, schluckte das Geräusch ihrer Füße ... Bald würden sie das Törchen erreichen, ihren luftigen Sitzplatz, von dem sie den Pferden beim Malmen und den Kühen beim Wiederkäuen zusahen. Der Himmel war immer anders am Ende eines heißen Tages. Die Fliegen summten umher, die Mücken stachen. Am meisten interessierten sie die Bäume. Es gab so viele, einer hinter dem anderen, versteckt oder vorguckend, eingeengt oder freistehend. In weiter Ferne tutete ein Horn, oder ein Zug pfiff, aber das war immer so, als wären sie von alledem weit getrennt. Vögel hoch am blasser werdenden Himmel auf dem Weg zu ihrem Ruheplatz, und bald würde auch sie heimgehen zum Abendessen und zu Bett. Rebhühner tauschten besorgte Meinungen aus über die Gefahren der Nacht. Die Pferde blickten zufrieden, sehr weit weg bellte ein Hund.

Dann, als die Dunkelheit zunahm, trennten sie sich, um nach Hause zu gehen. Nancy hinauf ins Dorf und sie selbst übers Feld zum Pfarrhaus. Die Kühe würden faul liegenbleiben, und die Pferde würden kaum Notiz von ihr nehmen. Nur ein Kaninchen würde vielleicht aufsitzen und auf den Boden trommeln und dann zu seinem Unterschlupf fliehen, aber sobald sie vorbei wäre, wieder da sein und mümmeln.

Sie würde jetzt über ein von der Hitze noch warmes Tor klettern, und der Tau würde ihre Strümpfe benetzen. Vor ihr lag das Pfarrhaus und erwartete sie mit offenen Fenstern und ihr Glas Milch und ihre Biskuits. Sie überstieg das letzte Tor und überquerte den staubigen Pfad zum Eingangstor in der Mauer, dessen Klinke sie anhob. Vater saß womöglich im Liegestuhl auf dem Rasen mit seiner Pfeife, deren blauer Rauch sich mit der anderen Bläue des Himmels vereinigte. Mutter säße mit einer Näharbeit am Fenster. Die Milch war kühl.

Und dann würde sie auf ihr Zimmer gehen, mit dem kleinen weißen Bett, den Bibelsprüchen an den Wänden, und durch das offene Fenster käme das letzte Tageslicht und der Rosenduft.

Alles aus und vorbei, der Garten, die Rosen, die Stille, die Geborgenheit, ihr kleines Zimmer und das Glas mit Milch, Jack, die Pferde und Kühe. Aus und vorbei die Spaziergänge mit Nancy, denn sie beide waren nicht mehr dieselben, jene Abende, der Frieden, die Gelassenheit, die alte Mauer… Alles…

Sie fiel in Schlaf.

College Oxford

Mein lieber B. G.

ich sah dich gestern abend im Club, aber du hast mich geschnitten. Komm Freitag zum Lunch, damit ich dir verzeihen kann. Ich wollte mit dir über den armen John reden, der mir so leid tut. Der arme liebe John, der einen bei Laune hielt. Ich muß ihm schreiben, obwohl ich nicht weiß, was man da sagen soll. Wirklich, solche Mitleidsbriefe fallen einem sehr schwer.

Aber warum hast du mich so geschnitten? Ich traf gestern abend David Plimmer, und er sprach begeistert von dir. Vergiß nicht den Lunch am Freitag, wenn du nicht kommst, weiß ich wenigstens, wie schlecht es mit uns steht.

Dein

Seymour.

DRITTER TEIL · *Schmetterling*

1. Erwarten

Er war im Gartenhaus. Ein leichter Regen dribbelte auf das Holzdach, und kleine Windstöße ließen nacheinander die Bäume aufrauschen. Ein Täuber stieß hastig seinen Ruf aus. Schreie der Saatkrähen aus ihrem luftigen Revier drangen an sein Ohr. Die Winde ebbten auf und ab, und wenn ein stärkerer aufkam, spürte er einen kleinen Luftwirbel an seiner Wange. Jeder Wind war anders, und indem er auf ihr Kommen und Gehen lauschte, entdeckte er einen Rhythmus in diesem Spiel. Draußen auf dem Feld, jenseits der Bäume, knallte ein Mann mit seiner Peitsche, und eine Kuh muhte laut. Das hohe Gras schien mit seinem trockenen Rascheln das Rauschen der Bäume nachahmen zu wollen.

Aber der heutige Tag war anders und neu, weil er sie getroffen hatte. Er würde sie wiedertreffen, und der Wind wehte freundlicher seitdem, die Zweige hüpften wie im Tanz. Er war schüchtern gewesen bei diesem Treffen, sie auch, und er hatte über sich lachen müssen wegen seiner Schüchternheit, obwohl das alles zu dem Spiel gehörte. Denn jetzt konnte er wenigstens spielen, wie auch die

Bäume spielten, sich vor- und zurückneigten. Es war ein freier Tag, und sie würde ausgelassen, unzivilisiert sein. Mama war entsetzt über ihr Leben, sie mußte es schwer gehabt haben, man mußte Anteil nehmen. Und ihre Stimme hatte so ängstlich geklungen; seine fehlenden Augen hatten sie erschreckt. Wenn er erst an ihrer Seite wäre, würde sie fasziniert sein – oh, teuflisch, ihrer rauhen Stimme zu lauschen, Frage und Antwort zu ersinnen.

Als Mama von ihr sprach, hatte ihre Stimme unsicher geklungen, und nur aus Mitleid hatte sie das Mädchen ins Haus gebracht. Er wäre, hatte sie gesagt, jetzt alt genug zu erfahren, daß dieses Mädchen ein höchst ungewöhnliches Leben mit ihrem trunksüchtigen Vater lebte und daß sie nicht hierher paßte. Als wenn er das nicht gleich gewußt, nicht an ihrer Stimme gemerkt hätte. Aber Mama hatte sie auf dem Weg getroffen, und sie sah so elend aus mit ihrer geschwollenen Hand und dem Daumen, der mit einem Lappen wie aus der Lumpensammlung umwickelt war, und Mama hatte sich gesagt, schließlich wäre das Mädchen doch ein Pfarrkind, und sie hatte darauf bestanden, daß sie auf der Stelle mit ins Haus käme, damit der Daumen richtig behandelt werden könnte. Und zuerst hatte das Mädchen trotzig geschwiegen, doch dann hatte es sich gefügt und dankbar gezeigt. Fürchterlich, so ein Vater.

So war das also gewesen. Aber Mamas Stimme hatte bei dem ganzen Bericht gezittert, sie war verängstigt. Sie hatte ihm gesagt, Künstler heirateten immer Barmädchen und wären dann für alle Zeit unglücklich. Und er hatte gesagt, Unglücklichsein gehöre zum Künstler, und sie hatte das als dummes Zeug abgetan. Und doch war es zu der Begegnung gekommen. Denn Mama hatte schon vor seiner Erblindung befürchtet, daß er unter seinem Stand heiraten könnte – nun, nicht so ganz, aber irgendeine, die nicht gemäß war, und gerade in letzter Zeit hatte sie ihm eine ganze Menge über die Ehe gesagt, wie er heiraten und daß er hier für sich ein Heim gründen müßte. Sie war voller Pläne, und ihre Stimme hatte zuversichtlich geklungen.

Stimmen interessierten ihn immer mehr, Stimmen, die um ihn waren, die näher kamen und sich wieder entfernten, die von einem Ton in den andern fielen und dadurch verrieten, was sie zu verbergen trachteten. In ihrer Stimme war Verwunderung gewesen, als er sich zu den beiden Frauen ins Zimmer getastet hatte; sie hatte »Oh« gesagt, aber noch ehe sie den Mund aufgemacht hatte, wußte er, daß jemand Neues im Zimmer war.

Stimmen waren in diesem Moment reichlich um ihn gewesen, alle möglichen Stimmen. Mama lockte sie aus der Nachbarschaft herbei, und alle hatten ihren ersten Schreckensruf ausgestoßen, und manche hatten sich weiter laut entsetzt, während andere einen mitfühlenden Ton annahmen, und das waren meist die satten Stimmen von Müttern, und manche hatten sich geekelt. Sie war die erste gewesen, die sich sogleich gefaßt hatte, und als sie sprach, geschah es in einem Ton der Zuwendung, und wie wenige Menschen wandten sich einem wirklich zu.

Morgen würde June (sie hieß June) kommen, um ihre arme Hand neu verbinden zu lassen. Sie hatte sich geschnitten, und es war eine kleine Vergiftung in ihrer armen kleinen Hand. Ihre Finger »wie weiße Mäuschen«. Nicht richtig weiß wären sie, sondern hart und etwas schmutzig von der Arbeit. Morgen.

Heute war Mama in einem ihrer Anfälle von zorniger Entrüstung nach Norbury gefahren. Auf der Straße, vor der städtischen Müllhalde, wo sich die schönste Aussicht auf die Abtei bot, hatte der Gemeinderat einem Einwohner erlaubt, eine Garage zu bauen, aus Eisenblech mit rotem Anstrich. Natürlich hatte sie behauptet, da sei Bestechung im Spiel, und vielleicht stimmte das. Also war sie zum Domkapitular gegangen und würde dem vielleicht gerade jetzt die Sache vortragen. Der Dekan würde vor Verständnis überfließen, obwohl er es so satt hatte, der arme Mann, aber er würde an den Gemeinderat schreiben, der natürlich nichts unternehmen würde.

Dennoch war es ein Jammer, denn die Garage verdarb die ganze Aussicht. Aber das Innere der Kirche hatte keinen Schaden genommen. Es war so still wie das Land ringsum und alles ganz schlicht, die runden Säulen so freundlich, und das Echo ließ alles verschwimmen und gab den Worten ihre Größe und Würde. Die Kirchenmusik hallte rings an den Wänden entlang und schwebte zum Gewölbe empor, bis das Geschiebe der Noten und Töne Mauern um dich baute und du selbst ganz oben warst, so daß du sehen konntest.

Aber Mama nötigte einen immer nach Barwood in die Kirche, wo der Gottesdienst altmodisch war und nicht einmal schlicht und einfach, denn Crayshaw zündete Kerzen an und trug Gewänder. Und draußen stille Felder und bunte Wiesen zum Beweis, wie absurd es war, in geschlossenem Raum Gottesdienst zu halten. Bei Crayshaw gab es wieder ein Baby, einen Sohn, und er hatte schon so viele. Aber Mama sagte immer, man müßte nach Barwood zur Kirche, um der Gemeinde ein Beispiel zu geben. Also ging man hin, und die wenigen anderen, die man dort traf, gingen hin, um zu zeigen, daß sie hingingen, und jeder wußte das von jedem und so weiter.

Letzten Sonntag, als er zum ersten Mal seit seiner Erblindung dort gewesen war, hatte es einen Chor gegeben, der im Dialekt der Gegend sang. Schöne Stimmen, kraftvoll und echt. Aber dann hatte Crayshaw alles verdorben, indem er über Augenkrankheit in östlichen Ländern, die Ophthalmie in der Bibel, predigte, mit einem Zornesausbruch gegen die Heidenvölker am Schluß. Während der Predigt hatte er mit den Fingern sein Gebetbuch abgetastet; es war höher und schmaler als die anderen, ein Geschenk zu seinem ersten Gottesdienst in der Kirche. Und er hätte darüber gerührt sein müssen und daran denken müssen, wie gut er es in seiner Kindheit gehabt und wie sehr er sich gewünscht hatte, ein Bischof zu werden, und wie Mabel Palmer sich über die Aussicht entzückt hatte, einen Bischof in der Nachbarschaft zu haben.

Jetzt war alles anders. Die Kindheit lag weit zurück, und die Jahre im Schulinternat mit den vielen Menschen waren Vergangenheit. Statt dessen gab es andere Probleme. Er mußte sich über so vieles klarwerden und, in gewissem Sinne, für andere entdecken, denn wenn man blind war, dachte man über vieles nach. Eine ganze Reihe neuer Werte hatte sich ergeben, und blind zu sein tat solange nicht weh, als man nicht versuchte, das Ertastete oder Gehörte auf visuelle Begriffe zu bringen.

Der Wind war stärker geworden, und das Sommerhaus ächzte hin und wieder. Die Bäume begehrten auf, wenn plötzlich eine Flaute eintrat, denn sie warteten auf den nächsten Windstoß. Alles war unterbrochen. Die Zweige hielten Ruhe und sahen einander vermutlich an wie Kinder, wenn ein Spiel, das sie beschäftigte, zu Ende ist. Dann kommt ein neuer Wind auf und überdeckt den entstandenen Leerlauf; ein abgestorbener Zweig knackt und fällt zu Boden. Es wurde jetzt kühler; die Sonne war den ganzen Tag nicht herausgekommen, man merkte genau, wenn sie da war. Eine fliegende Amsel stieß einen Warnruf aus. Die Luft war kaum zu spüren.

Alles war so voll von kleinen Winken; die Luft nahm kleinste Hinweise auf und trug sie weiter.

Die Stille war so aufschlußreich. Der Regen hatte aufgehört, und er selbst bemühte sich angestrengt, die leisesten Geheimnisse des Windes zu ergründen, was er früher nie vermocht hatte. In gewissem Sinne gewann man durch das Blindsein, ganz natürlich, und außerdem war er glücklich, denn: Würde sie nicht morgen kommen?

Sie würden also gemeinsame Spaziergänge machen, und er würde sie dazu kriegen, ihn auf die Höhe von Swans Wood zu führen, um von oben auf alles zu blicken und dabei ihrer lebhaften Rede zu lauschen. Ein Jammer, diese Aussicht nie wieder zu genießen – den Fluß, die Wiesen, die kleine Stadt, den Müllberg, die Abtei und die Hügel dahinter. Einer davon, eine breite Anhöhe vor der fernen Hügelkette, war mit allem möglichen gesprenkelt, und da hindurch führte ein Weg, ein sanftes gelbes Band, das die Höhen und Talsenken verschönte.

Dort angelangt, würden sie über alles mögliche sprechen, und er würde ihr Leben ergründen, warum ihre Hand so war und warum sie es im Zimmer nicht aushielt. Er würde ihr den Ausblick erklären, und das würde sie ebenso langweilen, wie sie andererseits darauf brannte, mehr von ihm darüber zu hören. Ein leichter Wind würde sich auf sie herabsenken und einen Ring um sie beide schließen – geradezu lyrisch! Aber June würde so reizend sein; sie mußte einfach so sein, und sie hatte so kräftige Hände. Aber ihre Stimme wäre lieblich, leicht aufbegehrend und zugleich etwas verschlafen, als wäre auch sie viel allein gewesen und hätte doch so viel zu erzählen. Sie würde zumindest Interesse verdienen; sie mußte es schwer gehabt haben bei dem Leben in der Kate, die jetzt zusehends verfiel, und sie würde davon erzählen können, und sie würde nicht schal und inhaltlos sein. Sie würde sein wie ... nun ja, es gab kein Wort dafür. So viele der jungen Damen aus seinen Kreisen waren wie Meißner Porzellan. Aber sie würde sein wie ... nein, es gab kein Wort dafür. Und sie würden weiter miteinander gehen wie irgendein Junge mit seinem Schätzchen, und er würde sie nach allem ausforschen, was ihre Stimme ihm verriet und was sie noch nie preisgegeben hatte. Denn niemand besuchte sie oder sprach mit ihr.

Aber es war so nötig zu reden; man mußte einfach, und zwar mit jemand, der die eigenen Gedanken verstand oder nachfühlen konnte. Und wie sie miteinander reden würden, June und er, denn sie mußte und würde verstehen, wie sehr er jemand Junges brauchte. Wenn man blind war und anfing, Entdeckungen zu machen, mußte man sich einfach jemand mitteilen; zudem war Sprechen das einzige, was man ebensogut konnte wie jeder andere. Und gewiß würde sie nicht zum Tanzen gehen wollen, denn wen gab es schon, der mit ihr getanzt hätte, es sei denn: ein anderer Mann? Vielleicht gab es ihn, und dann würde das ganze dumme ländliche Geschwätz losgehen, auch wenn man es schon soundso oft mitgemacht hatte. Sollten sie doch reden, aber über Dinge, nicht über Leute. Und schließlich könnten sie ja auch über sich reden.

Warum nur hatte er nie Klavier spielen gelernt? Wie hübsch wäre es, sich an das Instrument setzen zu können und die trägen Noten durch das klingende Haus perlen zu lassen, treppauf und durch Türen und Fenster hindurch bis zum Verebben in der feuchten Gartenluft. Sie hatte das gekannt. Sie hatte Musik gemacht, die hinaus in den Altweibersommer wanderte wie Regentropfen, die sich auf einem Zweig sammelte und dann abglitt, die Töne fielen mit silbernem Klang herab... Doch dann kam die Sonne hervor. Alles war jetzt anders. Die Hütte, die Bäume und jedes Blatt hatten jetzt ein Eigenleben. Und der Wind trüge dir alles zu als ein Wispern an deinem Ohr, das dir in deinem Dunkel Gesellschaft leistete. So warst du nicht wirklich allein; nur die Gehörlosen waren wirklich von allem abgeschnitten. Wie schrecklich, taub zu sein, nicht diesen Wind zu hören, der die Blätter auswählt und sie sanft hinabträgt, damit sie auf der Erde rascheln können.

Würde June das verstehen? So daß sie still sitzen und zuhören konnte? Gewiß wäre sie nicht eine, die in kreischendes Lachen ausbricht, um zu verkünden, daß irgendwer sich verletzt oder sich etwas gebrochen hat? Vielleicht hätte sie auch Träume und würde seine Träume verstehen können. Aber dabei wäre sie nicht schwächlich, sondern eher wie eine Sonnenblume, die von der

Sonne lebte und stolz darauf war. Frauen waren wie Blumen, es klingt albern, aber so waren sie. Das plötzliche Flattern eines Vogels, der anderswo noch mehr Sonne trank, um es ihr dann zurückzugeben, schuf eine Einheit zwischen dem Gras und den Bäumen und der Erde, die sie beide ernährte. Frauen hatten das Gefühl dafür. Intuitiv gelangten sie zu dem einfachen Verstehen der Bäume, denn Bäume waren so klar und einfach, nicht distanziert wie die Berge in ihrer falschen Erhabenheit. Aber er kannte dieses Gefühl, und ihre Einsamkeit würde sie gelehrt haben zu schweigen, denn sie hatte nicht viel Umgang mit Menschen gehabt.

Wenn sie bloß nicht wäre wie Miss Blandair – aber wie sollte sie auch? Miss Blandair, die Mama zu sich genommen hatte, die so gut Tennis spielte, die tanzte und sich so gut einfügte. Sie war so fabelhaft mit ihrem Mundwerk, und Mama billigte das und war rundum zufrieden gewesen. Aber ihn hatte Miss Blandair total erschöpft mit ihrem Überschuß an Energie. Wenn man die besaß, sollte man sie für eine akute Gelegenheit aufsparen und sie nicht wie Konfetti verschleudern. Dann wäre es im Rückblick nur ein schmutziges Häuflein am Boden.

Alles für June aufheben.

Aber es war eine schlimme Zeit für Mama, darauf zu warten, daß er sich eine Existenz gründete. Und das war das Ende. Er konnte nicht, er traute sich nicht. Das war nicht fair gegenüber Mama, aber was wollte man machen? Sie war nicht seine wirkliche Mutter; sie hatte sich nur dazu gemacht, obwohl das fast dasselbe war. Aber er mußte hinaus, mit June; es gab so viel, darüber zu reden, so viel Gemeinsames, das zu entdecken war. Denn alle anderen waren so alt, man konnte nicht mit ihnen reden; sie verstanden einen nicht, obwohl sie ständig das Gegenteil behaupteten. Die Schwester war jung, aber zu sehr mit ihrem Beruf beschäftigt.

Und Nanny war in letzter Zeit nicht auf dem Posten gewesen. Ihr Schritt auf den Spaziergängen war schleppend, und das Knarren ihrer Schuhe kam langsamer. Mama hatte gesagt, wie Nanny sich mehr in acht nehmen müsse, und hatte ihr ein Medikament gegeben. Nanny redete mit der Zeit immer mehr, und an jenem Nachmittag hatte sie viel mehr geredet als früher. Sie hatte jetzt einen Husten, der sie immer öfter befiel, einen feuchten Husten, der sie schier zerriß und der sich entsetzlich anhörte. Arme Nanny! Denn sie war für ihn ein Bindeglied mit so vielem Vergangenen; sie hatte das Haus gekannt, noch ehe er auf der Welt war oder jedenfalls kurz danach. Sie hatte alle gekannt, die darin lebten, und ihn hatte sie so lange gekannt, daß sie sich aneinander gewöhnt und ein paar Scherze hatten, über die sie zusammen lachen konnten, und das war auch alles; es gab wirklich keinen Gesprächsstoff mehr, und den brauchten sie auch nicht. Sie war so eifersüchtig auf die Schwester gewesen. Die Stunden, die er gebraucht hatte, um das auszubügeln!

Sie hatte noch seine Mutter gekannt, Mummy. Sie wußte ein paar Geschichten über sie, und er ließ sie sich wieder und wieder von ihr erzählen in der Hoffnung, daß vielleicht eine neue zum Vorschein käme. Mummy mußte bezaubernd gewesen sein, alle hatten sie geliebt.

Sie war für ihn wie ein Traum, etwas, das ganz fern war und doch manchmal zurückkam. Und jetzt, da er blind war, hütete er ein paar persönliche Dinge, die ihr gehört hatten, ein (natürlich kaum je benutztes) Liturgiebüchlein, ein Paar Kinderhandschuhe, die sich so weich anfühlten und noch einen schwachen Hauch von ihr an sich hatten, der sie umgab und sie noch weicher erscheinen ließ. Und sie hatte um seinetwillen ihr Leben lassen müssen.

Es gab so wenig, was er über sie wußte, nur was Nanny zu erzählen hatte. Er hatte nie mit jemand gesprochen, der sie noch gekannt hatte, und Mama hatte seit ihrer brieflichen Mitteilung, daß er nicht ihr Sohn sei, stets versucht, sich an Mummys Stelle zu setzen. Wie albern, sie weiter mit diesem Namen zu nennen; Mummy war nun schon seit neunzehn Jahren tot. Aber ihr Name lebte und haftete an diesen Handschuhen. Und wie lange waren sie schon kalt, diese Handschuhe.

Nach dem, was Nanny sagte, war sie so glücklich in diesem Haus gewesen, hatte unbeschwert in allen Räumen gelebt. In Wirklichkeit wußte man nicht allzuviel von ihr. Nanny hatte sie nur einmal gesehen, und ihre Geschichten bestanden nur aus dem, was die anderen Dienstboten ihr erzählt hatten. Wahrscheinlich hatten sie zusammen in der Küche gesessen und auf das Begräbnis gewartet, hatten geredet, geweint und wieder geredet. Auf diese Weise hatte Nanny erfahren, was sie wußte. Keins der Dienstmädchen war übrig; er hatte keins mehr erlebt, denn Mama hatte sie alle entlassen, als sie Vater heiratete und mit ihm nach Indien ging. Aber offenbar hatte Mummy wunderbar Flöte gespielt; in Nannys Beschreibungen war alles »wunderbar«, und er hörte sie förmlich mit ihrer Flöte umherwandern, bis das Haus von Schatten belebt war. So verband sie alles mit allem. Und offenbar hatte sie auch wunderbar Klavier gespielt.

Vor ewigen Zeiten war er in Noat gewesen, nur ein paar Monate, aber dennoch – die Trübsal jener Tage mit ihren seltsamen Verzückungen dann und wann. So viel hing davon ab, ob jemand nett zu einem war oder nicht. Und dann die *Art Society* mit ihrem Marionettentheater. Es gaben keinen in J.W.P.s Klasse, der darüber die Nase gerümpft hätte. Es wurde jetzt kalt hier draußen. Hitze machte mitteilsam, zumal mit einer Gefährtin. Genau wie ihr Gefühl füreinander ihre Herzen öffnen würde – Junes und seins.

Mummy würde geholfen haben, damals und jetzt. Sie wäre so zartfühlend und verständnisvoll gewesen, und sie hätten, wenn er zu den Ferien nach Hause kam, am Kaminfeuer gesessen und alles durchgesprochen. Was für Abende, und was für stille graue Tage, an denen die Farben in den

Feldern zu lichtvoller Klarheit erwachten, und dann die erhabene Stille der Bäume. All das würde sie verstanden haben, und vielleicht wären sie, wortlos glücklich, hinaufgewandert zu der Höhe von Swans Wood oder hinab zum Fluß mit seinen Überraschungen und seinem stillen Dahinfließen.

Denn sie hätte die Dinge im Licht ihrer Intuition gesehen, oftmals falsch, aber nicht minder entzückend, und oft hätte sie durch Entdeckungen in anderen Menschen sich selbst offenbart. Wie dumm von den Menschen, zu meinen, ein grauer Tag sei traurig; in Wahrheit konnte er so voller Glück sein, wenn die Sonne als Reflex in den Dingen war und sie verfremdete. Der Tau kam am Morgen mit dem heller werdenden Himmel und sprenkelte die Felder mit bunten Perlen.

So viel war zu tun, um alle Sinne zu entwickeln, sich mit alten Bekannten aus der Kindheit wieder anzufreunden. Stillsitzen in der erstickenden Schwärze war falsch; das hatte er lange genug getan. Die Versuchung war so groß, das Dunkel so dicht, und was man an Geräuschen hörte, ließ sich anfangs nur in Begriffen des Sehens, nicht des Hörens, ausdrücken. Als eine Amsel mit ihrem Ruf vorbeiflog, hatte er das nur als einen vorbeisausenden schwarzen Fleck beschreiben können und hatte sich vergeblich bemüht, es genauer in Worte zu fassen. Jetzt begann er es anders zu sehen: ein Warnsignal für die anderen Vögel. Es war das Gefühl, das man im Dunkeln hat, wenn sich etwas bewegt, und man stürzt zum Schalter, um Licht zu machen. Warum also in visuelle Ausdrücke übersetzen, wenn er vielleicht nie wieder würde sehen können, nicht einmal in seinen Träumen? Man sollte also wohl Ausdrücke für Hör- und Tastbares wählen. Der Taube mag von einer lautlosen Welt träumen, und wie kalt diese Welt sein würde. Da gab es diese Geschichte von dem tauben alten Mann, der vergessen hatte, daß die am Strand sich brechenden Meereswellen ein Geräusch machten. Aber er mußte ja nicht taub werden; man hielt sich an die Sinne, die einem noch verblieben waren. Aber zu sehen war nicht wirklich notwendig. Der Wert von allem und jedem änderte sich, weiter nichts. Da war so viel in dem Wind, in dem Fühlen der Luft, in den Lauten, die die Natur einem für ein Weilchen lieh, um sie dann wieder wegzunehmen. Oder hatte das alles nichts zu bedeuten? Warum mußte jeder und alles hier nur aufgrund der Illusion leben, daß Mummy hier wäre und allem erst seinen Sinn gäbe? Aber so weit sollte man nicht gehen.

Auch June war eine Illusion – eine liebenswerte Illusion. Nie hatte er jemand so lebendig gespürt. Als er in jenes Zimmer trat, war es, als ob Funken sprühten, oder lag es nur an seiner augenblicklichen Stimmung? Es gab Tage, an denen alles vor Leben strotzte, der Mahagonitisch in der Halle schnurrte fast, wenn er über ihn strich, so warm war er, so katzenhaft der große Tisch. Und die Blumen streckten ihre weichen Köpfe so zutraulich in seine Hand, daß es kitzelte. Jetzt, da Ruffles tot war, sollten sie einen neuen Hund anschaffen, damit der ihm wieder die Hand lecken könnte. June zu streicheln! Ihre Haut wäre so lebendig. Es gab Tage, da war alles in Spiellaune, und selbst die großen, stark duftenden Blumen, außer den steifen Lilien, ließen sich dazu herab und rochen nach Pollution. Veilchen waren albern; sie hatten nicht die Kraft, sie schmiegten sich geziert lächelnd an und waren verschreckt. Aber die anderen spielten mit einem, wenn man sie nur ließ, und waren ganz ausgelassen.

Über all dies würde er schreiben, denn das Leben fing neu an, und es gab so viel zu sagen. Schließlich konnte man nicht ewig in einem Sessel wie diesem hier sitzen und für den Rest seines Lebens den Bemitleidenswerten spielen. Und vielleicht war die Art, wie er alles ansah, der richtige Weg, obwohl es natürlich keinen richtigen Weg als den eigenen gab. Kunst entstand in der Anschauung, und er mußte sich anstrengen und versuchen, ganz langsam, und seine Geschichte würde sich entfalten wie die Landschaft und würde von ganz gewöhnlichen Dingen handeln. Der Mann, der auf einem Fahrrad den Tulpen nachjagte, war dumm und zugleich lächerlich. Aber der Klavierstimmer wäre gut für eine Geschichte. Das war der Typ, der einem übers Gesicht fahren mußte, ehe er Zutrauen faßte. Warum hatte er das nicht bei Miss Blandair gemacht? Es war die abstoßendste von allen Praktiken, und am meisten für einen selbst. Gesichter waren so ungestalt, plötzlich faßte man mit den Fingern in Haar, geschlossene Augenlider jedoch waren ungemein lebendig. Nicht daß der Klavierstimmer je vertraulich wurde. Er war sehr unglücklich und sehr diskret. Er war blind vom Krieg her, und das ihm angetane Unrecht überlief ihn noch siedend heiß, wenn er davon sprach. Durch sein Spiel, wenn er mit Stimmen fertig war, verriet er unter Schmerzen so viel von sich. Aber er hatte ein paar kluge Dinge zu sagen, etwa wie man bei längerer Blindheit seismographisch an seinem Gesicht spürte, daß eine Wand, ein Sessel oder etwas so Niedriges wie eine Fußbank sich näherte. So daß man, genau wie der Stimmer, allein und ohne Hilfe umhergehen konnte. Er dachte, dieser neue Sinn müsse wunderbar sein, und in seinem sehnlichen Wunsch danach bildete er sich manchmal im Wege stehende Hindernisse ein, die gar nicht da waren. Aber man bekäme ein neues Gefühl der Gemeinschaft mit der Welt. Das Dunkel würde einem vertraut.

Doch jetzt mit ihr wäre alles ganz anders. Sie alle würden zusammen Spaziergänge machen. Da wäre Mummy auf die Höhe von Swans Wood zu führen, natürlich zusammen mit June, und Nanny für einen Rundgang im Garten an seinem Arm, und Mama wäre bei ihren Besuchen im Dorf zu begleiten. Und dann die Gespräche, Mummy zu erklären, wie June wäre, von Nanny zu hören, wie unerzogen June sei, und von Mama, wie leid ihm June täte, was sie natürlich durchschaute. So also könnte der Anfang sein mit June, mit den Vögeln und den Bäumen. Alles wäre um soviel näher und Mummy auch. Die Tage würden jetzt anders verlaufen.

Entzückend, sich Mummy so nahe vorzustellen, aber sie war's nicht. Und June war soviel näher. Entzückend auch, sich die Bäume im Einverständnis mit den Vögeln vorzustellen, um das Leben erträglicher zu machen, aber so war's natürlich nicht. Man lebte, weiter nichts, und manchmal lebte man intensiver als zu anderen Zeiten. Reizvolle Illusionen, und sie wurden Wirklichkeit, wenn man an sie glaubte. Oh! Warum mußte er sich das alles vorstellen?

Diese Handschuhe und alles andere von ihr, warum haftete ihnen so viel von ihr an? Und was sollte diese offenkundige Verschwörung zwischen den Bäumen und der Vogelwelt? Und warum erschien, wenn er allein war, so ein schemenhaftes Wesen aus Tagen, an die er sich nicht mehr erinnerte – warum erschien dieses Wesen und begleitete ihn, saß bei ihm und half ihm, durch seine Blindheit hindurch manches zu erahnen? Mama überraschte sie manchmal in ihrem Beieinandersein und meinte, er dürfe nicht krankhaften Vorstellungen nachhängen. Und sie würde reden und reden, bis diese sehnsüchtige Anwandlung verging.

War es denn so – ein Sich-Sehnen nach etwas, das ihn plötzlich überkam?

Aber es war kein Schmerz in seinem Gedenken an sie; wenn es so gewesen wäre, hätte er sie damit verscheucht. Das Glück lag nur darin, daß er sie nie gekannt hatte; es wäre nur eine Illusion weniger gewesen. Warum also kreisten seine Gedanken weiter um diese Dinge? Dann war es vielleicht ein Glück, daß er nicht mehr sehen konnte, daß jener kleine Junge ihm das Augenlicht genommen hatte. Denn sie war ihm nun, da er blind war, näher als je zuvor.

Der Abend kam und mit ihm der weiche stetige Regen. Ein Vogel stammelte verhalten irgendwo, und es war ganz wie Nacht – anrührend und seltsam. Und sie war hier wie die Luft an seinem Gesicht, und June würde morgen da sein, spürbar wie Sonnenlicht. Er fröstelte, indem er aufstand und ins Haus ging.

2. Ausgehen

»Mein Name ist nicht June, sondern Joan, und das seit je.«

»Aber hast du etwas dagegen, wenn ich dich June nenne? Ich finde June als Name so reizend, viel hübscher als Joan. Und du bist nun mal mehr wie June.«

»Warum sollte ich wie June sein? Sie sind albern. Aber macht nichts. Wenn Sie es so haben wollen, bitte, obwohl ich nicht verstehe, warum Sie Joan nicht mögen. Es ist mein Name, ob Sie ihn mögen oder nicht.«

»Das wäre der einzige Grund, ihn zu mögen.«

»Sie sind schlau.«

»Aber wenn du June hießest, wäre mir der Name lieber als alle anderen Namen. Dir nicht auch?«

»Nein, mir nicht.«

»Oh, gut. Ich werde dich Joan nennen, wenn June nicht nach deinem Geschmack ist.«

»Nein, Sie mögen Ihren Willen haben.«

»Das ist ungeheuer nett von dir. Ich ... Nein.«

Es ließ sich nicht allzugut an. So schwer war es, einen Gesprächsstoff zu finden, und sie machte es einem nicht gerade leicht. Es war eine schreckliche Spannung in der Luft. Stoff bot allein ihre beiderseitige Schüchternheit. Aber beim nächsten Mal würde es besser gehen. Das Eis mußte brechen.

»Wo sind wir jetzt?«

»Wir kommen gerade an den Zauntritt zu Mr. Cumes Garten.«

»Dann war es hier, wo unsere Dogge eine Kuh angefallen hat. In einem Sprung ihr an die Nase. War sehr aufregend.«

»Nein! Das hat der Hund wirklich gemacht?«

»Ja, aber ich riß ihn zurück. Magst du Doggen?«

»Weiß nicht. Hab' noch nicht viele gesehen. Nur Ihre, ein- oder zweimal, hab' mich schön erschreckt.«

»Dabei war er ganz zahm, ungelogen.«

Es gab eine Pause. Sie gingen weiter.

»Magst du Doggen?«

»Ich weiß nicht, nein.«

»Du magst also keine Doggen! Oh, June, ich liebe sie.«

»Ich liebe Katzen.«

»Nein. Ich liebe Katzen nicht. Sie sind so komisch und so geheimnisvoll, oder liebst du gerade das an ihnen?«

»Vater mag auch keine Katzen.«

»So, wirklich?«

»Nein, er mag sie nicht.«

»Hast du eine Katze?«

»Ja, 'nen Kater, er heißt Minnie.«

»Katzen passen so gut ins Haus – als Streicheltiere, meine ich.«

»Ja, sind sie das nicht?«

Eine Pause. Sie war wundervoll, so scheu und zurückhaltend. Was gab's noch zu sagen? Er suchte nach Worten.

»Kommst du noch mal zu einem Spaziergang mit mir?«

»Vielleicht.«

»Wir könnten auf die Höhe von Swans Wood gehen. Das wäre besonders nett von dir. Ich bin so allein.«

»Warum wollen Sie auf die Höhe hinauf? Was gibt's denn da?«

»Da gibt es eine Aussicht, das ist alles. Eine wunderschöne Aussicht, die ich früher oft und lange angeschaut habe, früher. Und du kannst sie mir beschreiben, wenn wir oben sind.«

»Gut. Obwohl ich nicht weiß, was Sie Besonderes an einer Aussicht finden.«

Ein wunderlicher Mensch, aber sehr rührend.

Sie gingen weiter. Er lenkte seine Schritte nach dem Ton der ihren. Er kam sich ungeschickt vor.

Dann strauchelte er und fiel beinahe hin, mit Absicht. Sie machte halt und legte eine Hand auf seinen Arm.

»Vorsicht. Sie dürfen nicht hinfallen und sich etwas tun.«

»Ist ja nichts passiert. Ich meine, June, würdest du es schlimm finden, wenn ich meine Hand auf deinen Arm legte? Ich käme dann besser zurecht.«

»Wenn Sie wollen.«

Sie gingen weiter. War es Einbildung, oder drückte sie seinen Arm unter ihrem fester an sich? Ob sie viel anhatte? Sein Herz klopfte, es war, als könnte nie wieder etwas gesprochen werden. War sie nicht wundervoll!

»Magst du Kühe?«

»Sie erschrecken mich manchmal, obwohl ich die meiste Zeit auf dem Lande lebe. Dich nicht?«

»Nein. Ich glaube nicht.«

»Aber sie sahen so grimmig aus mit ihrem Gehörn, und manchmal, wenn sie Angst hatten auf dem Markt von Norbury, wurden ihre Augen rot, und sie sabberten aus dem Maul.«

»Sie sind eben dumm, weiter nichts.«

»Da bin ich nicht so sicher. Und die Bullen, die sind wirklich gefährlich.«

»Bullen?« Sie lachte.

»Ich liebe Kälbchen, June.«

»Ja, die sind in Ordnung. So komisch, die jungen, wenn sie auf den Beinen wackeln.«

Er lachte. Jetzt war sie etwas menschlicher.

»Aber es kann gefährlich sein mit den jungen, denn die Mutterkuh ist nur zu bereit, auf einen loszugehen, oder nicht?«

»Sehr wahrscheinlich. Kämpfen nicht Männer mit Stieren in Spanien oder da irgendwo?«

»Ja, das stimmt. Und in England pflegte man Bulldoggen auf Stiere anzusetzen, das liegt in ihrem Blut. Darum ist auch unserer auf Crayshaws Kuh losgegangen. Aber für meinen Geschmack gehörten solche Katz-und-Hund-Spiele auf's Theater.«

»Oh?«

Also wieder beim Katzenthema. Aber sein Arm lag in ihrem und hatte es da warm.

»Jetzt kommt ein Tor.«

»Ist es das zur Straße?«

»Ja. Aber Vorsicht, Sie dürfen sich nicht stoßen.«

Sie führte ihn hindurch, und er spürte die Pflastersteine.

»So, hier verlasse ich dich. Ich werde auf der Straße zurückgehen.«

»Schaffen Sie das auch?«

»Ja. Du kommst doch morgen, um nach deiner Hand sehen zu lassen, nicht wahr?«

»Ich glaube schon.«

»Die arme Hand, es tut mir so leid um sie. Schmerzt sie sehr?«

»Ja, ziemlich.«

Daß er so viel Aufhebens davon machte, schmerzte auch.

»Tut mir so leid.«

Eine Pause. Sie standen einander gegenüber, mitten auf der Straße. Sein Kopf war zu einer Seite gewandt, anscheinend wußte er nicht genau, wo sie war. Armer blinder junger Mann, er tat ihr leid. Man mußte sich um ihn kümmern.

Die Verlegenheit war wieder zwischen ihnen. Es gab nichts zu sagen. Aber sie hatte sich bereit erklärt, mit nach Swans Wood zu kommen. Wenigstens etwas Gutes. Sie war also doch nett.

»Ja, vielleicht sollte ich jetzt besser heimgehen.«

»Ich auch.«

»Auf Wiedersehen.«

»Auf Wiedersehen.«

Und er machte sich langsam auf den Weg. Ihr erstes Treffen war vorüber. Es war schrecklich gewesen. Doch immerhin waren sie Arm in Arm gegangen. Die Berührung und die Wärme waren um soviel feiner, wenn man blind war. Und man war viel schreckhafter; dennoch, ihre Stimme hatte freundlich geklungen. Sie würde wiederkommen, ganz gewiß. Er faßte an seine dunklen Gläser; das mußte ein schlimmer Anblick sein. Seine Schritte klangen hohl auf der Straße, und er mußte an einen Traum denken, wo er gerannt und immer weiter gerannt war. Doch in dem Traum hatte es keine Vögel gegeben, sie waren alle verscheucht. Aber jetzt kam die Sonne hervor, und von ihr erwärmt, begann ein Vogel zu singen, in kleinen freundlichen Kadenzen. Wie gut war doch die Welt. Ihn verlangte nach seinem Lunch.

Nanny saß beim Kaminfeuer. Schatten huschten an den Wänden des Zimmers auf und ab, und es war sehr still in dem Raum, bis auf ihre Atemgeräusche und den murmelnden Teekessel. Teekessel sind so gesellig. Auf dem Tisch neben ihr stand eine Tasse Tee, die zuerst kräftig und dann immer dünner zur Decke empor dampfte. Auf dem Tisch lag eine Patchworkdecke, das Familienstück. Bei der Tasse stand eine Teebüchse und dazu ein Löffel. Der Kessel spuckte in plötzlichen heftigen Stößen Dampf gegen das Kamingitter.

Es war stickig in dem Zimmer, weil sie nie das Fenster aufmachte. Ihr schwarzes Kleid stand steif gegen die Hitze, und das Fischbein in ihrem Kragen ließ ihr Kinn nicht herabsinken. Kleine Flämmchen leckten an dem Kessel empor und ließen die Schatten an der Wand tanzen. Sie aber saß aufrecht und still, wie die Menschen auf den Fotos ringsum. Das war ihre Zeit. Nur ihre matt und krächzend gehenden Atemgeräusche halfen dem Teekessel, die Stille der Menschen auf den Fotos zu durchbrechen.

Es gehörte sich nicht, daß er so mit ihr spazierenging. Jetzt war er schon zum dritten Mal mit ihr aus gewesen, und es paßte gar nicht zu Mrs. Haye, das zu erlauben; das mußte aufhören. In diesem Alter konnten die sich so leicht ineinander verlieben. Und was wäre dann? Junge Menschen liefen immer blind in so etwas hinein, sie sahen nicht die Konsequenzen ihres Tuns. Er sollte vorsichtiger darin sein, mit wem er sich einließ. Was würden die Leute sagen? Und daß ihr Junge mit diesem jungen Ding Ausflüge machte, er, den sie aufgezogen hatte, als er noch ein quäkendes Baby war; das konnte nicht recht sein.

Dann die Zeit, da er zum ersten Mal ihr anvertraut wurde – ein wundervolles Baby, so kräftig, wie man nur wünschten konnte, und ganze siebeneinhalb Pfund vom Moment seiner Geburt an, und seitdem hatte sie ihn eigenhändig gefüttert und war nachts aufgestanden, wenn er nach seinem Breichen schrie. Sie hatte ihn von Anfang an aufwachsen sehen. Und nun war er blind geworden – schlimmer hätte es nicht kommen können! –, so daß er nie wieder seine Zeit mit jungen Damen vertändeln konnte, der arme Master Johnnie! Aber sie würde ihn aus dieser Sache, in die er da geraten war, herausholen, wie sie ihm schon aus so vielem herausgeholfen hatte – zum Beispiel, als er vom Keuchhusten befallen war und sie eine schwere Zeit mit ihm hatten, aber auch da hatten sie ihn durchgebracht. Mrs. Haye war ihm so eine gute Mutter gewesen, besser als seine wirkliche Mutter, Mrs. Richard Haye, es je hätte sein können. Es gab Geschichten, die das Personal sich von ihr erzählte, aber was war von solchen Geschichten zu halten, jedoch nach dem, was so erzählt wurde, hatte sie ein allzu freies Leben geführt. Auf Männer ist kein Verlaß, nicht mal auf den besten Freund des Ehemannes, aber so war es!

Und Master John war herangewachsen und aufs College gegangen, was ihm aber nicht bekommen war; er war immer schwächlich gewesen, soweit sie zurückdenken konnte. Auf ihren Rat war ihm der Besuch der Vorschule erspart geblieben. Dann war die Erzieherin ins Haus gekommen, mit der es trotz ihrer vornehmen Allüren nicht weit her war. Die Art, wie sie mit dem Lehrer in Norbury anbändelte, einfach würdelos. Aber er war eben zu schwächlich fürs College gewesen und hatte sich dort nie wohlgefühlt, obwohl er an männlicher Statur gewann. Die anderen Jungen, die nicht so wohlerzogen waren, hatten ihm immer zugesetzt. Sie kannte diese Tricks. Und dann kam jene Zeit, in der er keinen Blick für sie übrig hatte und nur »Hallo Nanny« sagte, und Mister William hatte eines Tages gesagt »Er wird jetzt erwachsen«, und sie hatte zusehen müssen, wie er sich von ihr entfernte, und das einzige, was sie für ihn tun konnte, war es, Strümpfe zu stopfen und Knöpfe anzunähen, aber jetzt hatte sie ihn wieder, konnte ihm wieder sein Essen raufbringen und ihn auf Spaziergänge mitnehmen. Es war eben nicht recht, daß dieses freche Ding ihn sich angelte, damit jeder sagen konnte: Da sieht man's mal wieder.

Dann hatte der Herr noch mal geheiratet und eine gute Wahl getroffen, denn über seine erste brauchte man kein Wort zu verlieren. Hübsch war sie ja gewesen, fast zu hübsch und eine Gefahr, was aber Master John in dem jungen Ding sah, war ihr unbegreiflich, aber er konnte ja nicht sehen, der Ärmste, so war das nun mal. Damals die Hochzeit war eine große Sache gewesen, ein Dienstbotenball und die kirchliche Zeremonie ganz entzükkend und die Brautjungfern alle in Rosa und der Geistliche mit einer angenehmen Stimme. Mrs. Haye war ihr seitdem eine gute Herrin gewesen, nur dann und wann ein hartes Wort. Und sie war Master John eine gute Mutter gewesen, immer auf ihn bedacht und nach ihm gesehen, als wäre es ihr eigener Sohn. Dann war der Herr mit seinem Regiment nach Indien und ließ sie mit Master John bei den Großeltern, die nun schon eine Weile tot waren und die sie nicht gut behandelten, so daß der arme Junge fast verhungerte. Sie dachten nicht gut über seine Mutter, aber dafür, wie sie gewesen war, konnte er ja nichts – das arme Wurm. Und dann ihre Rückkehr aus Indien – das Regiment kam ebenfalls zurück – und sein Sturz die Treppe herunter und gleich mausetot, weil auch das Herz nicht mehr schlug. Es war ein wundervolles Begräbnis und er ein schöner Leichnam, wie er auf dem Bett lag. In der Kirche trugen die Männer vom Gut den Sarg, und die Kirche war schwarz drapiert, und Offiziere vom Regiment waren da und hatten Kränze geschickt, ein paar auch von der Mannschaft. Alles in großem Stil, und die Herrin war fabelhaft gewesen. Sehr bald danach hatte sie zu ihr gesagt »So, Jennings, jetzt ist's an uns, ihn aufzuziehen«, und sie hatte erwidert: »Das wer'n wir.«

Und dann hatte er angefangen, im Kinderzimmer herumzukriechen, und hatte besonders gern mit Kohlen gespielt und auch sonst allerlei angestellt. Und damals hatten alle gesagt, was für ein schöner Mann aus ihm werden würde, und das ist er auch, aber niemand von denen hatte die Gabe, in die Zukunft zu sehen, also konnte auch niemand vorhersagen, was passiert war. Als man es ihr sagte, saß sie gerade in diesem Sessel, wie eben jetzt, und sie sagte: »Herr, erbarme dich unser.« Sie erinnerte sich, als wäre es gestern gewesen, obwohl es ihr vorkam, als läge es Jahre zurück und nicht erst sechs Monate. Im nächsten Raum, dem Kinderzimmer für tagsüber, waren all seine Spielsachen, und ihr erster Gedanke war, daß er nie wieder damit würde spielen können. Man gerät mit der Zeit ein bißchen durcheinander, wenn man älter wird. Sie waren dort alle in dem Schrank, die roten und blauen Zinnsoldaten mit ihrer Kanone und das buntscheckige Pferd, das er so liebte, und die im Innern farbigen Glasmurmeln, die er immer runterschlucken wollte, lauter so gefährliche Sachen, und als er älter wurde, der Baukasten, so daß es hieß, aus ihm würde vielleicht mal ein Architekt, und was würde jetzt aus ihm werden? Er hatte seine Spielsachen geliebt, und sie sah ihn noch, wie er da hockte und sich an den Soldaten begeisterte, als wären sie echt und kämpften in einer richtigen Schlacht. Aber die Soldaten warteten jetzt alle in dem Schrank. Kein Stück war verloren, und jetzt, da ihre Zeit käme und sie nicht mehr da wäre, würde man alles wegwerfen oder an arme Kinder verschenken, statt es aufzuheben, vielleicht für seine Kinder, wenn er welche hätte. Alles Vergeudung.

Ob er jetzt noch heiraten würde? Und würde eine der jungen Damen einen blinden jungen Mann heiraten wollen? Oh, natürlich würde sie, wenn sie ihn erst einmal gekannt hätte, ihren Master John. Sie hatte ihn länger gekannt als jeder sonst, und er war doch so gut, so freundlich, wenn er auch manchmal etwas grob sein konnte, aber schließlich waren alle Jungen so. Wie gern würde sie einen Sohn von ihm sehen, aber mit ihr könnte es jede Minute zu Ende gehen, hatte der Arzt gesagt, es war ihr Herz, und sie würde das also nicht erleben. Aber der Umgang mit jenem Mädchen, das so einen Vater hatte, tat ihm nicht gut. Dieser Mann, und obendrein im Kirchendienst, einfach gotteslästerlich war das. Und die Schande für das Dorf und das Haus. In der ganzen Gegend lachte man über sie. Und der ging umher und wohnte wie zum Spott ganz in der Nähe, oh, wenn der Herr noch lebte, würde er ihn davonjagen samt dieser Tochter, die sich hier großtat. Sie würde mit Mrs. Haye sprechen. Die sollte wissen, wie alle Welt darüber dachte.

Sie hatte in ebendiesem Stuhl gesessen, als Mister William hereinkam, und weil er ganz außer Atem war, sah sie, daß etwas passiert sein mußte, und er hatte gesagt: »Der junge Master ist bös verletzt«, sagte er, und sie war sozusagen zu Stein erstarrt, wie es in der Bibel heißt, und daß der Junge auf ewig blind sein würde. Und sie hatte gesagt: »Herr, erbarme dich unser. Herr erbarme dich unser.«

Zu denken, daß es gerade ihn treffen mußte, der so gut und freundlich war. Besonders zu ihr, weil er wußte, was er ihr zu verdanken hatte. Und er war bei alledem so tapfer. Ach Gott! Sogar als kleines Kind war er schon so herzig gewesen. Mrs. Richard Haye war ähnlich liebenswert, so wurde immer gesagt. Auf andere Weise muß sie das wohl gewesen sein. Wie sie immer pfeifend umherging, niemals zur Kirche, so glücklich mit all ihren Verehrern, und ihr Mann zu harmlos, um etwas zu merken oder zu argwöhnen. Menschen, die so unbeschwert leben, sind gefährlich. Und dann ihr gräßliches Pfeifen, das man immer mitanhören mußte, reiner Wahnsinn. Und heillose Unordnung, sagte man. Sie selbst hatte sie nur einmal gesehen, als man sie als die neue Kinderwärterin der Herrin vorgestellt hatte. Die war zu schwach, um nur einen Finger zu rühren, aber wunderschön, wie sie da so bleich, von Kissen gestützt, auf dem Bett lag und das Licht auf sie fiel, blaue Augen halb geschlossen mit langen Wimpern, und so dünn war sie bei Ihrem Heimgang. Sie hatte kein Wort gesagt, sie nur angesehen mit ihren schönen, allzu schönen Augen. Aber sie neigte dazu, so zu sterben wie alle Frauen.

Mühsam stand sie auf und machte sich einen neuen Tee, dabei hing sie den Topflappen auf einen großen Nagel, dessen Messingknopf wie ein Auge von der Wand starrte. Die Wärme staute sich im Zimmer. Ein schwaches Dampfwölkchen kam aus der Tülle des Teekessels.

Mit zittrigen Händen hob sie die Tasse an die Lippen. Sie nahm einen Schluck. Wie gut einem so eine Tasse Tee tat. Unvergleichlich, und je älter man wurde, um so mehr verlangte einen danach. Und der Husten wurde schlimmer und würde nicht aufhören bis an ihren Tod. Aber Mrs. Haye würde ihr ein schönes Begräbnis ausrichten, womöglich mit einem Engel auf dem Grabstein. Die hatten ihr schon immer so gefallen, die Grabsteine, als säßen lauter Engel darauf.

Und nach ihrem Heimgang würde Master Johnny noch mehr allein sein, und er war schon jetzt einsam genug. Keine Seele, die zu ihm gehörte, außer Mrs. Haye und ihr selbst. Der Herr war einziger Sohn eines einzigen Sohnes gewesen, so daß der Name, falls Master John nicht heiratete, aussterben würde. Mrs. Haye hatte Brüder und Schwestern, sogar viele, doch weder sprachen die mit ihr noch sie mit ihnen. Ihre Heirat war eine Romanze gewesen. Das hatte Mister William ihr irgendwann erzählt, und nach dem, was er so bei Tisch gehört hatte, sah es so aus, als wenn die Eltern mit ihrer Heirat nicht einverstanden gewesen wären, dabei war der Herr so fein und elegant wie nur je ein Mann. Aber die Heirat kam überraschend genug, so daß die Eltern, da sie gegen deren Willen geheiratet hatte, nichts mehr von ihr hören wollten. Es war eine wahre Schande. Schottland, wo sie herkam und in einer Festung lebte, war eine trostlose Gegend. Aber da war es gewesen und einsam genug für den armen Master John. Es war schon fast komisch, wie manche Familien scheinbar ausstarben, und die eigenen Schwestern und Brüder, wenn man an sie dachte, wie sie tot und dahin waren samt ihren Kindern. Das war so sinnlos und gehörte sich nicht.

Weihnachten stand vor der Tür, und sie würde überlegen müssen, was er wohl gern hätte. Jedes Jahr bekam er zwei Geschenke, eins von Mrs. Haye und eins von ihr, und sie bekam eins von ihm. Sich vorzustellen, daß es sonst keinen gab, der ihm etwas schenkte. Und schwer, sich etwas auszudenken, das er gern haben wollte, und es bräuchte länger, etwas zustande zu bringen, wenn man älter war. Es sollte etwas Warmes sein, denn ein harter Winter stand bevor, und sie strickte schon Söckchen für Elizas neues Baby, ihre Großnichte. Er würde noch einen warmen Schal brauchen an kalten Tagen wie heute, und es kämen gewiß noch mehr solche Tage, aber dann trüge er ihn bei Ausflügen mit diesem jungen Ding. Was war nur mit dieser Welt los. Zu denken, daß er mit ihr herumspazierte, mit dieser gewöhnlichen Person.

Erst neulich hatte er einen Brief von dieser Krankenschwester bekommen, das war auch so eine, hochnäsig war sie und unfähig, irgend jemand zu pflegen, schon gar nicht Master John. Aber er hatte sie nicht gemocht, o nein, sie kannte ihren Master Johnny, der gab sich mit so was nicht ab, und recht hatte er. Weiß der Himmel, was mit der los war. Sie selbst hatte ihn keinen Moment aus den Augen lassen wollen, wenn die da war. Und die wollte ihre Mahlzeiten nicht in der Halle mit dem Personal einnehmen, wo sie doch nichts Besseres war als jeder sonst. Was die wohl von sich gedacht hatte, möchte man wissen. Aber das Unglück mit Master John war ein Schlag gewesen, jeder war fassungslos über diesen Vorfall. Mister William hatte nicht gewußt, wo ihm der Kopf stand; so hatte sie ihn noch nie gesehen. Und sie selbst hatte drei Nächte kein Auge zugetan, ebensowenig wie die Köchin, die nur daran dachte, was er essen möchte, wenn er aus dem Krankenhaus käme. Mister William hatte sich so etwas überhaupt nicht vorstellen können, obwohl er schon viel erlebt hatte. Und Mr. Weston hatte sich um das Obst gesorgt, ob er auch Pfirsiche und Weintrauben für ihn hätte. Und Pinch, obwohl ihn das alles wenig anging, konnte sich an nichts Derartiges erinnern. Einmal hatte dieser alte Grobian ganz unvermittelt zu ihr gesagt: »Abkratzen is' nich', ich mach's noch 'ne Weile, da könn'se beruhigt sein«, dabei hatte sie sich nur freundlich nach seiner Gesundheit erkundigt, was doch niemand übelnehmen kann. Aber er gehörte zu denen, die plötzlich tot umfallen können. Und schließlich Annie, das arme Geschöpf, halb wahnsinnig war sie, und als sie es erfahren hatte, sagte sie eine ganze Woche nichts als »du meine Güte«; sie fühlte es auch, die arme Seele, natürlich fühlte sie es, weil sie doch alle Master John liebgehabt hatten. Es war ein Jammer.

Aber mit Weihnachten vor der Tür wußte man wirklich nicht aus noch ein mit den Überraschungen und Geschenken, obwohl das jetzt alles flach fiel. Aber da war diese junge Person, mit der er kleine Ausflüge machte und über die kein Wort zu verlieren war. Nein, sie würde ihm einen Schal stricken, der ihn warm hielte, und es gab nicht viele, die so dicht und fest strickten wie sie, wenn es auch etwas langsamer ging. Und die Söckchen für Elizas neues Baby. Harriet wollten sie es nennen, was ein guter Name war, denn Großmama hatte auch Harriet geheißen. Und dann Joe, der nächsten Monat heiraten würde und mit einem Hochzeitsgeschenk rechnete, etwas Praktisches, einen Abstelltisch. Ein guter Junge war das und ein guter Sohn seiner Mutter, die gestorben war. Zwölf Brüder und Schwestern, Gott hatte es gut mit der Mutter gemeint, und sechs davon gestorben, und vier Neffen, einer nach dem anderen im Krieg gefallen. Aber acht waren noch übrig. Joe war zu jung für den Krieg gewesen, und jetzt würde er heiraten, er hatte eine gute Stellung, und es würden Kinder kommen, und für die würde sie Söckchen stricken...

Sie nahm einen Schluck. Der Teekessel stieß Dampfwölkchen aus, und Bläschen rüttelten an dem Deckel, der sich manchmal etwas hob, wie um sie herauszulassen, und dann gab es ein Zischen im Feuer, ehe es wieder in sich zusammenfiel. Der Raum war sozusagen in Bewegung mit plötzlich aufglühenden Farben hier und da auf den Möbeln.

Eine späte Fliege saß genau im Halbkreis des Feuerscheins an der Decke. Es war warm im Zimmer. Und die Gestalt im Sessel saß aufrecht und still mit im Schoß gefalteten Händen, und das Fischbein im Kragen stützte ihr Kinn.

»Wir gehen also nach Swans Wood, nicht wahr?«

»Ja, was dagegen?«

»Nein.«

Er drängte sich enger an sie.

»Diese Stille unter der Sonne und dieser schneidende Frost, der sich am Boden hält, und du hier...« sagte er, aber sie antwortete nicht.

»Die Weite und die Ferne, die heute über dem Land liegt, June, spürst du das auch?«

»Ich weiß nicht.«

»Das Land ist heute so voller Sonne, June, und ich bin weg von denen allen, denn du hast mich aus dem Haus befreit, so daß ich nun mit dir sein kann. Wir haben massenhaft Zeit. Es wird die längste Wanderung sein, die wir bis jetzt gemacht haben. Ein richtiges Abenteuer. Gehst du gern so mit mir, June?«

»Vielleicht ja, vielleicht auch nicht.«

»Aber das mußt du, sonst ist es so langweilig für dich. Nett von dir, mich auszuführen, die sind alle so alt im Haus. Die arme Nan, die langsam stirbt, und William, der Butler, der bald in Pension gehen will, und der alte Pinch, der nächste Woche aufhört. Mama gibt ihm eine Kate, mietfrei. Er hat vierzig Jahre lang den Garten bearbeitet.«

»Kriegen die alle 'ne Pension? Wieviel?«

»Genug, um davon zu leben, wenn sie es verdient haben. Aber hör nur diesen Hahn, so weit weg und kräht so stolz. Und der Lastwagen, der nach Bodlington Hill hinaufrattert, am Bach entlang, der über die Steine abwärts schießt. Und die Vögel besingen den schönen Tag, es gibt so viele Arten. Weißt du ihre Namen?«

»Nein, aber ich wüßte sie gern.«

»Ich kenn' sie auch nicht, aber macht nichts. Was für ein Glück, daß die Sonne auf unseren Weg scheint. Bis heute hat es so viel geregnet.«

»Und ich mag Regen nicht.«

»Ich auch nicht. Hör doch die Stare auf dem Baum. Sie kreischen vielleicht auf uns herunter. June, hast du nicht kürzlich gesagt, daß du nur mit deinem Vater lebst?«

»Ja. Warum nicht?«

»Das habe ich nicht gemeint. Ich finde es großartig. Aber du mußt manchmal sehr einsam sein.«

»Manchmal.«

»Du siehst also nie irgend jemand? Das muß sehr öde sein. Ich weiß, wie das ist.«

»O ja, einen oder zwei sehe ich schon.« Sie lachte.

»Wen? Ich sehe nie irgendwen, außer Leuten, die Mama beköstigt, wenn sie sie anders nicht loswerden kann. Und du bist netter als die alle.«

»Sie sind ein komischer Kauz.«

»Bin ich das? Na, es gibt Schlimmeres, das man sein könnte. Aber ist es nicht komisch, daß wir uns in all den Jahren nie begegnet sind? Ich hab' dich nie gesehen, nie gesehen, wie du bist.«

»Doch, nur Sie erinnern sich nicht. In der Kirche habe ich Sie immer beobachtet, als wir beide noch klein waren, aber Sie haben kaum nach mir gesehen, Sie waren zu vornehm. Auch später.«

»Aber dann muß ich dich doch gesehen haben. Warum hast du nach mir gesehen?«

»Weil ich sonst nichts zu tun hatte.«

»Nein, das glaube ich nicht. Wo hast du denn gesessen?«

»Links von Ihrer Bank, gerade gegenüber vom Taufstein. Wissen Sie nicht mehr?«

»Und wie sah es in der Kirche aus? Ich hab' sie mir nie richtig angesehen. Oh, es schmerzt so, sich erinnern zu wollen. Ich sehe nur kleine Ausschnitte, die Zwischenräume sind so schwer zu füllen.«

»Lassen Sie es. Ich mag diese Kirche auch nicht, nur durch das Fenster zur Rechten sah man einen Apfelbaum.«

»Ja, ich weiß. Und Vögel waren da.«

»Und Äpfel im Herbst. Erinnern Sie sich?«

»Ja. Äpfel.« Er lachte.

»Warum lachen Sie?«

»Weiß nicht. Aber ich haßte es, zur Kirche gehen zu müssen – obwohl dein Vater gewiß gut predigte.«

»O ja!«

»Mama ... ich glaube, er zog Rosen an der Kirche empor. Das liebte ich sehr. Sie waren so hübsch.«

»Und Mrs. Haye zwang ihn, sie wieder runter zu nehmen.«

»Tatsächlich? Ich frage mich, warum. Magst du Rosen gern?«

»Sehr. Es gab so viele in dem alten Pfarrgarten. Vater war ganz verrückt nach ihnen, und ich auch.«

»Eine Rose ist was Schönes, June, findest du nicht? Die Dichter haben sie oft besungen. Sie nennen sie Königin der Blumen. ›Der seidige Ton deiner Blätter.‹ ›Süße wohnt in Rosenlauben.‹ ›Das Erröten der Rose.‹«

»O ja. Überall in unserm Garten.«

»Dann mußt du sozusagen im Einklang mit den Dichtern des siebzehnten Jahrhunderts gelebt haben. Wie reizend.«

»Ich lese keine Dichter. Hab' keine Zeit dazu.«

»Nein? Und wie schön muß die Kirche gewesen sein, ganz in Rosen. Aber Mama denkt sehr protestantisch.«

»Wie meinen Sie das?«

»Sie mag keinen Schmuck an einer Kirche. Ich finde das ziemlich dumm von ihr, obwohl Crayshaw mit seinen Kerzenleuchtern und all dem zu weit geht.«

»Aber was macht das schon?«

»Es ist pfäffisch, weiter nichts. Rom-Kult.«

»Was ist das?«

»Ach, wozu darüber reden.«

»Vater war so verliebt in seine Rosen. Eine Schande, daß er sie auf Geheiß entfernen mußte.«

»Hör nur diese Glocken, June. Der Klang torkelt von weit her über das Land. Es wird die Kirche von Purley sein, nehme ich an.«

»Vater haßt Kirchenglocken. Sie tun ihm weh.«

»Wo sind wir jetzt?«

»Wir sind gerade bei Mr. Brownlees Farm.«

»Dacht' ich mir. Brownlees Hühner machen solchen Lärm.«

Es war eine Schande, wie sie Vater behandelt hatten.

»Dein Kleid ist aus solch einem weichen Stoff.«

»Mögen Sie es?«

»Sehr. Es ist so weich, die Hand gleitet darüber hin, sinkt in die Falten, ertrinkt darin, June. Welche Farbe trägst du?«

»Blau.«

»Ja, es mußte Blau sein.«

»Armer Junge, nicht sehen zu können.«

»Nenn mich John, ›Junge‹ ist zu kindisch.«

»Armer John.«

»Es ist gräßlich gewesen ohne dich.«

»Wirklich?«

»Alles ist schwarz. Früher, auch wenn man die Augen schloß, waren die Augenlider innen rot, als wär' man draußen, aber jetzt ist das Licht von innen her abgeschnitten. Nichts als Schwärze. Man verzweifelt manchmal, weißt du. Es gibt Zeiten, da würde ich mich am liebsten umbringen, wirklich.«

»Armer John.«

»Aber deine Lider, wenn du sie schließt, müssen eine köstliche Farbe haben – für die reizenden Augen dahinter.«

»Müssen? Oh, aber dann haben Sie meine Augen nie gesehen.«

»Vielleicht nicht, aber ich kann sie gleichwohl spüren.«

»Wirklich?«

»Ja, sie sind so still, so sanft. Von so klarem Blau.«

»Aber sie sind dunkelbraun.«

»Oh, dann paßt dein Kleid nicht zu ihnen.«

»Nein, vermutlich nicht.«

»Aber was macht das schon? Es sind so reizende braune Augen. Und manchmal hellen sie sich auf, brennen vielleicht?«

»Wie meinen Sie das?«

»Nun … Aber bist du je verliebt gewesen?«

»Weiß ich nicht.«

»Vielleicht brennen Sie eben jetzt?«

»N-nein. Ich glaube nicht.«

»Wie schade. Und meine, wenn sie mir nicht genommen wären, würden so heftig brennen.«

»Was ist heftig?«

»Heiß, weißt du, nicht – nein.« Das war dumm. »Aber ich liebe deine Augen, ob sie nun braun sind oder blau.«

»Sie sind wirklich sehr nett, John, und ich glaub', ich mag Sie.«

»Nicht mehr als das?«

»Vielleicht.«

Und seine Hände waren in ihren. Besser, sich nichts anmerken zu lassen.

»Vielleicht?«

»Eben. Ich weiß nicht.«

»Du bist sonderbar, June, so zurückhaltend, so kalt. Ich glaube nicht, daß du mich überhaupt magst, wirklich nicht.«

»Achtung, jetzt kommt ein Tor. Seien Sie vorsichtig.«

»Wo ist das Tor? Du bist grausam, weißt du. Du kümmerst dich kein bißchen. Oh, da ist es. Gut.«

»Um was kümmern?«

»Um was? Um mich, denke ich. Aber hier ist es, wo wir den Weg überqueren müssen. Dann gehen wir durch das Tor, das da rechts sein müßte. Mach es hinter uns zu; jetzt verlassen wir unser Gut.«

»Ein Gut, das Ihnen gehört?«

»Ja, und warum nicht?«

»Dann sind Sie ja reich.«

»Da bin ich nicht so sicher.«

»Reich sein muß wundervoll sein.«

»Arm sein muß wundervoll sein.«

»Wie meinen Sie das? Sie waren noch nie im Leben arm. Wie können Sie das also sagen?«

»Aber arme Leute sind immer viel glücklicher als die reichen Leute im Film. Das Kino war für mich die einzige Art, das Leben zu sehen.«

»Aber was halten Sie denn vom Dielenschrubben den ganzen Tag und vom Essenkochen und nach dem kranken Vater zu sehen und so weiter?«

»Ist er krank, June?«

»Ja, zumindest er glaubt es.«

»Das tut mir leid. Aber du wirst doch nicht für immer arm sein?«

»Doch, soweit ich sehe.«

»Eines Tages zaubert dich vielleicht ein Märchenprinz an einen Ort des Wohllebens. Denk daran.«

»Um Himmels willen, nein! Warum sollte er?«

»Er hätte allen Grund dazu. Weißt du, so etwas passiert eben, mal hier, mal da.«

»Glaube ich nicht.«

»Aber ich. Irgendwann ... wir ... mag sein. Doch zunächst tut's mir leid, daß er krank ist.«

»Oh, ich glaube nicht, daß er richtig krank ist. Er ist ein Dichter und stellt sich so allerlei vor.«

»Ein Dichter? Schreibt er Gedichte?«

»Ja. In letzter Zeit schreibt er nicht mehr, aber er spricht wundervoll. Über die Sterne und alles. Ich verstehe ihn nur halb, darum sage ich nur ›Ja‹ oder ›Nein‹, um ihm Gesellschaft zu leisten. Er ist ein wunderbarer Mann.«

»Da hast du gewiß ein aufregendes Leben, ganz allein mit einem Dichter. Mama sagt, der Garten war – sei wunderschön.«

»Ja, er ist voller Bäume und Sträucher.«

»Alles wild. Ein Leben in Freiheit.«

»Frei? Davon versteh' ich nichts. Aber wir haben ein paar Hühner. Doch die müssen gefüttert werden. Und dann die Katze. Neulich hat sie eine große dicke Maus totgemacht.«

»Hat sie!«

»Ja, und dann die Küken, die im Gras verlorengehen. Ich liebe sie und auch den Star, der jedes Jahr im Kamin nistet, und meine eigene Maus, die nachts in meinem Zimmer herumhuscht und ...«

(Gott, wie öde das alles.)

»Aber manchmal kriege ich auf alles eine Wut.«

»Es muß schrecklich für dich sein.«

»Ich hatte nie jemand, um darüber zu sprechen.«

»Nein, natürlich nicht. June, jetzt sind wir im Wald. Spürst du, wie dumpf es ist? Denn die Bäume drängen sich um uns, und ihre Zweige decken uns ein, mit leisen Geräuschen, die man gerade noch hört. Und wir sind jetzt wie in einer anderen Welt, denn der Wagen, der drüben den Weg entlang knarrt, ist so fern. Er streift die Zweige, die jeden Laut weitertragen, wenn der Wind sie kitzelt. Als wären wir auf unserm Weg zu einem düsteren und unheimlichen Ort. June, es ist wie Mittelalter.«

»Was ist das?«

»Das heißt: vor langer Zeit. Aber wir sind glücklich zusammen, oder? Nicht wahr, du bist der einzige Mensch, mich nach Swans Wood zu begleiten.«

Es gab noch Mummy, aber die zählte jetzt nicht.

»Warum?«

»Weil ich so viel Zeit meiner Jugend da oben verbracht habe, mit großen Gedanken.«

»Aber warum nur mit mir?«

»Du weißt es bestimmt.«

»Vielleicht auch nicht.«

»O doch, du weißt es.«

»Als ich kleiner war, erzählte ich immer alles einer Freundin, die ich damals hatte. Wir gingen immer den Weg auf Broadlands zu. Eines Tages stolperte sie und brach sich das Bein.«

»Und ich hatte nie jemand, ihm alles zu erzählen.«

»Erzählen Sie's mir.«

»Eines Tages vielleicht, jetzt würde es zu lang. June, kommen wir jetzt auf die Höhe?«

Und er würde ihr erzählen, das würde helfen, obwohl sie nichts verstehen würde. Aber von seinem Schreiben würde er ihr nichts sagen. Das war ihm zu wichtig.

»Ich sehe Licht hinter den Bäumen.«

»Jetzt kommen wir hin. Es kann nicht mehr weit zur Kuppe sein, und du bist kein bißchen außer Atem.«

»Meine Güte! Da sind wir schon. Ist das Ihre Aussicht? Ich kann nicht viel darin finden, aber recht hübsch ist es schon.«

»Sollen wir uns setzen?«

»Ja.«

Sie läßt seine Hand los, und sie setzen sich.

»June, gib mir deine Hand wieder, du bist dann soviel wirklicher für mich.«

»Da ist sie. Albern.«

»Und was siehst du nun von hier?«

»Da sind Felder und Bäume und der Fluß und dahinter der Hügel mit dem Wasserturm und zur Rechten die kleine Stadt mit der Abtei, das ist alles.«

»Das alles ist jedenfalls für mich vorbei. June, meine Hand fühlt sich so wohl in deiner.«

»Wirklich?«

»Ja. Deine Hand ist warm und so fest. Aber nur eben groß genug, um meine zu halten.«

»Sollen wir tauschen?«

»Ja. So ist's besser. Jetzt habe ich eine Gefangene. Als hielte ich einen Vogel.«

»Oh, Sie!«

»Oh, was?«

»Sie sind mir ein komischer Junge.«

»Nenne mich John.«

»Komischer John.«

»Wie geht's deiner anderen Hand, der, die verletzt war?«

»Ist schon besser. Aber sie hat wehgetan.«

»Die arme Hand. Tut mir so leid.«

»Wirklich? Das war nett. Niemand sonst hat sich gekümmert.«

»Arme June. Aber war dein Vater nicht besorgt?«

»Nein. Niemals. Der denkt immer nur an sich.«

»Sollte er aber. Es war doch ...«

»Nein, nein, braucht er nicht, liegt nicht an ihm, er ist 'n Genie, müssen Sie wissen. Denkt große Gedanken, nicht wie Sie und ich. Über alles.«

(›Nicht wie Sie und ich‹!)

»Aber die arme Hand. Gib sie mir, June. Ah, jetzt hab' ich deine beiden Hände – so viel und doch so wenig.«

»Nein, nicht so drücken, Sie tun mir weh.«

»Wieviel würdest du mir von dir schenken?«

»Von mir? Wieso? Aber ich hab' nicht viel zu schenken! Doch, wenn Sie wollen, werd' ich Ihnen 'ne Brosche von meiner Mutter schenken. Sie ist zerbrochen und für mich nicht mehr zu gebrauchen. Die wird Sie an mich erinnern. Doch ich glaube, Sie erinnern sich nur schlecht, John.«

»Nur, wenn ich nichts zum Erinnern habe.«

»Was soll ich Ihnen denn geben?«

»Was dir am liebsten ist.«

»Und was werden Sie mir geben?«

»Einen Ring, und mehr, vielleicht.«

»Sie sind lieb, John.«

»Wieso auch nicht?«

»Nein, so was! Denken Sie etwa je an mich? Immer Sie, Sie und noch mal Sie.«

»Aber natürlich denk' ich an dich und viel mehr, als du glaubst. Du bist sogar in meinen Träumen.«

»John!«

»Ja, Liebe. Es ist wahr, auch wenn ich's dir noch nicht gesagt habe.«

»Wie wunderbar!«

»So ist's, und mehr als wunderbar.«

Er lachte, und es entstand eine Pause.

»Nein, es ist nicht bequem, wie Sie meine beiden Hände halten.«

»Also eine zurück, hier, hier.«

»John, die Sonne ist hervorgekommen, und die Abtei ist wie vergoldet.«

»Und die Bäume sind auch von ihr erfaßt, ja? Immer wenn die Sonne für einen Augenblick hervorkam, war das ein großes Ereignis für mich, und ich habe hier verzückt gesessen, aber wenn du meinst, all das ginge einen überhaupt nichts an, ist alles ein bißchen langweilig.«

»John, Sie sind ganz ähnlich wie Vater.«

»Ähnlich? Wieso?«

»Ich weiß nicht, aber Sie reden genauso.«

»Tu ich das? Oh, gut. Aber ich hatte hier immer solche Träume. Hast du nie geträumt, June – von den Dingen, meine ich?«

»Ja, manchmal vielleicht.«

»Und was machst du den ganzen Tag? Da ist doch Zeit zum Träumen.«

»Oh, es gibt so viel für mich zu tun. Aber ich träume auch.«

»Wovon?«

»Weiß ich nicht.«

»Und diese Stelle hier paßte zu meiner Stimmung. So eine Aussicht hilft einem, meinst du das auch?«

»Ja.«

»Endlich ein Ja. Meinst du es wirklich so?«

»Vermutlich. Wenn ich es so gesagt habe.«

»Du hast Angst vor deinen eigenen Gefühlen. Aber das gibt sich mit der Zeit. Bei mir voriges Jahr.«

»Und dann der Fluß. Manchmal sitze ich am Ufer und sehe ihn vorbeiziehen.«

»Ich weiß. Das liebe ich auch. Angelst du?«

»Nein, ich verstehe davon nichts.«

»Ich habe geangelt, aber jetzt nicht mehr.«

»Armer John.«

»Ich Armer. Aber ich bin kein Armer, wenn du nett bist.«

»Bin ich denn nicht nett?«

»Es geht.«

»Nein, so was! Nur: Es geht? Was wollen Sie denn noch mehr?«

»Viel mehr.«

»Sie sind mir einer. Aber es ist hübsch hier oben.«

»Mit dir. Sag ›mit dir‹.«

»Warum sollte ich? Nein.«

»Sag ›mit dir‹.«

»Nein – he! Was soll das? Wenn Sie so weitermachen, geh' ich heim.«

»Aber du hast nicht ›mit dir‹ gesagt.«

»Warum sollte ich?«

»Mir zu Gefallen.«

»Ich weiß nicht, ob ich das jetzt möchte.«

»Doch.«

»Ich seh' nicht, was das soll. Aber da Ihnen anscheinend so viel daran liegt, bitte – ›mit dir‹. Albern.«

»Jetzt bedeutet es nichts mehr. Schade. Du bist sehr grausam, June. Ich habe viel über grausame und über freundliche Ladys nachgedacht, wenn ich hier oben war, aber keine von denen war so wie du.«

»Grausame und freundliche? Wie meinen Sie das?«

»Solche, wie man sie immer im Film sieht. Dieser Anblick hat mich immer so romantisch gestimmt. Damals wollte ich in die Politik gehen.

Wenn man an all die hungernden Völker dachte, war das das einzig Richtige. Hier oben fühlte ich mich als Premierminister, sprach in Massenversammlungen und bekam donnernden Applaus. Einmal, in einer dieser Versammlungen, wurde eine Dame von meinen Worten so ergriffen, daß sie einen Ohnmachtsanfall bekam. Sie mußte hinausgetragen werden, und der dabei entstehende Tumult gab mir Gelegenheit, ein Glas Wasser zu trinken, was ich dringend nötig hatte. Das alles war sehr lebendig hier oben. Ich hatte eine Rolle im öffentlichen Leben zu spielen, und tat das mit höchster Brillanz. Jetzt ist alles anders.«

»Wie wundervoll wäre das!«

»Du weißt, wie ich's meine. Man denkt sich alles in großem Stil aus, nicht zu vergessen die kleinen Schmeicheleien, die dieser oder jener einem zuwirft und die einen beflügeln. Man hungerte ja förmlich danach. Das Komische an der Sache, wenn man blind wird, ist, daß das Leben genauso weiter geht. Nur die eine Hälfte ist wie abgehackt.«

»Wirklich?«

»Man sollte denken, das Leben würde haltmachen, nicht wahr? Aber es geht weiter und immer weiter, und das tut einem weh.«

»Mein Leben ist immer das gleiche.«

»Ja, ich war auf dem Gipfel meiner Publikumswirkung, und mit dem Ohnmachtsanfall war die Klimax erreicht; doch ich wiederhole mich. Ich werde dieses Gefühl nie wieder haben, nur so wenig bleibt mir zu wünschen.«

»Oh, John!«

»Aber es wäre so einsam gewesen ohne dich.«

»Wirklich?«

»Sag, daß du gern mit mir hier oben bist.«

»Sehr gern, solange es Ihnen Freude macht.«

»Mir Freude macht? Nur deshalb?«

(Wie sich das hinschleppte, so zäh.)

»Oh, prima. Ein lieber Junge.«

»Danke dir. Nun aber: Weißt du, was ich jetzt vorhabe? Schließlich braucht man ein Gegengewicht zu seinem Namen. Und ich werde zu schreiben anfangen, jawohl, schreiben. Bücher, June, solche erstaunlichen Geschichten, reich an Komplikationen. Geronnenes Leben, und ich werde es zergliedern, Stück für Stück analysieren. Ich werde ein großer Schriftsteller. Da bin ich ganz sicher.«

»Ja.«

»Das werde ich. Wofür sonst soll man leben? Schreiben bedeutet mir so viel, und es ist das einzige, wo die Blinden nicht im Nachteil sind. Denk nur an Milton.«

»Ach ja, Milton.«

»Ich muß mein Leben irgendwie rechtfertigen.«

»Komischer John.«

»Ja, äußerst komisch. Tappst im Dunkel herum und weißt doch über alles Bescheid. Ich kenne mich. Und ich werde es der Welt beweisen.«

»Ja.«

»Verstehst du mich?«

»Ja.«

»Weißt du, June, kein Mensch kümmert sich genug, um den Krieg und alles. Auch mein Blindwerden hat keinen gekümmert.«

»Ja.«

»Über diese Fragen will ich schreiben – keiner kümmert sich, und ich werde so unbekümmert sein wie jeder andere. Ich werde eines Tages ein großer Schriftsteller sein, und die Leute werden den berühmten blinden Mann sehen wollen, der ihnen in seinen Büchern die Augen leiht, die er selbst verloren hat, und ... «

Armer John, er hatte sich hinreißen lassen. Sie versteht nichts von dieser Literaturschwärmerei, und wie sollte das auch gehen, wenn man nicht einmal das Geschriebene sehen kann?

» ... aber ich langweile dich.«

»Nein, keineswegs, nur weiter.«

»Es wird langsam kalt hier draußen.«

»Oh, jetzt noch nicht nach Hause gehen.«

»Du bist also gern hier oben?«

»Ja.«

Warum hatte er ihr bloß von seiner Schriftstellerei gesprochen? Jetzt war alles verdorben. Und natürlich begriff sie nichts. Ein Jammer, daß sie so stupide war. Besser, sie gingen nach Hause.

»Aber du wirst dir eine Erkältung holen.«

»Warum sollte ich? Wir können uns gegenseitig warm halten.«

Und sie drängte sich enger an ihn und lachte dabei.

Vielleicht fand sie das »kuschelig«, dachte er. Es gab eine Pause.

»John«, sagte sie und zog an seinem Arm, »Sie sind ja so still.«

»Ich habe doch eben noch so viel geredet.«

»Wie meinen Sie das? Oh, John, werden Sie über mich schreiben?«

»Vielleicht.«

»Sich vorzustellen: Ich in einem Buch. Denken Sie nur.«

»Würdest du das gern wollen?«

»Natürlich würde ich. Vater schreibt auch Bücher, nur daß sie nie wirklich geschrieben werden.«

»Und, kommst du darin vor?«

»O nein, das sind nicht solche Bücher.«

»Was für Bücher sind es denn?«

»Ich weiß nicht. Aber er redet immer über sein Bücherschreiben.« Sie schwieg kurz. »John, würden Sie mich zu der machen, in die Ihr Held verliebt ist, würden Sie das? Und der Held wären Sie, nehme ich an?«

»Kann sein.«

»Das klingt nicht mehr munter, John, oder?«

»Nein, es ist kalt hier draußen.«

»Aber halte ich Sie nicht warm?«

»Ja, aber meine andere Seite ist so kalt.«

»Nun, dann gehen wir wohl besser heim.«

»Ja, ist vielleicht besser.«

Sie stehen auf. Er schwankt ein wenig, dann gehen sie Arm in Arm den Hügel hinab und durch den Wald.

»Achtung, John, da liegt ein Ast.«

»Danke. Wo? Ach hier. June, so traurig ist der Heimweg.«

»Ja, das ist er. Aber wir werden wieder ausgehen.«

»Bestimmt.«

SCHLUSS MACHEN

»Wie klein wir doch sind.«

»Wieso?«

»Es ist wohl nicht der richtige Moment für erhabene Gefühle, vielleicht hatten wir in letzter Zeit mehr als genug davon. Aber wir sind so klein im Vergleich zu den Bäumen. Götter kommen und gehen, aber Bäume bleiben. Mit klein meine ich nicht an Höhe. Aber ich finde sie so bedrückend, so schwer und ernst in ihren dicken grünen Mänteln oder im Winter so ausgefranst.«

»Da, jetzt hab' ich vergessen, die Hühner zu füttern.«

»Wir sind so unbedeutend, während in den Städten die Zeit auf gut geölten Rädern mit erschrekkender Wirkung dahinsaust. Das Triebwerk läuft immer weiter, aber es enthält kleine Partikel, die nicht hinein gehören. Schreiendes Unrecht.«

»Es gibt keine Gerechtigkeit.«

»Nein, es gibt keine.«

Weit unter ihnen im Ort fiel irgendeine Schranke mit gewaltigem Dröhnen zu, als ein flußauf kommender Schlepper mit lautem Pfeifen Einfahrt in die Schleuse verlangte, ein kreischender

Ton, der in den Bäumen nachzitterte. Vögel umkreisten sporadisch den Turm der Abtei. Es war windstill, und der Rauch von einer Kate stieg in den blauen Himmel empor, denn die Sonne schien noch. Gerade vor ihnen in der Wiese am Waldrand hockte mümmelnd ein Kaninchen, quicklebendig. Und sie saßen zusammen an einen Baum gelehnt, er mit schräg gelegtem Kopf, um keinen Laut zu verpassen, während sie träumerisch die Welt an sich vorüberziehen ließ.

»Ich hasse dieses leichte Leben, während sich tausend und abertausend da unten abplacken.«

»Ich finde das Leben nicht leicht.«

»Nein, ich auch nicht. Aber ich will etwas tun, auch wenn ich blind bin.«

Sie zupfte eine Haarsträhne von ihrem Gesicht und ordnete ihr billiges Halstuch neu.

»Das werden Sie bestimmt, John.«

»Meinst du das wirklich?«

Ein Stimmengewirr drang von der Schleuse herauf, wo die Lastkähne hineinmanövriert wurden. Hunde kläfften sich an, während die Männer umherrannten. Das Kaninchen setzte sich auf und spitzte die Ohren.

»John, dort drüben sitzt ein liebes Kaninchen«, und das Karnickel ergriff die Flucht.

»Oh?«

»Jetzt ist es weg.«

»Oh?«

Und wieder schwiegen sie. Auf der anderen Seite des Wäldchens war ein Mann beim Pflügen und schimpfte auf seine Pferde ein. Dann wieder Maschinengeratter, und die Schleusentore gingen ächzend zu.

»Warum so schweigsam heute, John?«

»Ich muß fort, ich muß weggehen.«

»Was meinen Sie, weg von hier?«

»Nein, in die Stadt.«

»Ja, ich weiß. Das will man manchmal. Ich auch. Minnie wird langsam lästig, er bringt das ganze Haus durcheinander, und Vater haßt Unordnung. Ich weiß wirklich nicht mehr weiter.«

»Wer ist Minnie?«

»Unser Kater.«

»Warum habt ihr ihm einen weiblichen Namen gegeben?«

»Weiß ich nicht. Vater nennt ihn immer so. Vater kann Katzen nicht leiden.«

Das hatte sie ihm schon früher erzählt.

»Vater ist zur Zeit sehr erregbar. Man weiß überhaupt nicht, was man machen soll. Es hier noch auszuhalten wird immer schwerer. Vater gibt so viel Geld für – für Kleinigkeiten aus, die wir nicht brauchen. Oft haben wir nicht genug zu essen und ...«

In der Ferne fauchte ein Zug wie ein Drache, und die Bäume ringsum reckten sich auf zu hohen Gestalten und dunklen Bildern. Eine klagende Stimme erhob sich, und er sah eine kleine Gestalt am Fuß einer Bildsäule, und sie stieß Verwünschungen gegen alles aus, was sie einengte.

» ... aber ihn kümmert das nicht, er denkt überhaupt nicht an mich, nur ich habe ständig an ihn zu denken, wie ich ihn am Leben und das Haus um ihn instand halte, damit er nicht hungern muß. Immer denke ich nur an ihn und er niemals an mich.«

»Arme June.«

»Ja, so ist es. Sie mit Ihrem leichten Leben da unten wissen gar nicht, wie das ist. Es kommt vor, daß man seines Lebens nicht sicher ist, wenn er seinen Anfall kriegt, so gefährlich ist er.«

»June, er greift dich doch nicht an?«

»Angreifen? Wenn Sie meinen – die Beulen an meinem Arm sähen, Sie würden es einfach nicht glauben. Er wurde dazu gebracht, daß es soweit mit ihm kam.«

»Ich muß wirklich fort von hier.«

»Es war nicht seine Schuld.«

»Wir sollten alle für eine Weile fortgehen. Das Landleben ist Gift für uns, June. Jedes Lächeln, das einem begegnet, und jede Freundlichkeit, die einem anfangs wohltut, ist hinterhältig und grausam. Wir wollen fort.«

»Sie haben ihn dazu gebracht.«

»In den Städten ist alles so anders. Da ist soviel mehr, worum es geht.«

»Aber ich will nicht mehr so weitermachen. Wie es jetzt ist, das reicht mir.«

»Tut mir so leid.«

»Oh, es geht schon. Ist ja nur wegen Vaters Zustand, sonst ginge es. Es ist eben jetzt schlimmer mit ihm als sonst, und er will sich überhaupt nicht helfen lassen.«

»Wir werden auf dem Land nie etwas Vernünftiges fertigbringen. Wozu also noch hierbleiben? Ich sollte fort von hier.«

»Aber, wie könnten wir?«

Wir? So was Ungeschicktes!

»Ich werde hier nie eine Zeile schreiben können. Es ist nichts damit, man kann's nicht.«

»Nein, das glaube ich nicht.«

»Passiert denn je etwas auf dem Lande?«

»Nun, ich finde nicht, daß Sie sich darüber zu beklagen hätten, Sie Ärmster.«

»Was? Du meinst, daß ich blind geworden bin? Ja, das hatte ich vergessen. Doch abgesehen davon hat sich hier nichts getan. Manchmal sehe ich einen Tümpel inmitten der Bäume, deren Zweige sich in dem stehenden Gewässer spiegeln. Nichts bewegt sich. Da ist nur der Tümpel, Tag und Nacht, und die Bäume blicken auf ihn herab. In langen Abständen kräuselt sich das Wasser und glättet sich dann wieder. Und die Bäume blicken darauf herab wie zuvor.«

»Komischer John.«

»Vielleicht bin ich komisch, aber so ist's auf dem Land.«

»Wissen Sie denn, wie ich da lebe in dem Haus, wo ich ständig aufwischen muß, und nicht eine Seele, die mir hilft, wissen Sie, und mit einem Mann, der mit allem um sich schmeißt, und die Hühner füttern und Essen kochen?«

»Es gäbe fertige Mahlzeiten und Putzkolonnen in den Städten.«

»Oh, ich weiß, aber wir könnten es gut haben mit Tanzen und hübsch angezogen und so weiter.«

»Oh ja, das könnten wir.«

Wie anders war das gegenüber dem ersten Mal, als er da oben mit ihr gesessen hatte. Nur zwei Wochen, und so vieles war anders geworden.

»Sie werden mich mitnehmen, nicht wahr, lieber John?«

»Ja.«

Für diesmal mochte das hingehen.

»Aber ich kann Vater nicht allein lassen.«

»Du hast doch gesagt, du wolltest weg.«

»Ich wollte nur sehen, ob Sie es ehrlich meinen. Und warum sollte ich mich nicht vergewissern?«

»Du willst also nicht mit mir gehen?«

»Doch. Aber ich kann Vater nicht verlassen, er wäre ohne mich zu allem möglichen imstande. Armer Vater, er ist hilflos, müssen Sie wissen. Er braucht jemand, der nach ihm sieht. Und Sie wären ja ohnehin weggegangen.«

»June, warum sagst du so was?«

»So machen es alle. Ich habe da eine Geschichte gelesen, ›Die Liebe von White Hope‹. Da verläßt der junge Mann sein Mädchen, dem er die Ehe versprochen hatte, und sie beging Selbstmord, was dumm von ihr war, und er war so traurig, daß er nur noch Wasser trank oder etwas, ich hab's vergessen, was noch dümmer war. Ja, das war's, er hatte früh zu trinken angefangen, und danach gab er das auf. Er war reizend als junger Mann. Sie würden mich niemals mitnehmen.«

»Aber ich habe dich doch gebeten mitzukommen.«

»Haben Sie das?«

»Ich sagte, du könntest mitkommen.«

»Aber Sie meinten es nicht wirklich.«

»Doch, ich meinte es.«

»Ich weiß, es war nicht so gemeint.«

»Warum kommst du nicht trotzdem mit? Kann sein, daß es nicht für lange ist.«

»Sollte ich?«

Irgendwo muhte eine Kuh. Er stellte sie sich vor, mit vorgerecktem Hals und halb offenem Maul, als wollte sie kotzen. Idiotisch, diese Kühe.

»Nein, ich kann Vater nicht allein lassen.«

»Nun sage also nicht, daß ich dich nicht gebeten habe.«

»Aber Sie meinten es nicht wirklich.«

Von Ferne antwortete eine andere Kuh, und über die Hecken und Wiesen hinweg verständigten sich die beiden über ihr Mißgeschick. Die Hekken würden in dieser Jahreszeit bald schwarz sein und die Bäume nackt. Die Pflugschar sinnlos, alles schleppte sich so hin.

»Ich mach' Ihnen keinen Vorwurf. Sie gehören nicht zu denen, die aufs Bleiben angelegt sind; Leute Ihres Schlages können alles, was sie nicht mögen, von sich abtun, wie Vater sagt.«

»June, komm mit.«

»Nein.«

»Dann weiß ich nicht, worüber du dich bei mir beklagen kannst.«

»Armer John.«

»Ist ja nicht, als wenn du ein Kind oder so was bekämst.«

»Reden Sie nicht so.«

»Also stimmt's?«

»Sie verstehen nichts.«

Es entstand eine lange Pause.

»Ah, mal wieder in einer Stadt zu sein, eine Drehorgel zu hören oder so, von der andren Straßenseite durch den Verkehrslärm hindurch! Und das ganze Gedränge, und die Tausende von Menschen. Ich gäbe alles darum, dort zu sein und eben nur zu hören, was sich da alles tut, während hier...«

»Ich könnte jetzt Vater nicht allein lassen, oder etwa doch?«

»Nein, eher nicht. Ich finde es wirklich edelmütig von dir, es bei ihm auszuhalten. Im Ernst.«

»Edelmütig? Davon versteh' ich nichts.«

»Nun, ich meine, wenn er dich angreift. Und sehr viel hat er ja nicht für dich getan.«

»Das ist nicht seine Schuld – übrigens, ich mag nicht, daß Sie so über ihn reden. Jedenfalls hätte ich nicht hier sein können, wenn er nicht gewesen wäre.«

»Tut mir leid. So hatte ich's nicht gemeint. Natürlich gibt es genug, wofür ich ihm dankbar sein muß.«

»Warum, wie meinen Sie das?«

»Dafür, daß du hier bei mir bist.«

»Nett von Ihnen, John.«

Warum hatte er nur ein solches Kompliment gemacht? Und warum genoß sie das so?

»Was willst du also machen, June?«

»Ich weiß nicht.«

Immer wußte sie nicht, vielleicht war es so am besten. Aber ihm ging es allmählich ebenso.

»Also, vergiß nicht, wenn du je hier weg willst, komm nach London und wohne da bei uns. Wir haben noch nichts festgemacht wegen London, das heißt, ich habe noch nicht mal mit Mama über die Sache gesprochen, aber ich muß hier weg, und am Ende wird auch sie und werde ich gehen. Also kommst du einfach, wenn du willst.«

»Ich will. Und darf ich Vater mitbringen?«

»Aber – aber natürlich, wenn du meinst, er braucht es.«

»Ich kenne Sie. Und was stimmt nicht mit Vater? Niemand braucht sich seiner zu schämen. Glauben Sie, ich merkte nicht, wie die Leute auf der Straße uns schneiden, als wären wir gar nicht da? Es ist nicht seine Schuld, so zu sein, wie er ist. Er wurde dazu gebracht, auch von Ihrer Clique.«

»June, was soll das heißen?«

»Die fanden immer was an ihm – glauben Sie, ich wüßte nicht, wie das ging? – Immer an ihm herumnörgeln, bis sein Leben nicht mehr ihm allein gehörte, sondern jedem beliebigen, wie sie dachten, und sie kreideten Mutter ihre Liebschaft mit dem Briefträger an, natürlich war das nicht recht von ihr, aber warum sollte sie nicht, und dann sagten sie, er täte nicht seine Pflicht in der Pfarre, wo er doch mehr wert war als die ganze Gesellschaft zusammen.«

»Aber, June ... «

»Oh, ich mache Ihnen keinen Vorwurf, keine Angst, aber Leute Ihres Schlages haben ihn dazu gebracht, es ... «

Diese Szenen. Schließlich, der unglückselige Flirt mit dem Briefträger, eine peinliche Geschichte. Und jetzt steckte der Mann so tief in seinem Whisky oder was immer er trank, daß sein Fall in aller Munde war. Schon allein deswegen sollte man gut zu ihm sein. Aber auch Mama hatte auf ihre Art recht, es war unwürdig. Und traurig obendrein.

»... armer, armer Vater.«

»Ja, June, es tut mir so leid.«

»Doch nicht wirklich.«

Nach einer Weile sagte er: »Ich glaube manchmal, daß Leiden sein Gutes hat, meinst du nicht?«

Stimmte das? Er war sich nicht sicher. Auf jeden Fall war es ein Trost im Blindsein. Sie begann von neuem:

»Doch warum war mir nicht erlaubt, mich hübsch anzuziehen im Pfarrhaus und tanzen zu gehen und mich zu amüsieren? Warum muß ich den ganzen Tag die Dielen schrubben und Essen kochen und das Haus besorgen, ohne ein Wort des Dankes? Das ist nicht fair.«

»Aber du und ich, wir können doch noch glücklich sein ... «

»Glücklich? Sie ... «

Sein Gesicht, dieses gräßlich entstellte Gesicht. Er wußte nicht, was für Narben er hatte, der Ärmste. Man konnte nicht mit ihm reden übers Blindsein und alles.

»... aber doch nicht glücklich, John.«

»Ich kann es nicht ausdrücken. Und ich verstehe nicht, wie du dein Leben erträgst, ohne es schön zu finden, daß es so ist.«

»Es ertragen? Wieso, es geht eben weiter. Oh, John, Sie werden mich mitnehmen, nicht wahr?«

»Und was wird dann mit Mr. Entwhistle?«

»Ich kann Vater nicht allein lassen.«

»Möchte er denn in die Stadt ziehen?«

»Nein, er sagt, das hieße weglaufen, obwohl ich nicht weiß wovor.«

»Du könntest ihn nicht verlassen, June.«

»Nein.«

»Aber du wirst es eines Tages.«

»Wie meinen Sie das? Wenn er stirbt? O nein, er darf nicht sterben.«

»Ich wünschte, du würdest Leiden so sehen.«

Was gab es, das man ihr sagen konnte? In ihrer Lage, wenn man daraus keine große Sache machte, war das Mißgeschick an sich nicht so wichtig, so ging es nun mal zu in der Welt. Wenn sie zu beschränkt war, das zu sehen, so täte sie besser daran, auszugehen und sich hin und wieder zu vergnügen, wenn sie nicht anders konnte. Nach London, falls sie überhaupt hinführen, konnte sie nicht mitkommen, denn sie würde dort nur unglücklich sein. Er würde sie nie seinen Freunden vorstellen können, und wenn er ihr Bildung beibrächte, würde sie nur äußerlich dazugehören. Das Beste an ihr war ihre zupackende Art, und die würde sie bald verlieren. Und dazu noch die Schmach und Schande zu Haus, dieser Mann, der in jeder Beziehung verrückt war, fast ein Idiot. Man konnte sie in dieser Verfassung nicht bei ihm zurücklassen. Das würde nichts helfen. Und was sollte sie machen, wenn der alte Mann stürbe? – Dabei war er noch gar nicht alt, sondern jung und übermütig. Vielleicht sollte sie irgendeinen Handelsreisenden heiraten. Er würde darüber mit Mama sprechen. Oh, er war müde, so müde.

In der Ferne war irgendein Lärm.

»June, was war das?«

»Da ist 'n Fußballspiel auf dem Sportplatz. Norbury gegen Daunton, hat Mrs. Donner mir gesagt. Sie hat einen Sohn in der Mannschaft, er soll fabelhaft sein.«

»Das muß ein Tor gewesen sein. Oder ein Foul.«

»Oh, John, Sie dürfen nicht weggehen.«

»Weg? Wohin?«

»Nun, nach London, denk' ich. Und was mach' ich?«

Ein mächtiges Gebrüll kam gedämpft von der anderen Seite des Flusses, wilde Anfeuerungsrufe von neuem Lärm überdeckt, dann ein schriller Pfiff und Stille.

»Es nützt nichts, June, ich muß weg. Und der Juni muß auch vergehen, wenn dein Name das bedeutet. Denk an den August und wie schön er sein wird. Der kommt bestimmt eines Tages.«

»So?«

»Sieh mal, du kannst deinen Vater nicht allein lassen; was sollte mit ihm werden? Es ist deine Pflicht, ihm beizustehen. Und überhaupt am besten so.«

Wie gräßlich, diese guten Ratschläge. Aber sie mußte weiter hier bleiben; in jeder Beziehung war es so am besten für sie. Und wenn der alte Mann starb, würde er sehen, was man für sie tun könnte. Ja, das würde er.

»Wir werden uns schreiben, June, und morgen sieht alles schon besser aus.«

»Nein, gar nicht.«

»Doch, es wird. Arme June. Aber denk, auf jeden Fall haben wir es schön gehabt, du und ich, oder etwa nicht? Wenigstens etwas Schönes, an das wir zurückdenken können, stimmt's nicht?«

»Nicht weggehen, nicht weg.«

Gott, sie weinte. Das entschied alles, er konnte nicht fort. Arme June, und wie gemein war er!

»Also gut, June, ich geh' nicht. Abgemacht, June, ich geh' nicht weg. Ich werde nicht gehen, June, alles wieder gut?«

»Mir ist so elend.«

»Aber ich geh' ja nicht.«

»Das (Schluchzer) meine ich nicht.«

»Freust du dich nicht, daß ich nicht weggehe?«

»Nein. Doch.«

»Was also?«

Warum redete man immer so kindisch mit einer, die weinte?

»Also, June, geht's jetzt besser?«

»Ja. (Schluchzer) Die Küken werden Hunger haben. (Schluchzer) Ich geh' besser heim.«

»Oh, du darfst noch nicht gehen, June, ich liebe dich ja so.«

»Lieben mich?« (schluchzt)

»Ja, ich ... «

»Aber, John, ich glaube, es ist besser, Sie gehen nach London, wirklich. Dort ist es besser für Sie. Ich habe nur geweint wegen allem. Es geht schon wieder... «

Was meinte sie damit? Was ging in ihr vor?

» ... und ich muß Vater helfen mit seinem Buch, seinem wundervollen Buch, das nächstes Jahr erscheint, hoffentlich. Und Sie werden nach London gehen und tun da, was immer Sie wollen, ganz gewiß. Ich glaube, eines Tages werden Sie ein großer Mann sein. Ach, ich muß die Hühner füttern und nach Eiern sehen fürs Abendessen. Soll ich Sie zurückbegleiten, oder finden Sie sich allein zurecht? Ich muß mich beeilen.«

»Nein, ich finde schon allein nach Hause auf den Wegen. Aber, June, geh nicht so einfach. Was soll das – ich meine, wie wirst du... ?«

»Oh, Sie gehen nach London. Vater und ich müssen das Buch schaffen. Er wird Ihnen zeigen, wie falsch alles ist, was Sie machen. Leben Sie wohl, John.«

»Leb wohl, Joan.«

Wieder kam wüstes Geschrei von der Menge auf dem Fußballplatz. Und eintöniges Hundegebell die ganze Zeit.

»Aber, June!« Er schrie in den Wald. »June, was tust du – June, ich – June ...«

Doch es kam keine Antwort, und er tastete sich weiter auf seinem Weg. Wie seltsam alles war, was konnte sie gemeint haben? Der Kopf schwirrte einem, man wußte nicht mehr, was man denken sollte.

Er fühlte sich krank.

Schwere Wolkenbrüche lasteten auf dem Haus. Im Garten ragte ein schwarzes Gewirr von Ästen mit losen Zweigen, und an den Zweigen leuchteten Halsketten aus Regentropfen in dem ungewissen Licht. Über dem Fluß in dem schwarz aufsteigenden Gehölz zeigten sich hie und da zaghafte Durchblicke wie blaue Farbtupfer. Der Rasen war vollgesogen und zu einer breiigen Masse aufgeweicht. Doch über allem lag eine vom Regen glitzernde Morgenfrische, als wären die Bäume, das Haus und der Himmel reingewaschen und als würde mit diesem Tag eine neue Seite aufgeschlagen, so still war es.

Sie kam von oben herunter, wobei sie auf der neuen schadhaften Stufe innehielt, ein Lied auf den Lippen, und trat in die Küche. Der Raum in dem feuchten grauen Morgenlicht wirkte anheimelnd. Sie war glücklich und wollte sich schon daran machen, den Boden aufzuwischen. Vater ging es in letzter Zeit besser, seine Schmerzen waren weg, und vielleicht hatte er weniger getrunken. Wie würde er heute sein? Der viele Gin bekam ihm nicht, aber er konnte nicht dagegen an. Sie war schläfrig, auch jetzt noch. Sie hatte wunderbar geträumt von einem jungen Mann mit blauen Augen, der in sie verliebt war. Armer John. Aber der Staub hier drinnen. Sie ging an den Schrank unter der Treppe und holte den Besen.

Der Besen wirbelte eine Staubwolke auf mit Streichhölzern, zerknülltem Papier und trockenem Dreck, alles zusammen. Sie summte zufrieden und dachte an ihren armen John. Ihr armer John, der keine Augen mehr hatte. Blindheit mußte fürchterlich sein, wenn es einen traf, und er war so tapfer dabei, tat immer so, als wäre das nichts. Schon deshalb mußte man ihn gern haben. So ein wunderbarer Morgen, und auch er war wunderbar. Er war aus gutem Haus, wie sie natürlich auch, aber bei ihm zählte nur die Geburt; übrigens hatte er sie nie als unter seinem Stande behandelt, sondern ganz wie seinesgleichen. Aber es konnte nicht weitergehen mit ihm. Nicht, als wären die Zeiten mit allem, was sie selbst bedrückte, nicht schon schwer genug, als daß sie obendrein sein Leid hätte mittragen können. Immerhin, mit ihm wegzuziehen wäre ein Pluspunkt gegenüber Mrs. Donner gewesen. Und was wäre dann mit Vater geworden? Er war in letzter Zeit soviel besser, ganz anders als früher. Wo war Minnie? Und sie stieß den Kehricht so heftig zur Tür hinaus, daß er in einer Wolke aufstob, ehe er sich auf dem verschlammten Gras niederließ, mit den Papierknäueln und Streichhölzern, die auf diese Weise zum erstenmal an die frische Luft kamen.

Doch George mußte man ernst nehmen. Wie nur diese Kühe immer fraßen, den ganzen Tag, und wenn sie nicht fraßen, waren sie beim Wiederkäuen. Und George war letzthin sehr nett gewesen. Er hatte sogar etwas gesagt, sehr bestimmt und fast grob, und sie hatte es mit einer Grobheit erwidert. Immerhin, es war ein Anfang. Komisch, dieser George, er war so kraftvoll, seine Hände sahen aus, als könnten sie bös' zupacken, nicht wie John mit diesem gräßlichen Gesicht, das von den Narben entstellt war; man bekam richtig Angst vor ihm. Er war gescheit, das schon, aber mit denen war meist nicht viel los. Während George mit seinen Händen alles richtig anpacken konnte. Die Buche sah an diesem Morgen besonders groß und stark aus, mit ihrem von der Nässe gefleckten Stamm. Ach, die Hühner mußten gefüttert werden. Und Rosen am Weg, lauter Rosen.

Sie holte Kornfutter aus einem Schrank in der Küche, sie ging zum Hühnerstall und ließ die Küken raus. Der Hahn war ruhig und würdevoll am Morgen, fast etwas verschlafen. Aber sobald er draußen war, forderte er die Welt heraus und wetzte die Krallen an einem Stein. Die Hennen trippelten unruhig herum. Als June das Kornfutter streute, stürzten sie sich auf jede Handvoll, während der Hahn in jeder Freßpause wieder Haltung annahm. Sie lachte wie jedesmal über die Hühner, rief ›gluck, gluck‹, und die Hühner gluckten heiser zurück.

Sie schlenderte weiter und sah zu den Bäumen am Fluß hinüber. Gestern war ein neuer Mann mit dem Milchwagen gekommen, das war aufregend. Er hatte sie reizend angelächelt, als sie am Gatter lehnte. Er würde wieder vorbeikommen, gegen halb drei, sie würde da sein. Vielleicht kam er für immer und hatte die Stelle des anderen mit dem durchtriebenen Gesicht eingenommen. Jener andere hatte zweierlei Leben geführt. Aber der neue Mann war ein Traum, mit seinem hübschen Haar und den tanzenden blauen Augen. Es gefiel ihr, jemand Neues zu haben. So vieles wirkte heute wie neu.

Komisch, wie man manchmal plötzlich alles anders sah. Die Hühner sahen aus wie der alte Colonel, der Vater immer mit ›Padre‹ anredete. Die waren gut aus allem raus. Es war Johns Leben und wahrlich für ihn schwer genug. Drei Wochen und nicht ein Wort von ihm, aber so war er eben. Vielleicht kämen drei Briefe kurz hintereinander, jede Woche einer, so launisch war er. Nett, wie der Wind einem den Schlaf aus den Augen blies.

Vaters Stimme vom Fenster her: »Frühstück fertig?«

»In einer Minute.«

»Oh, schon recht. Übereil dich nicht.«

»Tu ich auch nicht.«

Warum war sie so glücklich heute? Und er war es auch, man hörte es an seiner Stimme, so klang sie nur, wenn er mit allem zufrieden war. Sie drückte zärtlich ihre Arme. So ein Gauner. Aber wo war Minnie?

Sie rief: »Minnie. Minnie.«

Gleich würde ihr Kater auftauchen. Immer erschien er sozusagen aus dem Nichts. Man guckte hin, und da war er und rieb seinen Rücken an deinem Bein, ganz verstohlen.

Sie wandte sich und ging ins Haus zurück. Da kam Vater herunter.

»Frühstück ist noch nicht. Ich hatte keine Zeit.«

»Macht nichts, gehen wir ein bißchen raus. So schön dieser Morgen, wirklich.«

Sie gingen schweigend auf dem von Unkraut bedeckten Weg. Der triefend nasse Untergrund schimmerte durch. Ein Spatz tschilpte. Und da plötzlich war auch Minnie.

»Oh, Minnie.«

»Also kommt sie doch noch. Sie ist mir heute nicht so verhaßt wie sonst. Puss, Puss.«

Liebling Minnie, so weich und glatt, und dieser fast erschreckte Blick auf Vater, ihn aus kalten Augen beobachtend. Ein Gespinst aus Nässe haftete an seinem Fell und sah aus wie Perlen auf schwarzem Samt.

»Minnie.«

Und er hob eine Pfote.

»Macht nichts. Laß sie nur. Wir haben sie bei ihrer Jagd gestört. Sie ist nur aufs Töten aus. Komm weiter.«

Ein gutes Zeichen, wenn Vater bei Minnies Anblick keine Szene machte. Sein Kopf war stärker gerötet als sonst.

»Was ist mit diesem Haye?«

»Oh, wir haben Abschied genommen.«

Abschied – das klang so beruhigend, und so war es auch gewesen. Sie hatten einfach »Leb wohl« gesagt.

»Gut so.«

»Aber er war sehr nett.«

»Ich halte nicht viel von dieser Familie.«

Sie gingen weiter, immer rund um den alten Rasen. Sie zitterte innerlich.

»Woher hast du es gewußt, Vater?«

»Mrs. Haye hat mir geschrieben.«

»Geschrieben? Was denn?«

»Daß du mit ihm ausgingst. Dabei ging es sie doch gar nichts an, was du machtest.«

»Sie hat dir also geschrieben?«

»Hol sie alle der Teufel. Aber du hättest gut getan, ihn zu heiraten. Da steckte Geld.«

»Ich konnte dich doch nicht allein lassen.«

»Sehr edel von dir.«

Eine Art von Klarheit kam über sie, sie sah ihren Weg. Sie fühlte sich so glücklich wie seit langem nicht... Sie wollte seinen Arm nehmen, aber das schien zu unbequem für ihn, so daß sie es wieder ließ.

»Was willst du machen, was meinst du?«

»Hier bleiben.«

»Aber das geht doch nicht für immer. Besser, du gehst.«

»Wohin denn?«

»Du wirst doch eines Tages heiraten.«

»Nein, ich werde bei dir bleiben.«

Er drückte ihren Arm. Diesmal erwiderte sie das nicht, er war so scheu.

»Und du hast noch dein Buch zu schreiben.«

»Ja, mein Buch.«

Es gab eine Pause, und dann fuhr er fort: »Ich sag' dir was, ich werde den Auslauf für die Hennen richten, aber wir haben keinen Hühnerdraht, und der kostet so viel. Ach ja.«

»Die haben's gut genug so wie jetzt.«

»Ich muß wieder rein und irgendwas trinken.«

»Warum läßt du das nicht für eine Weile?«

»O nein, kann ich nicht, tut einem doch gut, weißt du.«

»Dann werde ich Frühstück machen.«

Er ging durch die Küche und auf sein Zimmer, während sie sich daran machte, alles fürs Frühstück hinzustellen. Ein Schein von Wintersonne lag auf dem Fußboden und über der Fensterbank. Sie tauchte ihre Füße hinein, und es stieg ihr bis zu den Knien. In einer Hand hatte sie den Teepott und in der anderen einen Laib Brot. Aus dem Nachbarzimmer hörte man, wie eine Flasche entkorkt wurde, was sie angenehm erschauern ließ. Es wurde fast gemütlich, wenn er seinen Drink nahm. Dennoch, es war schlecht für ihn. Sie wandte sich um und stellte die Sachen auf den Tisch, dann ging sie an den Schrank.

Ein Hüsteln drang aus dem Zimmer. Dann öffnete sich die Tür, und er kam herein, eine leichte Röte auf dem Gesicht, und ging zur anderen Tür hinaus. Von draußen rief er durchs Fenster: »Ein herrlicher Tag heute.«

Und wirklich, hier und da blauer Himmel. Oh, es klärte sich auf. War genug Milch da? Ja, gerade noch. Immerhin würde er nicht böse werden, vorläufig nicht. Heiraten? Wen gab es denn zu heiraten? Niemand, soweit sie sah. Entweder waren sie alle zu schwierig oder zu leichtfertig. Mit George ginge es allenfalls. Wenn sie nicht einen hatte, um an ihn zu denken, wäre sie längst verrückt geworden. Der Neue auf dem Milchwagen sah prima aus. Aber sie mußte bei Vater bleiben, so war es bequemer. Warum überhaupt heiraten? Schließlich würde sich schon alles finden.

Mrs. Donner hatte gesagt, gestern bei dem Sturm wäre ein Baum über die Straße gestürzt, so daß Mrs. Haye nicht nach Barwood konnte, ohne nasse Füße zu bekommen, und das war nur recht so. Was fiel der nur ein, an Vater zu schreiben? Jetzt würde sie schon gern John heiraten, nur um die zu ärgern. Sie goß Milch aus der Kanne in den Teepott und spülte dann die Teller von gestern. Vater liebte es nicht, von schmutzigen Tellern zu essen, und das war ja auch nicht appetitlich. Sie würde dieses Wasser, in dem sie alles abwusch, wegschütten müssen, es war so fettig, daß es nicht mehr zu gebrauchen war, und es roch übel. Vielleicht könnten sie sich auch einen dieser Heringe aus der Dose leisten. Einmal hatten sie zuviel davon gegessen, aber er war trotzdem gut.

So wie heute war er lange nicht mehr am Morgen gewesen. So gesprächig, und hatte sich nicht wegen des Frühstücks beklagt. Ja, sie würde hier bleiben und ihm helfen, er brauchte sie, und wieviel besser er schon jetzt aussah. Und was würden sie weiter machen? Wie sollte man das wissen. Nicht, als könnte er wieder eine Stellung finden. Aber irgendeinen Job, ganz gewiß. Sie stellte die sauberen Teller und die Butter hin. War da eine Maus oder so was dran gewesen? Teuflisch, diese Schädlinge. Sie gingen an alles und fraßen, was ihnen vor die Nase kam, und man konnte nichts gegen sie tun, es waren zu viele. Sie stellte die Heringsdose mit dem Öffner hin und blickte zufrieden über den Tisch. Sie rief: »Vater, Frühstück ist fertig.«

Er kam gemächlich herein und setzte sich hin.

»Ich bin so träge.«

»Ich auch«, sagte sie.

Mrs. Haye saß in einem Sessel in ihrem Wohnzimmer und las in einem Band Erinnerungen, den irgendein Jagdgast zurückgelassen hatte. Vom Kamin blickte *Greylock* auf sie herab, während auf dem Schreibtisch ein Huf von *Chorknabe* zu sehen war, und überall an den Wänden hingen sportliche Öldrucke mit Reitern und Pferden. Doch sonst waren ringsum massenhaft Blumen, deren Duft die Luft schwer machte, denn ihre einzige Marotte war ihr Treibhaus, und Weston verstand sich auf Blumen. Das Buch war sehr interessant. Sie hatte nie gewußt, daß *Bolton* im Jahr 1908 Staupe und 1909 die Räude gehabt hatte, eine schlimme Sache, und die Meute war praktisch lahmgelegt. Dann weiter, daß im Jahr '13 Johnson, der auf Jagden so fabelhaft mit den Hunden war, sich den Arm gebrochen hatte und buchstäblich am Tage darauf sein erster Pikör, der jetzt bei der Aston im Dienst war, den Oberschenkel. Ein Unglück für die Meute, die dann zwei Jahre lang Maul- und Klauenseuche gehabt hatte. Ihre eigene Meute war in einem kläglichen Zustand, natürlich durch die Schuld des jungen Beamish; niemand wußte, warum man den Job nicht einem erfahreneren Mann gegeben hatte, aber das wäre teurer gekommen. Auch würde sie ihren Reitknecht Harry entlassen müssen; er trank, ganz ohne Zweifel, man brauchte ihn nur zu riechen. Was sollte man machen?

Mabel würde gleich da sein,und dann könnten sie alles lang und breit besprechen.

Wie dunkel es schon wurde. Sie legte das Buch beiseite und zog die Klingel. Diese Affäre zwischen Herbert und Mrs. Lane wurde allmählich ein richtiges Ärgernis. Das ging so den ganzen Tag, und erst gestern hatte sie die beiden im Küchengarten schmusen sehen. Und die Küche litt natürlich darunter, das Beefsteak vor drei Tagen war fast roh gewesen, und jetzt gab es anscheinend nur noch Gemüse zu essen. John hatte sich darüber beklagt. Er hatte nämlich wieder Appetit, und das war fabelhaft. Wo blieb nur William? Sie und Mabel konnten wirklich alles durchsprechen, und sie wußte, daß Mabel ihr zustimmen würde. Ah, endlich.

»William, bringen Sie bitte die Lampe.«

Der Gute war letzthin sichtlich gealtert. Alle wurden sie älter, und seit Jennings' Hinscheiden war alles noch trauriger. Auch Pinch hörte auf, und der Garten war ohne ihn nicht mehr wie früher. Aber er war gut untergebracht und hatte die Ruhe verdient.

Mit Annie stimmte irgendwas nicht, vielleicht würde sie wirklich verrückt und müßte in ein Heim geschickt werden, aber als sie gestern bei dem Müllhaufen mit solch einem Leuchten in den Augen zu ihr gesagt hatte: »Da werden bald neue Blätter sprießen«, das war wirklich verrückt. Was meinte sie damit, es war noch nicht mal März? Warum gab es in einem Dorf immer Verrückte? Und man konnte nichts für sie tun, das machte es so schlimm.

Da wurden die Lampen gebracht. Entsetzlich, wie manche Leute auf elektrisches Licht aus waren, Petroleum war soviel angenehmer. Sie hatten immer Petroleum gehabt, und dabei würde es bleiben. Elektrisches Licht war so hart und grell und schlecht für die Augen.

»William, Mrs. Palmer kommt heute zum Tee.«

Sie verspätete sich, und das war unrecht von Mabel, die doch wußte, wie sehr es sie verstimmte, warten zu müssen. Sie hätte sich vom Dorf nach Hause gar nicht so zu beeilen brauchen. Dieses Dach von Mrs. Cross' Haus müßte nachgesehen werden, es war in einem schlimmen Zustand, das hätte man ihr schon früher sagen müssen. Ob die Nachbarn sich beunruhigen würden? Das war noch längst nicht ausgemacht.

Sie fand heute keine Ruhe, hatte sich mit nichts richtig befassen können, diese Sache lag ihr so auf der Seele. Die Haushaltsabrechnungen mußten geprüft werden, sie war schon im Verzug damit, und die würden gerade in diesem Monat interessant sein. Mrs. Lane hatte gewiß verschwenderisch gewirtschaftet, die Sache mit Herbert mußte sie leichtsinnig gemacht haben.

Das hier aufzugeben würde viel Steuern sparen, aber es wäre aus mit der Blumenpracht und mit den Pferden. So viel Eigenes würde damit zugrunde gehen. Mabel verspätete sich, immer noch.

Ein Motor. Ah, der Cadillac. Wirklich nicht nett von ihr, wo sie doch überhaupt nichts zu tun hatte. Immerhin, jetzt könnten sie endlich zur Sache kommen.

Die Tür öffnete sich.

»Mrs. Palmer.«

»Meine liebe Emily. Tut mir ja so leid, daß ich mich verspätet habe, aber der Cadillac hat auf der Fahrt hierher gestreikt, so unartig von ihm. Wie geht es dir?«

Sie küßten sich flüchtig.

»Ich habe mir bei den Owens einen gräßlichen Schnupfen geholt, den ich gerade erst losgeworden bin. Meine Liebe, diese Langweiler! Nichts als Zugluft in dem Haus, du kennst das ja. Sie könnten wenigstens erlauben, daß man mal ein Fenster zumacht, findest zu nicht? Emily, so schön, dich zu sehen. Wir sind uns die ganze Woche nicht begegnet.«

»Ehrlich, Mabel, ich bin die ganze Woche nicht herausgekommen. Die Sorge fürs Dorf und noch dies und das. Ich habe keinen Augenblick für mich gehabt. Und mir war so nach einem Gespräch ...«

Die Tür öffnete sich. John kam herein.

»Wer ist da?«

»Mabel, John.«

»Wie geht's Ihnen, John?«

»Oh, Sie sind es? Danke, ganz gut. Und Ihnen?«

»Nun, du weißt ja, mein Lieber, wie das ist. Ein Ärger nach dem anderen. Erst eben auf dem Weg hierher war irgendwas mit dem Motor, so ärgerlich. Wir warteten stundenlang, während Jenkins herauszufinden suchte, woran es lag. Und während wir noch da standen, mein Lieber, wer raste da in erschreckendem Tempo vorbei?« Pause. »Natürlich der junge Vincent auf seinem Motorrad.«

»Fuhr er schnell?«

»Er schoß nur so dahin, ich hab' so was noch nie im Leben gesehen.«

»John, würdest du so nett sein, Mabel und mich mal kurze Zeit allein zu lassen? Wir wollen etwas besprechen.«

»Dann seh' ich Sie beim Tee, Mrs. Palmer.« Die Tür schloß sich.

»Was ist los, Emily, doch nichts Ernstes?«

»Mabel, ich wollte über eine sehr wichtige Sache mit dir sprechen. Du siehst, es handelt sich um John.«

»Was? Er ist doch nicht wieder krank oder so?«

»Kommen wir gleich zur Sache. Laß mich nachdenken. Weißt du, Mabel, es geht darum. Doch vielleicht fange ich besser ganz von vorne an. Weißt du, schon ehe er erblindete, war mir klar, daß er nicht aufs Land paßte, andererseits, was weiß man schon über seinen eigenen Jungen. Nun, jedenfalls bei dieser oder jener Gelegenheit erkannte ich, daß er hier nicht glücklich war. Weißt du, er hat sich nie fürs Jagen und Schießen und für solche Sachen interessiert, und jetzt kann er nicht mal mehr angeln. Ich weiß nicht, woher es kommt, aber er ist so gar nicht wie Ralph oder ich. Von wem kann er das haben? Und sein Schriftstellern, auf das er so erpicht ist, natürlich bestärke ich ihn darin, meine Liebe, es ist ja so gut für den Jungen, wenn er ein Hobby hat, aber keiner in der ganzen Familie hat sich je fürs Schreiben interessiert. Ralph hielt sogar nichts vom Briefeschreiben. Darum ist es so schwierig, ihn zu verstehen.«

»Ja, Emily, ich habe das schon immer gespürt, weißt du.«

»Und dann brachte man junge Mädchen ins Haus, damit er mal einen netten Anblick hätte, aber er hat sich für keine interessiert, Mabel. Da war diese Jane Blandair, ein reizendes Mädchen, aber er hat mir gesagt, im Vertrauen natürlich, daß er sie absolut nicht ausstehen kann. Ich fragte, was ihn denn störe, und er sagte, alles an ihr. Was will man da machen? Jane hätte eine so fabelhafte Frau und Mutter abgegeben. Und unter den anderen Mädchen, die es gab, war nicht eine, die ich nicht gern als Schwiegertochter gehabt hätte. Und er ist ein guter Fang, nicht wahr, intelligent und kunstliebend, und ein bißchen Geld hat er auch zu erwarten. Ach Mabel, das alles bedrückt mich so.«

»Ja, meine Liebe, ich habe so sehr an dich gedacht.«

»Also, diese ganze Sache bedrückt mich sehr, und allmählich wurde mir klar, daß er – anders als du oder ich – nicht fürs Landleben taugt. Es interessiert ihn überhaupt nicht, was aus dem Dorf wird, obwohl er sich große Mühe gibt, der arme Junge. Und schließlich geht es ja um seine Zukunft. Er langweilt sich hier entsetzlich, hat überhaupt keine Interessen. Andauernd redet er vom Leben in den Städten. Er spricht es nie aus, aber ich weiß, er meint, wir alle kleben hier fest, und vermutlich ist es auch so bei mir, wenn ich mich mit den dörflichen Angelegenheiten abplage, aber natürlich ist er zu jung, um sich klarzumachen, daß man, wo auch immer, am Ende kleben bleibt. Aber nun sein Schreiben. Das einzige, was ihn wirklich interessiert. Er hat sich so tapfer damit geplagt, und er schreibt jetzt so verbissen wie nie. Natürlich ermutige ich ihn darin, weil ich meine, daß jeder Mensch nun mal ein Hobby braucht, und gewiß, Mabel, stimmst du mir darin zu. Aber er denkt anscheinend, auf dem Lande könne man keine

Bücher schreiben. Dabei handeln doch all die Bücher, die wir früher lasen, etwa Jane Austen, vom Leben auf dem Lande. Dennoch, er meint, er kann's nicht, und ich habe ihm immer geraten, es doch zu versuchen, aber es muß so ganz anders sein, wenn man blind ist. Kurzum, er will von hier weg, Mabel, darauf läuft alles hinaus. Er hat es nie wörtlich gesagt, natürlich nicht, aber das ist sein fester Wille.«

»Hier weggehen, Emily? Wozu denn?«

»Nun, er ist eben jung …«

»Ja, aber wir wissen, wie gräßlich das Leben in der Stadt ist. Du kennst das doch, die ganze Nacht tanzen und nur zum Lunch aufstehen. Ich habe das als junges Mädchen nie ausgehalten. Nein, ich versteh' das nicht.«

»Ich schon. Ich bin Mutter für ihn, nicht wahr, und er braucht eine Abwechslung.«

»Hör zu, Emily, warum gehst du nicht ein paar Wochen mit ihm nach Eastbourne? Diese wunderbare Luft, die man in Eastbourne hat.«

»Darum geht's nicht. Es geht noch um anderes. Nein, er – wir müssen nach London.«

»Nach London! Für wie lange? Aber denk nur an den Lärm. Du meinst, für den Winter, und im Sommer kommt ihr dann wieder her?«

»Das könnten wir uns nicht leisten, Mabel. Du weißt, soviel von unserem Geld steckte in diesen Aktien, die jetzt nichts mehr wert sind. Nein, es müßte für immer sein.«

»Aber, liebe Emily, nein, das kann ich nicht zulassen, nein. Denk nur an den Gemeinderat und an den Wohltätigkeitsverein, was machen die ohne dich? Das liefe nur darauf hinaus, daß diese Walkersche das Ganze in die Hände nähme. Colonel Shoton ist so ein hoffnungsloser Fall. Und was würde aus dem Dorf, Emily. Oh, ihr könnt nicht von hier weg. Es ist doch wohl nur eine flüchtige Laune von dem Jungen, nicht wahr? Nimm ihn mit nach Eastbourne, meine Liebe, damit er darüber wegkommt. Nur nichts überstürzen. Als wir beide jung waren, hatten wir ja auch diese Anfälle und wollten weg. Selbst heute noch sage ich mir manchmal, daß alles zuviel für mich ist und daß ich in Allahabad glücklicher gewesen bin, du kennst das doch, das geht vorüber, meine Liebe.«

»Es ist mehr als das, Mabel. Ich bin so unglücklich über die ganze Sache.«

»Ja, meine Liebe, es tut mir so leid für dich, aber laß dich davon nicht unterkriegen. Denk doch nur an unser Dorf. Du weißt besser als ich, daß Mrs. Crayshaw nur ans Kinderkriegen denkt und überhaupt keine Zeit für die Dorfgemeinde hat. Ohne dich würde alles drunter und drüber gehen, und es wäre niemand da, der sich kümmerte. Du kennst das doch, sofort gäbe es uneheliche Kinder. O nein, Emily, du darfst nicht weg. Außerdem, was will der Junge eigentlich in London machen?«

»Ja, weißt du, er ist doch künstlerisch veranlagt.«

»Aber Emily, Maler gehen immer aufs Land, um sich inspirieren zu lassen. Ich habe noch nie von einem Stadtbild gehört, das auch nur annähernd gut wäre. Und über eine Stadt läßt sich auch nichts schreiben. Laß dir nicht dein Leben durch ihn zerstören, Emily.«

»Mein Platz ist an seiner Seite.«

»Ja, meine Liebe, aber weiß er denn überhaupt, was er will? Er ist doch nur unstet. Und was würde aus den Komitees und alledem? Und der Krankenhaus-Ball, Emily?«

»Ja.«

»Und das Säuglingsheim und der Frauenverein, der sich seit kurzem so gut entwickelt, nicht wahr. Ohne dich wäre es damit aus. Du bist absolut unentbehrlich!«

»Bin ich das?«

»Sei nicht so bescheiden. Natürlich bist du's. Denk nur an Mrs. Walker im Vorstand, Emily, sie ist nicht zuverlässig.«

»Gefährlich ist sie, diese Frau.«

»Weißt du, was ich kürzlich gehört habe? Es liegt alles an ihr, wie sie vorgeht und wie sie all das Geld vertut und das Haus immer offen hält, um mehr Leute anzulocken, du kennst das ja, und niemand will das so, sie ist in den Händen der Geldverleiher. Sie steckt da tief drin.«

»Ich weiß nicht, ob ich das alles glauben soll, aber sehr interessant, es zu hören.«

»Nicht wahr? Das heißt, sie wird Gelder veruntreuen, sobald du nicht mehr da bist. Und du weißt ja, daß ich mit Zahlen nicht umgehen kann.«

»Ja, mag sein, aber ich weiß nicht recht.«

Es entstand eine lange Pause, während der Abend draußen langsam herabsank und zu den

Fenstern hereinblickte auf das Kaminfeuer und auf den Lichtschein der Gaslampen. Mabel Palmer lag zurückgelehnt in ihrem Sessel, erschöpft von all ihrem Reden, und Mrs. Haye blickte geistesabwesend zu Greylock über dem Kamin auf. Dann raffte sie sich auf.

»Wollen wir jetzt endlich Tee trinken, Mabel?« Und sie erhob sich und zog die Klingel.

»Ist alles unten?«

»Mit dem, was ich jetzt noch trage, ja.«

»Gut, ich muß hinunter und alles beschriften.« Mama eilte wieder hinaus.

John stand mitten im Zimmer und rauchte eine Zigarette. Sie brachen also auf. Der Lunch in aller Hast, er hatte kaum etwas gegessen, so aufgeregt war er. Ein wunderbares Gefühl im Magen, denn nun ginge es los. Auch eine Warnung vor dem Wechsel. Sie hatten alles gepackt, was mit mußte. Fürs erste hatte Onkel Edward ihnen sein Haus zur Verfügung gestellt, bis sie etwas Eigenes fänden. Alles war gepackt und expediert. Nur noch die Bahnfahrt. Nett von Onkel Edward. John setzte sich auf seinen Koffer.

Gab es etwas schlimmeres, als auf die Abfahrt zu warten? Wenn nichts mehr zu tun war als dasitzen und warten? Er wagte nicht, herumzugehen, denn alles hatte seinen Platz gewechselt, Stühle standen umgekippt mitten im Weg, eine große Kiste mit vorstehenden Nägeln versperrte in der Halle den Durchgang zwischen Sofa und

Kamin, und er war über einen halb aufgerollten Teppich gestolpert. Alle Räume wirkten verödet, und die Zugluft wirbelte hier und da Staubwolken auf. Die Blumen waren abgeräumt, und das ganze Haus wirkte öde und leer, nicht mehr dasselbe Haus.

Nichts weiter als ein Umzug. London war nur noch sechs Stunden entfernt. Das Leben würde ganz anders sein, wenn sie erst da wären. Barwood wäre ausgewischt, und er würde ganz neu anfangen, diesmal auf dem rechten Weg. Zu denken, was man alles schreiben würde, wenn man in London wäre, große Dinge standen bevor. Er würde B. G. und Seymour auftreiben, und die würden ihn mit all den ulkigen Leuten bekannt machen.

Er hatte es gestern kaum abwarten können, hatte den ganzen Nachmittag und Abend dagesessen, während William gewissenhaft daran ging, alles, was mit mußte, in der einen und alles, was zurückblieb, in der anderen Ecke zu stapeln. Mama war ständig hereingeschossen und wieder hinaus, atemlos wegen allem, was noch zu tun war, und ihre Stimme überschlug sich fast. Seit jenem Tag vor drei Monaten, als sie ihn hinausgeschickt hatte, um die Sache allein mit Mabel zu besprechen, redete sie in diesem schrillen Ton. Seitdem war Mabel oft, fast jeden Tag, herübergekommen und hatte ihm schwer zugesetzt, weil er, wie sie meinte, Mamas Leben zerstöre. Aber schließlich hatte er nicht als erster den Vorschlag gemacht, sondern Mama hatte vor einem Monat ganz plötzlich gesagt: »Wir werden nach London ziehen«, und er: »Nach London?« »Möchtest du das, mein Lieber?« Und sein Herz überschlug sich fast. So gut war das von ihr. Ihm wurde fast angst. Die ganze Sache war zu schön, um wahr zu sein.

Hier begann jetzt der Frühling, und der warme Regen, der in kurzen Schauern fiel, machte es stikkig im Zimmer. Sie sagten, ein gelbgrüner Dunst läge über den schwarzen Bäumen. Er nahm seinen Schlips ab und öffnete den Kragen.

Nichts hatte sich getan in diesen letzten drei Monaten, wie sich denn hier überhaupt nie etwas ereignet hatte, oder besser gesagt: Ständig ereignete sich nichts. Er hatte sich viel Gedanken gemacht, und wenig war dabei herausgekommen, nur daß Gott ihm als ein ungeheures Meer erschienen war, in das alles Gute der Welt abfloß, und die, die selbst gut waren, pumpten das Gute wieder nach oben, wässerten das Land und ließen die Blumen sprießen. Und die Bäume saugten es auf. Ein schönes Bild. Und die ganze Zeit hatte die Luft vor Erwartung gebebt, daß es kaum zu ertragen war, so vieles spielte sich hinter der Szene ab. Der arme William war gestern beim Packen ganz traurig gewesen. Er kam nicht mit nach London, er war zu alt und ging in Pension, ebenso wie der alte Pinch. Das war die andere Seite, die alten Leute wurden zurückgelassen, um zu sterben, und Nan war schon tot. Aber London wäre ein ganz neuer Anfang. Die arme Nanny, aber vielleicht war sie glücklich und hatte Kinder zu pflegen, die jung gestorben waren.

Ob sie sich wohl an ihn erinnerte im Himmel? »Große Erfahrung mit blinden Babys.« Oh, er war heute so glücklich!

Aber auch Mama würde in London glücklich sein, sie würde all die Menschen wiedersehen, die sie in Schottland vor ihrer Heirat gekannt hatte, und schließlich wollten sie beide von Barwood weg. Eine Stadt, lauter Häuser, in denen Menschen geboren wurden, lebten und elend starben, nicht dieses Dahindämmern wie in Norbury. Sie würden im Mittelpunkt des Geschehens sein, an Ort und Stelle, und alles, was geschah und was man hier auf den öden Feldern nur als ein schwaches Echo wahrnahm, würde dort laut und klar wie ein Gongschlag sein. Leben war nur im Rückblick schön, und sie konnten auf die um Barwood wabernden Nebel zurückblicken und daraus ein hübsches Erinnerungsbild machen mit Joan, die einen verirrten Sonnenstrahl auf sich zog und die Nebel ein wenig zerstreute.

Das Kaminfeuer brannte stetig mit einem leisen Klirren wie von fallenden Glassplittern. Unten im Haus ächzte ein Möbelstück, das vom Fleck gerückt wurde.

Der Eisenbahnzug, zum ersten Mal, seit das passiert war. Womöglich würde derselbe Junge dasitzen und mit Steinen werfen, von denen einer gerade sein Fenster treffen könnte. Oder es könnte einen Zusammenstoß geben, mit Zügen hatte er kein Glück. Sie sausten durch das stille Land, während die Telefondrähte sich hoben und senkten, über Flüsse hinweg, durch Dörfer, die wie Barwood aussahen, und durch Städte, die nicht groß genug waren, bis der Zug schließlich in die größte aller Städte einfuhr, wo es schmutzig und laut war.

Von fern tönte eine Dampfersirene. Erstes Warnsignal vor dem Wechsel. Er war ganz aufgeregt. Die Luft war stickig. Der eintönige Regen fiel mit leisem Rascheln, nur von Zeit zu Zeit klatschte ein dicker Tropfen auf das Fensterbrett.

Leise Schritte auf dem Treppenläufer, und Mama kam herein.

»In einer halben Stunde brechen wir auf. Ist alles bereit?«

»Ja, ich denke schon.«

Sie ging wieder hinunter, jetzt langsamer. Auf halbem Weg sah sie auf ihre Uhr, dann eilte sie weiter.

»William, das Gepäck müßte jetzt weg, wenn es zu dem Zug zurechtkommen soll. Sind alle Anhänger dran?«

»Jawohl, Madam.«

Ein, zwei – fünf – sieben, acht. Acht riesengroße Koffer auf zwei Lastautos. Mietwagen waren jetzt so teuer. Dreißig Schilling, zum Armwerden!

»Steig ein, Janet, steig ein. Hast du das Geld, das ich dir gab? Vergiß nicht: alles nach Paddington aufgeben. Der Stationsvorsteher erwartet dich, und wir kommen bald nach. Also, fahrt los.«

Janet winkte William zu. Er war sehr gealtert und sah verbraucht aus, wie er da bei der Tür stand.

Eine schlimme Sache, sich von Menschen trennen zu müssen.

»Da fahren sie, Madam.«

»Ja.«

Was meinte er damit? Natürlich fuhren sie. Was also?

»Sie haben doch nicht angehalten, William?«

»Nein, Madam.«

Janet war eine tüchtige junge Person, und sie war schon gereist, also würde sie es schaffen. Außerdem hatte Smith versprochen, nach ihr zu sehen.

»Sind alle Handkoffer mit Anhängern versehen?«

»Jawohl, Madam.«

»Also, wir fahren in einer halben Stunde.«

Noch eine halbe Stunde. Was konnte sie vergessen haben? Alles mußte mit. Außerdem würde Dewars ihr die Inventarliste schicken, so daß sie alles, was nicht in den Verkauf sollte, noch anfordern konnte. Das käme dann mit den Möbelwagen nach.

»William, wenn mir irgendwas einfällt, was ich vermisse, schicken Sie's mit den Möbeln nach.«

»Ja, Madam.«

So, das wär's. Sie sank in einen Sessel. Ein tiefer Seufzer entrang sich ihrer Brust. Wie schrecklich ein Haus aussah, wenn man im Begriff war, es zu verlassen. Und immer diese offenen Türen. Sie stand auf und schloß sie, dann kam sie zurück zu ihrem Sessel. Dieser Regen war schrecklich, und kein Feuer im Kamin. Hatte sie jedem noch ein gutes Wort gesagt? Natürlich ging sie nicht für immer fort, aber die alle würden hier nicht länger wohnen können und erwarteten wohl das eine oder andere Wort von einem. So schwierig, was man da sagen sollte. Sie hatte alle geliebt, und sie liebten sie, aber daß sie so einfach wegging, verstanden sie nicht. Immer wieder fragten sie, wer jetzt hier wohnen würde, und sie wußte es nicht. Nur gut, daß sie jetzt endlich wegkämen und daß diese endlosen Diskussionen aufhörten. Mabel war manchmal unmöglich, und diese Sache hatte sie beide nahezu entfremdet. Die Uhr war stehengeblieben. Die hätte William wirklich noch aufziehen können, auch wenn sie heute abend nicht mehr hier sein würden. Sie sah auf ihre Uhr. Noch neunundzwanzig Minuten.

Es war nett von Edward, ihnen sein Haus mit dem Hausmeisterehepaar zur Verfügung zu stellen. Natürlich würden die beiden sich ewig streiten, das war nun mal so mit verheirateten Dienstboten, aber sie wären dort gut untergebracht und hätten Zeit, sich umzusehen. 9 Hans Crescent. Ein deutscher Name, aber schließlich war der Krieg schon einige Zeit vorbei. Neun? Richtig ... und sie hatte doch nur acht Koffer gezählt und hatte sie abfahren lassen. Wie das?

»William, William!«

»Ja, Madam?«

»Hatten Sie Mr. Johns Koffer auch dabei?«

»Mr. John? Mr. Johns Koffer?«

»Oh, oh. Das habe ich schon befürchtet, das mußte ja passieren. Ich hätte sie daran erinnern sollen. O Gott.«

»Werden Sie ihn bei sich mitnehmen, Madam?«

»Ja, das wird am besten sein. Bitte schaffen Sie ihn herunter, und sagen Sie Mr. John, daß wir in zwanzig Minuten fahren.«

Zu dumm so etwas. Williams Stimme. Er rief nach Robert. Ganz unnütz dieser Junge. Warum war er nie da, wenn er gebraucht wurde? Aber zum Glück gab es ihn, diesen Nichtsnutz. Und mit William war es bald soweit, daß er alles vergaß. Was wollte man machen?

Sie würden den Koffer selbst mitnehmen müssen. Und sie müßten früher fahren, damit sie den Koffer noch expedieren konnten. John hätte wirklich sagen können, daß der Koffer noch in seinem Zimmer war.

So etwas gab einem wirklich den Rest. Sie war schon erschöpft genug von dem letzten Rundgang durchs Dorf, sozusagen in offizieller Funktion, von dem Besuchemachen und Redenmüssen. Es war einfach zuviel. Für die Nachbarn hatten sie einen Abschieds-Tee gegeben, eine schreckliche Sache. Aber im Wohlfahrtskomitee hatte man nett über sie gesprochen, und der Gemeinderat hatte sie durch eine Ansprache geehrt, die sie nie vergessen würde. Weston ging zu Mrs. Parks, nur drei Meilen weiter, was eine gute Sache war, denn der Boden hier lag ihm besonders. Richtig, da war noch Annie! Sie hatte Annie nicht mehr gesprochen.

Aber wozu auch, die Ärmste war ja nicht richtig im Kopf. Crayshaw würde sie in seinem Garten beschäftigen, wo sie es gut hätte. Das war nett von Crayshaw, er hatte wirklich ein Herz für das Dorf. Sie würde Annie zehn Schilling schicken, wenn sie in London wären. Und Mrs. Lane würde nur zwei Meilen weiter ziehen, weil sie nämlich nah bei Herbert bleiben wollte. Der würde weiter hier bleiben, um den Garten in Ordnung zu halten, bis sich ein Käufer fände. Das Haus würde gewiß bald verkauft sein, weil es so prächtig war, und der Garten war der beste im Umkreis von zwanzig Meilen. Mit Weston würde Mrs. Parks alle Preise auf der Blumenschau in Norbury gewinnen. So ein guter Gärtner war er, speziell für Chrysanthemen.

Zu dumm, dieser vergessene Koffer. Ja, er hatte noch darauf gesessen, als sie nach oben kam. Sie sah auf ihre Uhr, es war zehn Minuten weiter, sie sollten aufbrechen. Besser gleich.

So freundlich von Edward, er mußte gewußt haben, wie schwer ihr der Abschied von Barwood fallen würde. Mit einer ersten Bleibe dort würde das Wohnungsuchen soviel angenehmer sein. Ein solcher Weggang war, als ließe man das halbe Leben hinter sich, aber schließlich würde der Junge so viel glücklicher sein. Und sie würde Mrs. Malinger aufsuchen können, die früher in Norbury gewohnt hatte, so eine reizende Frau.

Hatte sie die Reiseapotheke eingepackt? Richtig, die hatte sie vergessen. Aber vielleicht war sie doch im Koffer. Sie sprang auf und hastete nach oben in ihr Schlafzimmer. Vom Fenster der Blick über den Garten. Und da unten der Pfau, der sich vorsichtig bewegte. Er und seine Hennen konnten jetzt alle Blumenzwiebeln anpicken. Wie schön der Rasen jetzt war. Und daneben die wilde Blumenpracht, wo jetzt die Narzissen hervorkamen, alles in Gelb. Auch ein Abschied. Was wollte sie nur hier oben, hatte sie nicht gestern noch einen Rundgang im Garten gemacht? Richtig, die Reiseapotheke. Sie sah hin, und da war sie noch. Nun also mit dem Möbeln. Zu dumm von ihr, denn Städte waren ungesund, und der Junge könnte ein Mittel brauchen. O Gott, der Garten. Sie sollten möglichst schnell fort sein. Sie eilte wieder hinunter. Da war William.

»Das Auto ist da, Madam.«

»Sehr gut.«

Noch eine Minute zögern, nur um ihm zu zeigen, daß sie kein Reisefieber hatte. Aber das war kindisch.

»John, Lieber, zieh deinen Mantel an und komm, sonst müssen wir uns auf dem Bahnhof hetzen.«

Seine Stimme von oben: »Komme.«

»William, ich habe die Reiseapotheke in meinem Zimmer vergessen. Bitte schicken Sie sie mir mit den Möbeln nach.«

»Jawohl, Madam.«

Seine Stimme, jetzt näher: »Ich komme.«

»Ist das Handgepäck verstaut?«

»Ja, Madam.«

»Geben Sie mir meinen Mantel.« Dann: »Und William, kommen Sie uns irgendwann besuchen in London. Ihr Bruder lebt doch da, oder?«

»Das werde ich, Madam, vielen Dank.«

Armer Alter, er war ganz verwirrt. Es war schon schrecklich, Ah, da kam er. Wie gut er jetzt schon allein gehen konnte.

»Sei vorsichtig, Lieber.«

»Es geht schon.«

»Gut, steigen wir ein. Wir haben reichlich Zeit. Oh, William, die Uhr in der Halle ist stehengeblieben, hoffentlich ist sie nicht entzwei. Besser, Sie lassen den Mann von Brown mal nachsehen.«

Jetzt fuhren sie ab. Was sollte das mit der Uhr, da sie doch nicht zurückkäme, aber eine Uhr, die ging, verkaufte sich besser. John winkte zurück. Nein, ihr war nicht danach.

»Wir fahren also?«

»Natürlich, mein Lieber.«

Er war so glücklich.

Da waren sie also und fuhren zum Bahnhof, wirklich sonderbar nach so vielen Wochen Arbeit. Vielleicht hatte sie sich zu rasch entschlossen. Mabel war natürlich von Anfang an dagegen gewesen. Aber der Junge würde nur glücklich in London sein, er paßte nicht aufs Land, schon gar nicht, nachdem er auf diese Weise blind geworden war. Erst gestern waren sie noch hier gewesen. Oh, dort, das Pfarrhaus. So schnell ging das.

»He, fahren Sie nicht so schnell.«

»Ich liebe das.«

»Ist doch gefährlich.«

»Wo sind wir jetzt?«

»In der Talsenke. Er fährt jetzt langsamer. Gott sei Dank. Lieber Junge, bist du auch auf alles gefaßt?«

Nur weg, immer weiter. Alles zusammen hatte nun dazu geführt. Die Straße rauschte unter ihnen weg, sie war naß vom Regen.

»Bist du sicher, daß du nichts vergessen hast? Vielleicht bliebe uns noch Zeit, zurückfahren.«

»Ich glaube nicht.«

Da, der Taubenschlag. So vieles ließen sie hinter sich zurück. Wie schnell der Mann fuhr. Wozu eigentlich? Zu dumm, daß man Johns Koffer vergessen hatte. Nun gäbe es mehr Übergewicht, was neu berechnet werden müßte, und das würde Zeit kosten. Eine einzige Hetze. Nein, Mrs. Trench! Sie hatte sie wohl nicht gesehen, weil sie so schnell fuhren. Sie bekam schon wieder ein Kind. Das mußte in der Familie liegen, nur so waren all diese Trench-Babys zu erklären, die bald nach der Geburt starben, weshalb die Kindersterblichkeit im Dorf so hoch war.

»Wo sind wir jetzt?«

»Warum so nervös, Lieber? Wir fahren gerade unter der schrägen Eiche hindurch.«

Die schräge Eiche? Von da war's noch weit. Der Motor surrte. London war das Mekka der Motorisierung. Es war heiß im Wagen.

»Sollen wir ein Fenster runterkurbeln?«

»Wie du meinst. Aber es regnet.«

Die Luft drang herein, besät mit Regentropfen, die kühl gegen sein Gesicht schlugen. Er trank den Wind in großen Schlucken, die ihm fast die Kehle verstopften. Das tat gut. Das Horn an diesem Auto klang so gebieterisch. Es fuhren ja auch große Hoffnungen mit. Es sollte schneller fahren, schneller, aber Mama mochte das nicht. Es war noch weit zum Bahnhof, womöglich bekämen sie den Zug nicht. Wieder das Horn. Er nähme es gern mit nach London zur Erinnerung, um darauf zu blasen, wenn nicht alles nach Wunsch ginge.

»Oh, John, sieh nur, das ganze Dorf ist da.«

»Auf welcher Seite?«

»Da zur linken. Oh, du hast es verpaßt, jetzt sind wir schon vorbei. Nein, wie nett von ihnen, wirklich nett.«

»Ja, das war nett von ihnen.«

»Fast alle waren sie da, mein Gott.«

»Wir kommen noch mal her und sehen sie wieder.«

»Ich hab' Mrs. Withers gesehen und Mrs. Hartley, und die alte Mrs. Eddy, die Armenhäuslerin, war auch da. Ich habe gewunken und sie auch. Wie schön wäre es, anzuhalten, aber wir haben nicht die Zeit.«

»Nein, dann hätten wir uns auf dem Bahnhof hetzen müssen.«

Jetzt hier anzuhalten, eine unmögliche Idee. Außerdem war es besser, das alte Leben rasch hinter sich zu lassen. Das Dorf würde es überstehen. Jetzt ging's anscheinend bergauf. Sie fuhren langsamer. Sie könnten den Zug verpassen. Dann konnten sie immerhin noch den nächsten nehmen. Aber gerade auf diesen Zug kam es an, diesen Zug mußten sie erreichen, er hatte so viel daran gedacht, wie sie mit ihm das Land durchqueren würden, hin zu der größten aller Städte. Alles andere war unwichtig, dies war sein Zug.

»Eben fahren wir an deinem letzten Stück Land vorbei«, denn es war immer noch sein Besitztum.

»Ja?«

Dafür mußte man dankbar sein. Sie verließen jetzt diesen Landkreis.

Ihr war elend zumute, ja, es fiel ihr schwerer, als sie gedacht hatte. Zu sehen, wie das Korn sprießte und die ersten Blüten an den Bäumen sich hervorwagten. Zwei Rebhühner, von dem Auto aufgeschreckt, schossen davon und über die Hecke. Es war Frühling, und sie nahmen Abschied. Doch der Oktober war hier am schönsten, und dazu würden sie wiederkommen, das hatte sie sich und auch Mabel versprochen. Da war Norbury, jetzt ganz nahe unter einem blauen Himmel mit einem großen Regenbogen – der wäre gewiß auch über dem Bahnhof.

»Bist du glücklich, John?«

»Ja, sehr.«

Zu dumm dieser Mann mit dem Pferdewagen. Warum konnte er nicht ausweichen? Diese Sorte Arbeiter schlief einfach und die Gäule natürlich auch. Was war das? Nein. Doch, es war dieser Bursche Vincent auf seinem Motorrad. Mabel hatte recht gehabt, reiner Wahnsinn dieses Tempo. Sieh nur – nein, schon vorbei.

»Jetzt sind wir in Norbury.«

»Wirklich? Oh, gut, jetzt ist's nicht mehr weit. Ja, ich rieche es schon. Fabelhaft. Wieviel Uhr?«

»Wir haben noch zehn Minuten. Sieh nur da, die Teestube und Smith, der Schuhladen, und Greens Stoffgeschäft.«

Der Fahrer war von der Hauptstraße abgebogen. Nur noch eine Minute. Er konnte kaum stillsitzen. Das mußte ein Kohlenlager sein, an dem sie vorbeifuhren. Ein Zug pfiff. Der Wagen hielt an. Er sprang heraus und stand etwas verloren da.

»Tu keinen Schritt ohne mich, Lieber.«

»Mach' ich.«

»Du könntest auf die Gleise fallen oder sonstwas. Wo ist Janet?«

Die wäre jetzt wirklich die Rettung.

»Hierher, John, komm her und setz dich auf diese Bank.«

Wie still es hier war. Nur ein verdammter Spatz, ganz nah, tschilpte wie verrückt. Der Bahnhof wirkte wie verschlafen. Aber er fuhr ja weg. Hinter ihm im Warteraum eine eintönige Stimme, während eine andere Stimme in Abständen auflachte. Dann Mamas Stimme, die näher kam. Sie hatte Smith aufgetrieben, den Ärmsten. Er durfte sich äußern. »Keine Schwierigkeit, Mrs. Haye, überhaupt keine. Ich werde mich sofort darum kümmern.« Sie blieb bei John stehen.

»Die rechnen das Übergepäck aus, mein Lieber. Ich hoffe, es ist alles in Ordnung.«

»Gut.«

Diese Bank war furchtbar hart. Und dieser Spatz. Warum bewegte sich nichts? Ein Gelächter aus dem Warteraum, der war wohl voll mit Menschen. Und alle mit demselben Zug.

»Janet.«

»Ja, Mr. John?«

»Wie lange noch, Janet?«

»Nur noch fünf Minütchen.«

Warum redete sie mit ihm wie mit einem Kind? Wieder kamen Schritte auf ihn zu, Stiefelgeräusch auf den Fliesen. Der Mann roch nach Teer und Leder.

»Dienstmann?«

»Ja, Sir.«

»Ist's ein Schnellzug nach London?«

»Nein, umsteigen in Bridcote, Swindon und Oxford.«

Warum hatte Mama ihm das nicht gesagt? Sie würden also wie richtige Kleinstädter reisen. Meinetwegen. Es ging nach London, aber nicht per Schnellzug, sondern kriechend wie ein Wurm. Stimmen von allen Seiten wurden laut und lauter. Über allem hörte man plötzlich Mama, die sich bei Smith bedankte. Dann kam sie und setzte sich zu ihm.

»Ich habe hoffentlich alles erledigt.«

»Gut.«

»Gleich fährt der Zug ein.«

»Wir müssen also dreimal umsteigen.«

»Ja, Lieber, hast du etwas dagegen? So lästig, aber es war der einzige Nachmittagszug, und ich fand es besser, noch zu Hause den Lunch zu nehmen, das ist soviel angenehmer, meinst du nicht?«

»Ja.«

Zu komisch, daß sie ihn nie um Rat fragte. Aber sie hatte schon immer ihre Entschlüsse gern allein gefaßt. Es klingelte laut, Schritte bildeten ein Geräuschmuster, und das Stimmengewirr aus dem Wartesaal drang ins Freie. Es ging also los. Ein Rumpeln steigerte sich zu einem Dröhnen, und der Zug fuhr ein. Was für ein Lärm. Aber Mama zog ihn mit sich. Eine klagende Kinderstimme: »Mammi, sieh doch ... blind, Mammi.« Ja, er war gemeint.

»Da sind wir, steig ein, Lieber. Der Fensterplatz. Das Abteil ist reserviert. Ich bin gleich zurück. Vielen Dank, Smith, und ... «

Sie gingen also. Adieu. So oft hatte er das schon gesagt. Wo war Mama? Warum fuhr der Zug nicht endlich ab?

London. Er saß im Wohnzimmer des Hauses, das Onkel Edward ihnen zur Verfügung gestellt hatte. Er fühlte sich krank, krank. Durch das Fenster neben ihm strömte die Sonne herein, denn es war Frühling, und fraß sich heimlich in den Plüschbezug seines Sessels.

Ein kränklicher Blumenduft war im Zimmer. Die Blumen waren von Barwood geschickt worden und welkten hier, während sie sich früher ungebunden im Wind gewiegt hatten. Der Nachmittag drückte schwer, und die Luft roch süßlich von einer sterbenden Lilie, Fäulnis, die sich auf die Hitze senkte. Das Fenster war offen, und die Geräusche der Straße schossen wie Pfeile durch das grelle Sonnenlicht. Das Klingeln der Fahrräder perlte durch den Straßenlärm nach oben, und gehetzte Schritte durchschnitten sein bisheriges Leben, das er mit den Vogelstimmen hinter sich gelassen hatte.

Oh, warum hatte er blind werden müssen? All die Monate hatte er nichts mehr gesehen und hatte vor anderen und vor sich selbst so getan, als käme er mit dem Abtasten der Dinge ebensogut aus wie einer, der die Dinge sah, aber das stimmte nicht. Denn in London ging ständig so viel vor, daß dir keine Zeit blieb, deine Sinneswahrnehmungen zu ordnen und zu analysieren, alles drang auf dich ein und ließ dich wie betäubt zurück. Aber in gewissem Sinne fing das Leben neu an, denn sie würden sich hier so wohlfühlen. Mit der Zeit würde er lernen, die Straßengeräusche zu verstehen. Mama hatte ein passendes Haus gefunden, und sie würden bald einziehen. Das wäre ein neuer Einschnitt, denn er würde Margaret, die Frau des Hausmeisters hier, verlieren. Sie hatte ihm Mut gemacht, sie war so lebendig, doch manchmal träumte sie vor sich hin und fiel in langes Schweigen, während ihre Hand achtlos in seiner liegenblieb. Mag sein, daß sie gräßlich war, aber das sah er ja nicht. Gewiß haßte sie ihn mit seinen Narben.

Die splitternde Scheibe hatte sein Gesicht durchpflügt, ebenso wie jetzt die Blindheit schneidend in sein Bewußtsein drang, und sie hatten ihn ins Hospital geschafft, wo selbst die Schwestern noch antiseptisch waren. Alles hatte sich so verteufelt sauber angefaßt, eine gleichsam mathematische Sauberkeit. Aber diese Schwester hatte wundervolle Hände gehabt, die einen schwebend nur ganz leicht berührten und doch halfen, wenn es wehtat. Ihre Finger waren so geschmeidig gewesen. Es war albern, sie mit »weißen Mäusen« zu vergleichen wie mit June, wenn ihre Finger in seiner Hand krabbelten; was man brauchte, waren kräftige, nicht herumtastende Finger. Margarets Finger konnten manchmal so sein. Aber selbst der sterile Geruch in jenem Hospital war besser gewesen als dieser Blumengestank, und auf jeden Fall war es dort ganz ruhig gewesen, nicht wie hier, wo einen diese bohrenden Lärmstöße peinigten. Aber es war ein Hauch von Teer in der Luft, und er liebte Teer.

Man höre nur diesen Vogel, singt, als gäbe es nichts Wichtigeres auf der Welt zu tun. Barwood lag so weit zurück, doch weil er dort früher noch hatte sehen können, kam er davon nicht los. Der Straßenlärm erinnerte ihn nur an die Stille, die dort geherrscht hatte, wo alle Laute und Töne durch die großen Entfernungen gleichsam gedämpft zu einem kamen; auch war Margaret so ganz anders als June, die nie gewußt hatte, wohin sie in der Weltordnung gehörte – es gab keinen Platz für sie –, und Margaret, die ihren Platz in der Welt genau kannte und ihrer selbst so sicher war. Warum nur hatte der Vogel gerade dieses Haus für sein Singen gewählt: kleine, rein zufällige Töne zum blauen Himmel emporgeschickt, kleine Kristalle, die das eitle Blumensterben und seine eigene Mißlaunigkeit durchbrachen? Ein Auto fuhr an und übertönte das Lied, aber es kam wieder, als das Auto davongesaust war, und er fragte sich, ob er recht daran getan hatte, June so im Stich zu lassen und mit Mama wegzugehen. Denn der Garten auf Barwood würde gerade jetzt zu vollem Leben erwachen, alle Vögel würden singen, und Mama würde ein Auge auf alles haben und sich endlos mit Weston beraten. Und auch er selbst würde an dem

Frühling teilhaben können und würde im Liegestuhl auf dem Rasen Stunden damit verbringen, das Keimen und Sprießen der Blätter zu spüren, und wie sich alles um ihn herum veränderte, während er hier in London von alledem abgeschnitten war, zu müde, auch nur den Kopf über das laute Gewimmel auf den Straßen zu erheben, wo jeder außer ihm selbst seine Arbeit hatte. Ja, er mußte etwas tun.

Er wollte schreiben. In Noat hatte er darüber nachgedacht, auf Barwood hatte er davon geredet, aber er mußte hier und jetzt darangehen, es gab nichts anderes für ihn zu tun, wenn man ihn hier für Stunden allein ließ, weil alle so viel zu tun hatten. Mit der Zeit würde er dahin kommen zu verstehen, was auf den Straßen vorging, und würde darüber schreiben können, denn allmählich würde er mehr darüber wissen als die Leute, die noch ihr Augenlicht hatten. Zu sehen war so einfach, und herauszufühlen, was da vorging, war so schwer, aber auf das Fühlen kam es an. Unten klingelte es. Vielleicht war jemand an der Haustür, der ihn besuchen wollte, und dann wieder Mamas Stimme mit einem verlegenen Lachen: »Nein, Lorna! Meine Liebe, ich habe dich sofort wiedererkannt. Wie reizend von dir! Denk nur, nach all den Jahren. Ich war gerade in der Nähe und habe dir aufgemacht.«

Gleichzeitig sprach eine fremde Stimme, dann küßten sie sich – warum mußte Mama hier in London so geräuschvoll küssen? –, und die fremde

Stimme übertönte die von Mama und sagte: »Emily – nach so langer Zeit ...«

Aber ein Motorrad fuhr vorbei und trennte ihn, er hörte nur noch, wie die Haustür laut zufiel. Ein Besuch für Mama, gut so, eine große Freude für sie. Aber er war hier oben vergessen, man gönnte ihm nur das Echo von allem, was vorging, und er fühlte sich für den Rest seines Lebens aufs Warten und Lauschen verwiesen. Es kümmerte keinen, ob er blind war oder nicht.

Aber da kamen draußen Schritte, es war Margaret, sie kümmerte sich, und er würde sie dazu bringen, sich noch mehr zu kümmern. Ein Klopfen an der Tür, ihr Klopfen, und sie huschte herein mit einem Schwall kühler Luft aus der Empfangshalle unten. Von ihr ging überhaupt eine gewisse Kühle aus, die ihn wohltuend umgab. Jedesmal, wenn sie kam, überraschte ihn ihre innere Ruhe. Sie war so gewandt in allem, was sie tat, aber schließlich war sie bei einer Lady im Dienst gewesen. Ihr Rock streifte ganz leicht über seinen Fuß.

»Ich geh' mal eben aus, Mr. Haye, und ich dachte, ich schau mal nach, ob Sie alles haben.«

»Nehmen Sie mich mit.«

»Mrs. Haye sagte, sie würde das selbst tun, sie kommt wohl bald.«

Ausgeführt werden! Er fiel jedem zur Last. Und warum sollte er nicht mit Margaret gehen? Jetzt würde er warten müssen, bis die Besucherin ging.

»Sitzen Sie bequem in diesem Sessel, Mr. Haye?«, und ihre Hand zupfte das Tüchlein in seiner Brusttasche zurecht. Sie war heute zerstreut, war wohl anderswo mit ihren Gedanken. Und sie hatte sich parfümiert, zum ersten Mal, seit er sie kannte. Es war nur ganz, ganz schwach, aber man merkte es sofort, wenn man ihr nahe kam. Vielleicht war es für jemand, der ihr näher stand. Oder für ihn. Er tastete bei seinem Taschentuch nach ihrer Hand.

»Aber Ihre Hand ist ja ganz heiß. Nein, so was«, und schon war ihre Hand entwischt. »Ich muß gehen.«

»Könnten Sie bitte das Rouleau herablassen und das Fenster schließen? Der Lärm ist so fürchterlich.«

Das Rouleau war herunter, und er überlegte, wie er sie noch aufhalten könnte. Das Fenster war zu und die Welt zum Schweigen gebracht.

»Oh, und diese Lilie, könnten Sie sie wegrükken?«

Sie zog, aber der Blumenständer mit der Lilie war schwer, und sie atmete angestrengt.

»Lassen Sie mich helfen. Es steht doch nichts im Wege?«

»Ich schaffe es schon, stehen Sie nicht auf, Mr. Haye.«

Aber er war schon auf den Beinen, und beim Umhertasten begegnete er wieder ihrer ruhigen und etwas feuchten Hand, die seine nahm und führte. Seine andere Hand traf auf ihre Schulter und glitt an ihrem Kleid hinab bis zum Ellbogen. Wie schlank ihr Arm war, aber der entwand sich ihm, so daß er verzweifelt losließ. Als er sich dann wieder vorbeitastete, berührte die Lilie zart sein Gesicht, als wollte sie ihn kitzeln, und angewidert stieß er sie weg. Er beugte sich weiter vor, wo er sie und den Blumenständer vermutete. Ihr heißer Atem traf für einen Moment sein Gesicht, und von ihrer Nähe berauscht, tastete er weiter, aber sie ließ sein Hand los, so daß sie auf den glatten Rand des Blumentopfs fiel. Wieder erfaßte ihn Verzweiflung über dieses alberne Gerangel, als plötzlich ihr Arm seinen Mund streifte, heiß und kühl zugleich, und so wohlduftend und körperlich, daß er versucht war, hineinzubeißen. Doch schon war ihm ihr Arm wieder entglitten, und er gab es auf. Nur noch eine Haarsträhne von ihr kitzelte ihn an der Wange, als sie sich weiter mit dem Blumenständer abmühten. Doch als sie das Ding endlich weggerückt hatten und sie ihn zu seinem Sessel zurückführte, fühlte er sich durch ihre Nähe so beglückt, daß er den Gedanken, sie würde jetzt gehen, nicht ertragen konnte.

»Lassen Sie mich nicht allein. Setzen Sie sich noch ein Weilchen her, ich muß schon so viel allein sein.«

»Ich muß aber wirklich gehen, ich bin schon zu spät dran. Mein Bruder ist für einen Tag hier, und ich muß ihn unbedingt sehen. Haben Sie noch irgendeinen Wunsch?«

Ihr Bruder. Nicht gut, wenn da noch ein anderer war, ebenso wie June, die jetzt auch einen anderen haben würde. Wie sollten sie ihn auch lieben können mit seinen Narben? Er hob die Hand und strich mit den Fingern darüber hin, alles glatt und wie lackiert, nicht lebendig und schmiegsam wie seine Haut. Die Tür war zu, sie war gegangen und die Kühle mit ihr. Er war allein. Dieses Kind bei ihrer Abfahrt auf dem Bahnsteig: »Sieh doch, Mammi ... blind, Mammi«, und das Erschrecken in dem hohen Stimmchen, nur weil ein anderer Bengel einen Stein auf einen vorbeifahrenden Zug geworfen hatte. Natürlich mußte der Stein gerade sein Fenster treffen, natürlich. Eine Autohupe unten auf der Straße tönte unaufhörlich. Und jetzt, da das Rouleau herunter und das Fenster zu war, glaubte er, ersticken zu müssen, wobei diese vermaledeiten Blumen ihm zusahen und sich mokierten, weil sie etwas vermochten, was er nicht konnte.

Er mußte ausgehen, aber er mußte zuerst auf Mama warten, weil er sich allein noch nicht zurechtfand. Ihre gemeinsamen Ausgänge waren oft fürchterlich, weil Mama beim Überqueren einer Straße total den Kopf verlor, ihn an seinem Arm vor und zurück riß, während der Tod in Gestalt eines Autos auf sie zu und an ihnen vorbeiraste und er die ganze Zeit bemüht war, sich sein Erschrecken nicht anmerken zu lassen. Wenn sie dann endlich auf dem Gehsteig waren, hatten die Leute in dem Gedränge kein Mitleid; ständig wurde er angerempelt, ein Wirrwarr von Gesprächsfetzen drang auf ihn ein, und Herrschaften glitten in ihren Limousinen vorbei und hinterließen eine kleine süßliche Duftwolke, die ihn peinigte. Immer wieder stieß er mit Hunden zusammen oder trat auf sie, und sie heulten auf, bis ihre Besitzer ärgerlich wurden und sich dann entschuldigten, wenn sie merkten, daß er nicht so war wie andere Menschen. Auf dem Lande hattest du dein Blindsein getrost vergessen können.

Alles drückte ihn heute nieder, drang auf ihn ein, zerrte an ihm. Und jetzt, da das Fenster zu und die Sonne durch das Rouleau ausgeblendet war, glaubte er, ersticken zu müssen. Eine Drehorgel dröhnte einen Schlager zum Fenster empor und drängte sich in sein Bewußtsein. Er stand auf, tastete sich zum Fenster und öffnete es. Da ebbte der Lärm plötzlich ab, und er hörte nur noch das sich entfernende Hufklappern eines Droschkengauls, und dann drang von unten ein kehliges Lachen zu ihm herauf; es kam von einer Frau, die von irgendeinem Verliebten attackiert wurde, so tief und so verhalten klang es. Sogleich wurde ihm heiß. Liebe auf offener Straße, er würde darüber schreiben, Liebe, die sich über den Lärm erhob, die Polizei aus der Fassung brachte, in Wellen über den Park hinschwebte, die Paviane im Zoo in Aufregung versetzte und die Straßen leer fegte. Was für einen Sinn hatte sein Blindwerden, wenn er nicht darüber schrieb? Die Leute mußten erfahren, was in ihm vorging, wie anders er das Wesen der Dinge begriff. Die Sonne pochte in seinem Kopf. Ja, alles das, über alles das würde er schreiben. Er trieb auf dem Kamm einer ungeduldigen Brandungswelle, aber die Welle brach sich beim lauten Ton einer Autohupe. Das waren seine Wundnarben, und die

Sonne stach durch sie hindurch. Er zog sich ins Zimmer zurück, sein Gesicht war naßgeschwitzt. Er war ganz erschöpft.

Während er sich zu seinem Sessel tastete, schmiegte sich ein Blumenkelch zutraulich in seine offene Hand, aber er zerdrückte ihn, denn was bedeuteten ihm jetzt noch Blumen? Sie mußten ausgehen, Mama und er, aber er fühlte sich so schwach. Und sie? War sie glücklich hier, weg von Barwood und weg von allem, womit sie sich dort geplagt hatte? Und er? Er war nur betäubt von all diesen neuen Eindrücken, er würde mit ihnen fertig werden, wenn er sie erst zu deuten wüßte. Erst dann würde etwas Frieden über ihn kommen.

Ein Auto hielt scharf an, die Bremsen kreischten, und er zuckte zusammen. Er war hier wie ein Gefangener, denn irgendwie fand er sich in diesem Haus noch nicht zurecht. Warum nur kam sie nicht?

Ihm war heiß. Er mußte an Barwood denken, wo es wahrscheinlich jetzt regnete, und an seine Stunden in dem Gartenhaus, während der kühle Regen sanft herniederrauschte und alle Kratzer und Wunden auswusch, und wo der Wind Dinge von weither für einen Moment an seine Ohren trug, um sie gleich wieder wegzunehmen. Vor Jahren hatten die Bäume dort für ihn gegrünt (in Wahrheit war es erst ein paar Monate her), und hier gab es nur Staubwolken, welkende Blumen und Teer. Und er hatte geangelt, wo die Sonne sich zum Untergang neigte, und hatte im Fluß gebadet.

Aber jetzt waren Stimmen auf der Treppe, die von Mama und eine neue Stimme. Sie genossen es wohl, wieder zusammen zu sein, denn die beiden Redeströme, da beide gleichzeitig sprachen, vermischten sich und plätscherten lustig weiter. Die Tür ging auf. Er erhob sich ungeschickt.

»Wen bringst du mit?«

»Mein Lieber, stell dir vor, es ist Lorna Greene. Denk nur, wir hatten uns seit meiner Heirat nicht mehr gesehen. Oh, Lorna, wirklich wie in den alten Tagen.«

Sie war so erregt, sie lachte und war offenbar glücklich. Doch dann senkte sich ihre Stimme. »Lorna, das ist John.« Alles Leben war aus ihr gewichen, aber wen sollte das wundern, denn er war ja das Problem und der Mühlstein. Hol sie der Teufel! Aber zugleich sagte er: »Oh, guten Tag«, während eine fremde Hand schlaff, aber neugierig die seine für einen Moment ergriff. Er fühlte viele Ringe und eine gewisse Vornehmheit. Nie im Leben hatte er solch eine gepflegte Hand gehalten, offenbar badete sie die Hand jeden Abend in Hautöl, so weich war sie, so unpersönlich. Dann entzog sich die Hand wieder, und die Dame sprach darüber, daß er ihren Sohn in Noat gekannt hatte, alles in einem amüsierten Plauderton, fast als wollte sie sich über ihn lustig machen. Sie tastete suchend mit ihrer Stimme, es war teuflisch, sie würde ihn noch verrückt machen. Was war denn Komisches an ihm, außer daß er wehrlos hier festklebte?

»Lorna, meine Liebe, ich kann meine eigene Stimme nicht hören. Dieser gräßliche Motorenlärm läßt einen überhaupt nicht zur Ruhe kommen. Warum tut die Polizei nichts dagegen? So nett, dich hier zu haben. Ich werde das Fenster zumachen, John, hast du etwas dagegen?«

Nein, er hatte nichts dagegen. Fenster zu, Fenster auf, du warst gleichwohl eingesperrt. Sie setzten sich, redeten eifrig. Er erinnerte sich dunkel an diese Frau von Noat her, Greenes Mutter, sie war hochgewachsen, und er hatte sie nicht recht unterzubringen gewußt. Und jetzt lag so viel in ihrer Stimme und ihrer Hand. Auf diese Weise gewann man, wenn man blind war. Aber sie redete in einem fort, und ihre Stimme war bezaubernd.

»Weißt du noch, Emily, wie ich bei euch zu Besuch war und wie der Pfarrer zu der Teeparty kam, die dein Vater jedes Jahr für ihn gab? Und wie wir Senf in die Küchlein taten, die er am liebsten mochte, und er merkte nichts und aß sie alle auf, und dann blieb er länger als je zuvor und redete endlos über die Familie, die so stattlich wäre wie die Zeder vor dem Haus?«

»Und woraus Salomons Tempel bestand ... «

Sie schwelgten in Erinnerungen, das taten sie alle.

»Und, oh, Lorna, weißt du noch ... «

Mamas Stimme war ganz verändert, als fühlte sie sich plötzlich in ihre Jugend zurückversetzt, so glücklich und aufgeregt klang sie. Also war London ein wirklicher Erfolg für sie, zum ersten Mal war sie innerlich froh und glücklich! Nur er gehörte nicht dazu, all die anderen waren in ihrem Element.

»Und, Emily, wie wir den Hund mit Schokolade fütterten und er sich überall in Vaters Zimmer erbrach und wie wütend Vater war!«

Oh, gräßlich, gräßlich! Das Entzücken der beiden war einfach widerlich. So zu denken war albern, aber er konnte nicht dagegen an. Außerdem schien diese Lorna Greene die ganze Zeit, während sie redete, nur ihn herausfordern zu wollen. Sie hatten kein eigenes Leben, sie lebten nur im Vergangenen, während June und er, wenn sie zusammen waren, sich dicke Scheiben Zukunft zurechtgeschnitten hatten. Immerhin war June stets bereit gewesen zu kommen, wenn sie gewünscht wurde, aber Margarets Zeit war vielfach aufgeteilt. Warum konnten Mama und er nicht hinaus zu ihrem Spaziergang, aber sie war ja so glücklich, sich aussprechen zu können. Er bekam keine Luft, da sie das Fenster geschlossen hatten; sie hatten das Zimmer vermummt, um ihn desto besser mit ihrem Schwatz einmummen zu können. So ging das immer weiter und zerrte einen zurück, wenn man gerade dabei war, in Neuland vorzustoßen. Er mußte raus, mußte sich in den Tumult stürzen und da versuchen, einen Platz für sich zu finden. Er stand auf.

»Es ist so heiß hier drinnen, habt ihr etwas dagegen, wenn ich das Fenster aufmache?«

»Laß mich es tun.«

»Nein, nein, ich kann's schon selbst.«

Warum konnten sie ihn nicht lassen? Natürlich würde er es können, ganz lahmgelegt war er ja nicht. Wo war nur der Griff? Gewiß machte er sich zum Narren, wie er da herumtastete.

Um Himmels willen! Der Junge sah ganz blaß aus. Warum hatte sie das nicht bemerkt, aber Lornas Besuch hatte sie so aufgregt, daß sie es nicht gesehen hatte. Und als sie ihm jetzt half, den Fensterrahmen hochzuschieben, blickte sie besorgt in sein Gesicht; es gefiel ihr nicht, es hatte einen Ausdruck, als sähe er Dinge, die sie nicht sehen konnte. Aber wie sollte er? Er würde doch nicht krank werden? Sie machte sich Vorwürfe, wie egoistisch von ihr, mit Lorna zu schwatzen, wenn er krank war und sie brauchte. All dieser Lärm bei offenem Fenster war gewiß schädlich für ihn, doch er wollte ja mehr Luft haben, und es war heute eher stickig draußen. Lorna mußte gehen. Doch als ob die Gute etwas gemerkt hätte, sagte sie, sie müsse ganz schnell weg, und sie fände sich zurecht, und niemand bräuchte sie zu begleiten. Aber das gehörte sich nicht, und da Edward sein Personal entlassen hatte, ging sie mit hinunter und vertraute Lorna an, daß die Reise den Jungen schon Wochen zuvor maßlos erregt hatte und daß ihm anfangs der Lärm hier unerträglich gewesen war, doch in dem neuen Haus würde es ruhiger sein, aber alles so schwierig, und wie sollte es weitergehen?

Von dem Plauderton ihres Gesprächs am Fuß der Treppe, zusammen mit dem brausenden Lärm von Oxford Street, fühlte er sich wie von einer Flutwelle fortgetragen, aber er war so erschöpft, daß er immer tiefer zu sinken meinte, zu einer Stelle, wo alles eine Tonlage höher und schriller klang. Die Blumen sangen wie zu ihrem eigenen Vergnügen, oder war es ein Vogel? Denn in den Bäumen tummelten sich lustvoll kreischend Vögel, als wollten sie sich über ihn mokieren, weil sie sehen konnten und er nicht. Und ganz Barwood schien ihn auszulachen, weil er Barwood den Rükken gekehrt und dabei erst gemerkt hatte, wie hilflos er war. Nicht mal das Fenster konnte er öffnen und nicht allein ausgehen.

Mama kam zurück, mit schweren Schritten auf der Treppe, und als sie hereinkam und die Tür schloß, rappelte er sich auf und sagte, er habe nur etwas Temperatur, und das würde sich mit der Nachtruhe geben. Sie trat zu ihm und legte eine Hand auf seine Schulter.

»Lieber, geht es dir gut?«

»Ja, ja, ganz gut.«

Warum mußten sie ihm immer so zusetzen?

»Soll ich das Fenster zumachen? Findest du den Lärm nicht gräßlich?«

»Nein, laß es bitte offen, damit ich zuhören kann.« Sie setzte sich und nahm ein Strickzeug vor. Dieser Arzt war unmöglich. Was hatte der Junge nur? Sie konnte nur dasitzen und ihn beobachten, man konnte nichts für ihn tun, wenn er eine seiner Launen hatte. Von Ausgehen konnte jetzt keine Rede sein.

Er strich sich mit einer Hand über die Stirn, die Haut war trocken und brannte. Wieder hatte er das Gefühl, eingesperrt zu sein, diesmal von dem geschlossenen Raum und von der Sonnenglut draußen.

Es machte ihm angst, wie die Wände sich zusammenschlossen und die Blumen beengten, so daß ihr Duft in einer Dunstwolke aufstieg, die zusammen mit dem Straßenlärm ihn zu überwältigen drohte, als plötzlich, wie ein reinigender Windstoß, Glockenklang von der nahen Kirche den Raum erfüllte – Glocken, die einander übertönten, sich überstürzten, um sich dann wieder zu vielstimmigen Tonkaskaden zu vereinen. Der Lärm war so wild und lustvoll, daß die einzelnen Glocken zwischen den Hauptschlägen noch nachzitterten und mit ihrem Summen einen akustischen Hintergrund bildeten. Er liebte Glocken und war überglücklich. Auf einmal fühlte er sich wieder nach Barwood versetzt und zurück zu June – »hör zu, June, wie ihr Klang von weither zu uns kommt«, und ihr Vater, der sich von den Glocken verfolgt fühlte, gejagt durch die Labyrinthe, die der Schnaps in seinem Gehirn angerichtet hatte, und dann ihre Spaziergänge zu himmlischen Höhen, weil ihnen in ihrem Leben kein Glück beschieden war.

Dann, ganz unvermittelt, verstummten die Glocken eine nach der anderen, das Summen wurde schwächer, und er erinnerte sich an einen Abend beim Fluß, als ihr Klang über dem Wasser schwebte, bis er durch das Tuckern eines Motors verschluckt wurde. Barwood stand zum Verkauf, und auch mit ihren Spaziergängen war es aus.

Er mußte B.G. und Seymour zu sich bitten. Aber vielleicht würden sie sich mit ihm langweilen und über seine Ideen lachen, nachdem sie so lange in Oxford gewesen waren. Und er würde sich ihnen auch nicht als einer zeigen, der durch sein Blindsein niedergedrückt war, da würden sie ihn nur verachten. Vor allem mußte er ihnen seine Einstellung zum Leben überhaupt darlegen, um ihnen zu zeigen, wieviel besser er daran war als sie. Er würde einen Kreuzzug starten gegen alle, die noch ihr Augenlicht besaßen. Sehen zu können war die einfachste Sache der Welt, und so viele begnügten sich mit der oberflächlichen Erscheinung der Dinge; es würde eine solche Lehre für sie sein, wenn sie blind sein müßten, obwohl Blindheit anfangs eine Last war, da konnte man ihm nichts vormachen.

Diese Glocken, alles und jedes brachten sie einem wieder zu Bewußtsein. Aber etwas war anders geworden mit den Glocken, sie hatten ihn erbeben lassen, aber wenn er mit der Hand über die Sessellehne strich, war er überrascht, wie empfindungslos und unverändert der Plüsch geblieben war, denn für ihn stand fest, daß das wilde Geläut der Glocken eine große Veränderung bewirkt hatte, ihr Vibrieren hatte alles gelockert und befreit, bis sogar der Straßenlärm zu einem Lebenselixier wurde. Er spürte, wie sich in seinem Innern etwas regte; es war so, die Glocken hatten eine Veränderung bewirkt, er fühlte es, in der nächsten Minute würde sich etwas ereignen. Er wartete gespannt in seinem Sessel.

Mrs. Haye strickte. Durch die Glocken fühlte man sich wieder nach Barwood versetzt. Es wäre dort besser für ihn gewesen, in London konnte man nicht atmen, und frische Luft war gut für jemand, der sich krank fühlte. Aber es hatte keinen Zweck, an Barwood zu denken, man mußte die Dinge praktisch sehen, und alles würde anders, wenn sie erst ein Haus ganz für sich hätten. Dieser Verwalter und seine Frau waren unmöglich, und es war typisch für Edward, daß er solche Leute in Dienst nahm. Mit dem Mann konnte man nicht reden, so grob war er, und diese Frau war kaum besser, wenn es auch schien, als gäbe sie sich mit dem Jungen einige Mühe. Aber da wiederum war man sich nie ganz sicher, daß er nicht eine seiner fürchterlichen Neigungen für sie entwickeln würde, und dann gäbe es noch mal die gleiche Geschichte wie mit der Entwhistle-Tochter. Da hätte sie sich gegen ihn durchsetzen und ihm klipp und klar sagen müssen, wie lächerlich das war, und daß sie es nicht dulden würde. Da hatte sie versagt, aber schließlich war das Unglück mit seiner Blindheit so plötzlich über sie gekommen, und dann ging es gleich weiter. Man konnte nicht hart mit ihm sein, wenn das Leben so von ihm genommen war. Wie auch immer, sie waren weggegangen, und dieser Schritt war getan. So viel von ihr war dort geblieben, in der Dorfgemeinde und im Stadtrat und überall, aber natürlich war sein Wunsch zu verstehen, von den Plätzen, wo er noch hatte sehen können, wegzukommen, und es war ja so tapfer von ihm, für sich ein neues Leben anzufangen. Und sie würde ihm ein Heim schaffen, sie würden hier ganz neu anfangen. Geradezu aufregend war das. Sie würde Lorna hinzuziehen, und sie beide würden ein paar junge Mädchen auftreiben. Er mußte heiraten. Und wenn er das täte – ob sie dann vielleicht nach Barwood zurück könnte?

Lorna hatte sich verändert, sie war jetzt so mondän, man wurde fast verlegen mit ihr. Aber nett von ihr, daß sie gekommen war, sie würde eine wirkliche Hilfe sein, denn sie mußten sich etwas ausdenken, um den Jungen abzulenken. Da hatte sie diese Königslilie gekauft, und man hätte denken sollen, sie gefiele ihm, sie war recht teuer gewesen, so früh im Jahr, aber er hatte sie beiseite geschoben. Besser, das nicht mehr zu erwähnen. Aber diese Autos, der Lärm, den sie machten, war einfach schändlich. Doch er schien das zu mögen, denn zum ersten Mal, seit er hier war, sah er glücklich aus. Schon immer hatte er behauptet, glücklich zu sein, aber sie hatte gespürt, daß ihn etwas bekümmerte, und zwar vor allem die Frage, ob sie auch glücklich sei in London, aber das verstand sich von selbst, denn natürlich ging sie mit, wohin er ging. Es war eben schwierig zu wissen, wonach ihm gerade der Sinn stand. Vielleicht konnten sie jetzt ihren Spaziergang machen, und vielleicht war es nur eine Einbildung von ihr gewesen, als sie dachte, er sei krank.

Oh, diese Wellen von Übelkeit, die ihn plötzlich befielen, mit dem stechenden Schmerz im Kopf. Und es war, als wenn hinter seinen Augäpfeln etwas mit Gewalt nach außen drängte. Er preßte die Hände an sein Gesicht und spürte, wie ein tiefes Glücksgefühl durch ihn hindurchging.

Mamas Stimme schien von weither zu kommen, und klang besorgt: »Lieber, was ist dir?«

»Ich bin erschreckt.«

»Warum? Was kann dich so erschrecken? Was?«

Aber es war ein Erschrecken vor Freude. Im nächsten Moment, das spürte er, würde es in einem großen Windstoß aus ihm hervorbrechen, und auf dem würde er sich wie ein Winddrachen emporschwingen, und der Nebeldunst, der zwischen ihm und der Welt lag, würde aufsteigen und sich zerstreuen. Höher, immer höher.

Und er erhob sich aus der Nebelwolke, schwebte in einem Luftmeer von Liebe auf ein weißes Licht zu, wie um darin zu baden. Er richtete sich halb auf.

»John!«

Und indem er darin badete, würde er alles wissen, warum er blind war, warum das Leben dies mit ihm vorgehabt hatte. Er war jetzt näher an allem. Wie wundervoll, auf diesem liebenden Wind zu schweben, von dieser Liebe getragen zu werden. Er war jetzt ganz nahe daran.

»John!«

Eine Leiter, bringt eine Leiter. In den Ohren der Aufschrei seiner eigenen Stimme, und eine tiefere Blindheit schloß sich über ihm.

Als sie ihn auf sein Zimmer trugen, brachen plötzlich die Glocken von der Straße wieder los. Vielleicht probten sie das Geläut für irgendein großes Ereignis. Vielleicht waren die Glocken das erste, was er hörte, als er in die Wirklichkeit zurückkehrte, und er lächelte ihnen zu.

EIN BRIEF

Lieber B. G.

man sagt mir, daß ich irgendeine Art von Anfall gehabt habe, aber das ist schon vorbei. Anscheinend neigte schon mein Vater zu solchen Anfällen, so daß ich immerhin sagen kann, ich habe jetzt einen überstanden. Aber es ist ja so himmlisch, wieder einmal in London und in Deiner Nähe zu sein, und mit der Sonne, die zu mir herein scheint, wenn ich im Bett liege, als wäre es zum ersten Mal, während unter mir der Straßenverkehr vorbeirauscht und alles vibrieren läßt. Ich bin ja so glücklich, wieder im Mittelpunkt des Geschehens zu sein und es selbst zu erleben. Wie anregend doch so eine Stadt ist – aber vielleicht findest Du mich albern. Dein Leben war ja so ganz anders als meins. Ich weiß kaum etwas von Deinen Gedanken oder Gefühlen. Komm mal her und besuche mich. Du weißt doch, wie sehr ich ein gutes Gespräch liebe. Ich habe eine wundervolle Erfahrung gemacht. Ich werde mich jetzt ans Schreiben machen. Ich habe eine Menge zu sagen. Mama hat mir Deinen Aufsatz in der »New World« vorgelesen. Er war fabelhaft – das meine ich wirklich, nicht um Dir zu schmeicheln. Warum bin ich heute nur so glücklich?

Dein John.

HENRY GREEN

Der Butler

Roman. Aus dem Englischen
von Walter Schürenberg.
288 Seiten, Leinen, 34,– DM
Steidl Verlag · Göttingen

*

Um dem Zweiten Weltkrieg möglichst aus dem Wege zu gehen, hat sich eine englische Familie auf ihren Landsitz zurückgezogen. Doch nicht ihr selbst, sondern den Dienstboten gilt das Hauptinteresse Henry Greens: Souverän entfaltet er den komplexen zwischenmenschlichen Kosmos von Butler, Diener, Hausmädchen aus deren Sprechweisen. Sein unübertroffenes Gespür für die Ober- und Untertöne in der gesprochenen Sprache läßt die Menschen aus dieser sozialen Schicht als lebendige, integre Figuren erstehen und ermöglicht es, die im Dienertrakt sich abspielenden (Liebes-)Geschichten auf ungewöhnliche und dezent komische Weise in Szene zu setzen. Abermals erweist sich Green als kunstvollster Realist der englischen Literatur des 20. Jahrhunderts.